REFUGIADO

ALAN GRATZ

REFUGIADO

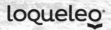

loqueleo

REFUGIADO
Título original: *Refugee*

D. R. © del texto: Alan Gratz, 2017
Publicado por acuerdo con Scholastic Inc., 557 Broadway,
Nueva York, NY 10012, EUA
Este libro fue negociado a través de Ute Körner Literary Agent, S.L.U.,
Barcelona, www.uklitag.com
D. R. © del diseño de interiores y los forros: Nina Goffi, 2017
D. R. © de los mapas: Jim McMahon, 2017
D. R. © de la traducción: Julio Hermoso, 2018

D. R. © Editorial Santillana, S. A. de C. V., 2018
   Av. Río Mixcoac 274, piso 4, Col. Acacias
   03240, México, Ciudad de México

Primera edición: octubre de 2018

Esta edición: Publicada bajo acuerdo con
Grupo Santillana en 2019 por
Vista Higher Learning, Inc.
500 Boylston Street, Suite 620.
Boston, MA 02116-3736
www.vistahigherlearning.com

ISBN: 978-607-01-4081-5

www.loqueleo.com/us

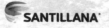

Para John Gratz

REFUGIADO

JOSEF

¡CRAC! ¡BAM!

Josef Landau se incorporó de golpe en la cama con el corazón acelerado. Aquel ruido… era como si alguien hubiera tirado la puerta abajo de una patada para entrar en la casa. ¿O es que lo había soñado?

Josef escuchó atento y aguzó el oído en la oscuridad. No estaba acostumbrado a los sonidos de aquel piso nuevo, el más pequeño al que su familia y él se habían visto obligados a mudarse. Ya no se podían permitir la casa antigua, no desde que los nazis le dijeron al padre de Josef que ya no podía ejercer de abogado por ser judío.

La hermana pequeña de Josef, Ruth, seguía dormida al otro lado de la habitación. Josef intentó relajarse. Quizá sólo había tenido una pesadilla.

Fuera de su cuarto, algo se movió con un gruñido y unos pasos acelerados.

¡Había alguien en la casa!

Con ayuda de las manos y los pies, Josef retrocedió sobre la cama con los ojos muy abiertos. En la habitación de al lado se oyó un ruido de cristales rotos... ¡Crash! Ruth se despertó y dio un grito. Chilló por puro terror, un terror ciego. Sólo tenía seis años.

—¡Mamá! —gritó Josef—. ¡Papá!

Unas sombras imponentes irrumpieron en la habitación. Fue como si el aire crujiera a su alrededor con el ruido estático de una radio. Josef intentó esconderse en un rincón de la cama, pero unas manos oscuras se lanzaron por él. Trataban de agarrarlo. Gritó aún más fuerte que su hermana pequeña, y su voz se impuso a la de Ruth. Pataleaba y se agitaba presa del pánico, pero una de las sombras lo agarró del tobillo y lo arrastró boca abajo por la cama. Josef trató de agarrarse a las sábanas, pero aquellas manos eran demasiado fuertes. Josef estaba tan asustado que se orinó encima y notó que el calor se extendía por su piyama.

—¡No! —gritó Josef—. ¡No!

Las sombras lo tiraron al suelo. Otra sombra agarró a Ruth del pelo y le dio una bofetada.

—¡Cállate! —gritó la sombra y lanzó a Ruth al suelo junto a Josef.

La impresión le cerró la boca a Ruthie, pero sólo por un instante. Acto seguido lloró con más fuerza, más alto.

—Calla, Ruthie, calla —le suplicó Josef. La tomó en sus brazos y le dio un abrazo protector—. Ahora calla.

Se acurrucaron juntos en el suelo mientras las sombras agarraban la cama de Ruth y la lanzaban contra la pared. ¡Pum! La cama se rompió en pedazos. Las sombras arrancaron cuadros, sacaron los cajones de las cómodas y tiraron la ropa por todas partes. Destrozaron lámparas y focos. Josef y Ruth se aferraron el uno al otro, aterrorizados y con el rostro humedecido por las lágrimas.

Las sombras volvieron a agarrarlos y los llevaron a rastras a la sala. Lanzaron a Josef y a Ruth al suelo una vez más y encendieron la luz. Cuando a Josef se le acostumbraron los ojos, vio a los siete desconocidos que habían invadido su casa. Algunos de ellos vestían ropa de calle: camisa blanca arremangada, pantalones grises de vestir, gorra café de lana y botas pesadas de cuero. La mayoría llevaba la camisa parda con la banda roja con la esvástica de los Sturmabteilung, las tropas de asalto de Adolf Hitler.

Los padres de Josef también estaban allí, tirados en el suelo a los pies de los Camisas Pardas.

—¡Josef! ¡Ruth! —gritó mamá cuando los vio.

Se abalanzó por sus hijos, pero uno de los nazis la agarró del camisón y tiró de ella hacia atrás.

—Aaron Landau —le dijo uno de los camisas pardas al padre de Josef—. Ha continuado ejerciendo la abogacía a pesar de que los judíos tienen prohibido hacerlo bajo la Ley para la Restauración del Servicio Civil de 1933. Por este delito cometido contra el pueblo de Alemania será internado bajo custodia de protección.

Josef miró a su padre con cara de pánico.

—Todo esto es un malentendido —dijo papá—. Si me dieran ustedes la oportunidad de explicarles...

El Camisa Parda ignoró al padre de Josef e hizo un gesto con la barbilla a los otros hombres. Dos de los nazis lo levantaron de golpe, lo pusieron de pie y lo llevaron a rastras hacia la puerta.

—¡No! —gritó Josef.

Tenía que hacer algo. Se puso en pie de un brinco, agarró del brazo a uno de los hombres que se llevaban a su padre e intentó liberarlo. Otros dos hombres separaron a Josef de un tirón y lo sujetaron mientras forcejeaba contra ellos.

El Camisa Parda que estaba al mando se echó a reír.

—¡Miren esto! —dijo y señaló hacia la mancha húmeda en la piyama de Josef—. ¡El chico se orinó encima!

Los nazis se rieron, y Josef sintió que le ardía la cara por la vergüenza. Se revolvió en manos de aquellos hombres, tratando de liberarse.

—Pronto seré un hombre —les dijo Josef—. Lo seré dentro de seis meses y once días.

Los nazis se volvieron a reír.

—¡Seis meses y once días! —dijo el Camisa Parda—. Ni que lo estuviera contando. —El hombre se puso serio de repente—. Quizá estés ya tan cerca que deberíamos llevarte a ti también a un campo de concentración, igual que a tu padre.

—¡No! —gritó mamá—. No, mi hijo sólo tiene doce años. No es más que un niño. Por favor…, no.

Ruth se abrazó a la pierna de Josef y se puso a llorar.

—¡No se lo lleve! ¡No se lo lleve!

El Camisa Parda frunció el ceño ante el ruido e hizo un gesto a los hombres que sujetaban a Aaron Landau para que se lo llevaran. Josef se quedó mirando cómo sacaban a rastras a papá con el sonido de los sollozos de mamá y el llanto de Ruth.

—No tengas tanta prisa por hacerte mayor, chico —le dijo el camisa parda a Josef—. No tardaremos en venir por ti.

Los nazis destrozaron el resto de la casa de Josef, rompieron los muebles, estrellaron los platos y rasgaron las cortinas. Se fueron de manera tan repentina como habían llegado, y Josef, su hermana y su madre se apiñaron de rodillas en el centro de la habitación. Finalmente, cuando derramaron todas las lágrimas que eran capaces de llorar, Rachel Landau se llevó a sus hijos a su dormitorio, recompuso la cama y abrazó con fuerza a Josef y a Ruth hasta que llegó la mañana.

En los días siguientes, Josef se enteró de que su familia no había sido la única a la que habían atacado los nazis aquella noche. Otros hogares judíos, comercios y sinagogas quedaron destruidos por toda Alemania, y decenas de miles de hombres judíos fueron arrestados y enviados a campos de concentración. Lo llamaron la Kristallnacht, la Noche de los Cristales Rotos.

Los nazis no lo habían dicho con palabras, pero el mensaje estaba claro: a Josef y a su familia no los querían ya en Alemania. De todas formas, Josef, su madre y su hermana no iban a irse a ninguna parte. Todavía no. No sin el padre de Josef.

Mamá se pasó semanas yendo de una oficina del gobierno a otra tratando de averiguar dónde estaba su marido y cómo podía lograr que regresara. Nadie quería decirle nada, y Josef comenzó a desesperarse pensando que no volvería a ver a su padre.

Entonces, seis meses después de que se lo llevaran, la familia recibió un telegrama. ¡Un telegrama de papá! Lo habían liberado de un campo de concentración llamado Dachau, pero sólo con la condición de que abandonara el país en un plazo de catorce días.

Josef no quería irse. Alemania era su hogar. ¿Adónde irían? ¿Cómo vivirían? No obstante, los nazis ya les habían dicho dos veces que se marcharan, y la familia Landau no se iba a quedar esperando a ver qué harían los nazis después.

ISABEL

A LAS AFUERAS DE LA HABANA, CUBA
1994

SÓLO HICIERON FALTA DOS INTENTOS para conseguir que la esquelética gatita tricolor saliera de abajo de la casa de ladrillos de color rosa y se pusiera a comer de la mano de Isabel Fernández. La gata estaba famélica, igual que todo el mundo en Cuba, y el hambre que tenía no tardó en vencer su miedo.

La gata era tan pequeña que apenas podía dar mordisquitos a los frijoles. La pequeña barriga ronroneaba como un motor fuera borda, y, entre mordisco y mordisco, el animal empujaba la mano de Isabel con la cabeza.

—No eres muy bonita que digamos, ¿verdad, gatita? —dijo Isabel.

Tenía el pelaje irregular y apagado, sin brillo, e Isabel podía notar los huesos del animal a través de la piel. La gatita no era muy distinta a ella, se percató Isabel: estaba flaca, hambrienta, y le hacía falta un buen baño. Isabel tenía once años, y era todo brazos y piernas larguiruchas. Tenía la piel morena y salpicada de pecas, y llevaba el pelo negro y corto para el verano, recogido detrás de las orejas. Iba descalza como siempre, y lucía la misma camiseta de tirantes y los mismos pantalones cortos que se había puesto toda la semana.

La gatita devoró el último de los frijoles y soltó un maullido lastimero. Isabel pensó que ojalá tuviera algo más que darle, pero aquella comida ya era más de lo que ella se podía permitir. Su propia ración no había sido mucho mayor que la de la gata: apenas unos cuantos frijoles y una montañita de arroz blanco. Ya había cupones de racionamiento para conseguir comida cuando Isabel era pequeña, pero la Unión Soviética había caído unos años atrás, en 1991, y Cuba había tocado fondo. Cuba era un país comunista, igual que lo había sido Rusia, y, durante décadas, los soviéticos estuvieron comprando el azúcar cubano y enviando a cambio comida, gasolina y medicinas a la pequeña isla.

Pero, cuando desapareció la Unión Soviética, lo mismo sucedió con todas sus ayudas. La mayoría de las plantaciones de Cuba cultivaban únicamente azúcar, y, al no tener a nadie a quien vendérselo, los campos de caña se secaron, las refinerías de azúcar cerraron, y la gente perdió su trabajo. Sin el combustible de Rusia, no podían poner en marcha los tractores para cambiar los cultivos y plantar alimentos, y, sin alimentos, la población cubana empezó a pasar hambre. Ya habían sacrificado a todas las vacas, los cerdos y las ovejas, y se los habían comido. La gente irrumpió, incluso, en el zoológico de La Habana y se comió a los animales, y los felinos como aquella pequeña gatita habían acabado en la mesa de la cena.

Sin embargo, nadie se iba a comer a esta gata.

—Tú serás nuestro pequeño secreto —susurró Isabel.

—¡Oye, Isabel! —dijo Iván haciéndole dar un salto.

La gata salió disparada y se metió debajo de la casa.

Iván era un año mayor que Isabel y vivía en la puerta de al lado. Isabel y él eran amigos desde que ella tenía memoria. Iván tenía la piel más clara que Isabel, con el pelo oscuro y rizado. Vestía sandalias, shorts, camiseta de manga corta con botones y una gorra con la letra I, el logotipo de los Industriales, el equipo de beisbol de La Habana. De mayor quería ser jugador profesional de beisbol, y era lo suficientemente bueno como para que aquello no fuera un sueño disparatado.

Iván se dejó caer en el suelo polvoriento junto a Isabel.

—¡Mira! Encontré un trozo de pez muerto en la playa, para la gata.

Isabel retrocedió ante el olor, pero la gatita regresó corriendo y se puso a comer con ansias de la mano de Iván.

—Hay que ponerle un nombre a esta gata —dijo Iván, que le ponía nombre a todo: a los perros callejeros que se paseaban por el pueblo, a su bicicleta, incluso a su guante de beisbol—. ¿Qué tal Jorge? ¿O Javier? ¿O Lázaro?

—¡Todos son nombres de chico! —exclamó Isabel.

—Sí, pero todos juegan en los Leones, y ella es una leoncita. —Los Leones era el apodo del equipo de Industriales.

—¡Iván! —le llamó su padre desde la puerta de al lado—. Necesito que me ayudes en el cobertizo.

Iván se puso en pie.

—Me tengo que ir. Estamos haciendo… una casa para perro —dijo antes de salir corriendo.

Isabel hizo un gesto negativo con la cabeza. Iván creía que disimulaba bien, pero Isabel sabía exactamente lo que él y su padre estaban construyendo en el cobertizo, y no era una casa para perro. Era una barca. Una barca para ir navegando a Estados Unidos.

A Isabel le preocupaba que descubrieran a la familia Castillo. Fidel Castro, el hombre que gobernaba en Cuba como presidente y primer ministro, no permitía que nadie abandonara la isla, y menos aún para ir a Estados Unidos. El Norte, lo llamaban los cubanos. Y si te encontraban tratando de irte al Norte en una barca, Castro te metía en la cárcel.

Isabel sabía todo aquello porque a su propio padre lo habían capturado y lo habían metido en la cárcel la última vez que trató de llegar navegando a Estados Unidos.

Isabel vio que su padre y su abuelo bajaban por la calle camino a la ciudad para hacer cola para recibir comida. Volvió a meter a la gatita debajo de la casa y entró a buscar su trompeta. A Isabel le encantaba acompañarlos cada vez que iban a La Habana, se colocaba en una esquina y tocaba la trompeta por unos pesos. Nunca ganaba mucho, pero no porque no fuera buena. Como su madre solía decir, Isabel era capaz de ponerse a tocar y conseguir que en el cielo se abrieran los nubarrones de tormenta. La gente se detenía a escucharla, aplaudían y seguían el ritmo con el pie cuando ella tocaba, pero casi nunca le daban dinero, porque, después del hundimiento de la Unión Soviética, los cupones de racionamiento eran prácticamente la única moneda que tenía todo el mundo. Y los cupones de racionamiento no servían para casi nada: no había la suficiente comida, tuvieras cupones o no. Así que los únicos que podían darle un poco de dinero eran los turistas, visitantes de Europa, Canadá o México

Isabel alcanzó a su padre y a su abuelo, y más tarde se separó de ellos al llegar al Malecón, el ancho paseo que seguía el trazado curvo del espigón del puerto de La Habana. A un lado del camino se alzaba un bloque tras otro de tiendas y casas verdes, amarillas, rosas y celestes. Tenían la pintura desportillada, y los edificios estaban viejos y maltratados por las inclemencias del tiempo, pero a ella le seguían pareciendo grandiosos. Isabel se detuvo en el ancho paseo marítimo, en un lugar donde parecía tener a la vista La Habana entera. Madres que empujaban carritos de bebé por la acera. Parejas que se besaban bajo las palmeras. Músicos callejeros que tocaban rumbas con guitarras y tambores. Chicos que se turnaban para zambullirse en el mar. Turistas que tomaban fotos. Era el lugar preferido de Isabel en toda la ciudad.

Lanzó una vieja gorra de beisbol al suelo por si se daba la poco probable casualidad de que a alguien le sobrara algún peso, y se llevó la trompeta a los labios. Mientras soplaba, sus dedos pulsaban las notas que se sabía de memoria. Era una melodía de salsa que le gustaba tocar, pero esta vez Isabel escuchó más allá de la música, más allá del ruido de los coches y camiones del Malecón, más allá de las charlas de la gente al pasar, más allá del sonido de las olas al romper contra el espigón a su espalda.

Isabel trataba de escuchar *la clave* que subyacía bajo la música, aquel son misterioso y oculto que había en la música cubana y que parecía oír todo el mundo excepto ella. Un ritmo irregular que se superponía al compás regular, como un latido bajo la piel. Por mucho que lo hubiera intentado, Isabel nunca lo había oído, nunca lo había sentido. Y ahora escuchaba con detenimiento, tratando de percibir el latido del corazón de Cuba en su propia música.

En cambio, lo que oyó fue el sonido de unos cristales rotos.

MAHMOUD

ALEPO, SIRIA

2015

MAHMOUD BISHARA ERA INVISIBLE, Y ESO era exactamente lo que él quería. Ser invisible era su manera de sobrevivir.

No era literalmente invisible. Si te fijabas bien en Mahmoud y captabas un fugaz vistazo bajo la capucha que se dejaba puesta sobre la cara, veías a un chico de doce años con una nariz larga y contundente, unas cejas negras y espesas y el pelo negro y muy corto. Era bajo y fornido, de anchos hombros y musculoso a pesar de la escasez de alimentos. No obstante, Mahmoud hacía todo lo posible con tal de ocultar su tamaño y su rostro, con tal de pasar desapercibido. En cualquier momento te podía sobrevenir la muerte, al azar, por el misil de un caza o el lanzacohetes de un soldado, cuando menos te lo esperabas. Pasearse por ahí y hacerse notar ante el ejército sirio o los rebeldes que combatían contra ellos no era más que buscarse problemas.

Mahmoud se sentó en el centro de una fila de pupitres en la mitad posterior de su clase, donde el profesor no le haría preguntas. Cada pupitre tenía la anchura suficiente para tres alumnos, y Mahmoud se sentó entre otros dos chicos llamados Ahmed y Nedhal.

Ahmed y Nedhal no eran sus amigos. Mahmoud no tenía amigos.

Así era más sencillo ser invisible.

Uno de los profesores recorrió el pasillo haciendo sonar una campanilla de mano, y Mahmoud recogió su mochila y se marchó a buscar a su hermano pequeño, Waleed.

Waleed tenía diez años e iba dos grados por debajo de su hermano. También llevaba el pelo negro muy corto, pero él se parecía más a su madre, más estrecho de hombros, las cejas más finas, la nariz más chata y las orejas más grandes. Tenía unos dientes que parecían desproporcionados para aquella cara, y al sonreír parecía una ardilla de los dibujos animados. Tampoco es que Waleed sonriera mucho ya. Mahmoud no recordaba la última vez que había visto reír a su hermano, o llorar, o mostrar cualquier tipo de emoción.

La guerra había convertido a Mahmoud en un chico nervioso, que se sobresaltaba con facilidad. Paranoico. A su hermano pequeño lo había convertido en un robot.

Aunque su departamento no estaba muy lejos, Mahmoud llevaba a Waleed por una ruta distinta cada día. A veces se metían por callejuelas; podía haber soldados en las calles, y nunca sabías de qué bando estaban en aquella guerra. Los edificios bombardeados también eran un buen lugar. Mahmoud y Waleed podían desaparecer entre los montones de hierros retorcidos y de cemento destrozado, y no había paredes que se les fueran a caer encima si pasaba sobre ellos el silbido de un proyectil de artillería. Sin embargo, si algún avión dejaba caer una bomba de barril, entonces sí necesitabas las paredes. Las bombas de barril estaban llenas de clavos y de trozos de metal y, si no tenías una pared detrás de la cual esconderte, te despedazaban.

Las cosas no habían sido siempre así. Apenas cuatro años atrás, Alepo —su localidad natal— era la mayor, la más resplandeciente y la más moderna de las ciudades de Siria, la joya de la corona de Oriente Medio. Mahmoud recordaba los centros comerciales con luces de neón, los deslumbrantes rascacielos, los estadios de futbol, los cines, los museos. Alepo era también una ciudad con historia, y era una historia muy larga. El casco antiguo, en el corazón de Alepo, se construyó en el siglo XII, y ya vivía gente en aquella zona hacia el año 6000 a. C. Alepo era una asombrosa ciudad en la que crecer.

Hasta 2011, cuando llegó a Siria la Primavera Árabe.

Al principio no la llamaban así. Nadie sabía que una oleada de revoluciones barrería Oriente Medio derribando gobiernos, derrocando a dictadores e iniciando guerras civiles. Todo cuanto sabían por las imágenes de televisión y las publicaciones en Facebook y en Twitter era que la gente estaba causando disturbios en Túnez, en Libia y en

Yemen, y que cuando un país se levantaba y decía: "¡Ya basta!", lo mismo hacía el siguiente y el siguiente, hasta que la Primavera Árabe acabó llegando a Siria.

Los sirios, sin embargo, sabían que era peligroso manifestarse en las calles. Siria estaba gobernada por Bashar al-Asad, que ya había sido "elegido" presidente dos veces en unas elecciones en las que no se permitió que nadie se presentara contra él. Al-Asad hacía que desaparecieran aquellas personas a las que él no les gustaba. Desaparecían para siempre. Todo el mundo tenía miedo de lo que haría en caso de que la Primavera Árabe arrasara Siria. Había un antiguo proverbio árabe que decía: "Cierra la puerta por donde entra la corriente y descansa", y eso fue justo lo que hicieron; mientras había revueltas por todo el resto de Oriente Medio, los sirios se quedaron en casa, cerraron la puerta y esperaron a ver qué pasaba.

Pero no cerraron bien la puerta. Un hombre fue encarcelado en Damasco, la capital de Siria, por manifestarse en contra de Al-Asad. Unos chicos de Daraa, una ciudad del sur de Siria, fueron arrestados y maltratados por la policía por escribir frases en contra de Al-Asad en las paredes. Y después fue como si todo el país se volviera loco de repente. Decenas de miles de personas se echaron a la calle exigiendo la liberación de los presos políticos y más libertad para todo el mundo. Un mes más tarde, Al-Asad dirigía sus tanques, sus tropas y sus bombarderos contra los manifestantes —su propio pueblo— y, desde entonces, todo lo que Mahmoud, Waleed y el resto de Siria habían conocido era la guerra.

Mahmoud y Waleed doblaron la esquina de un callejón sembrado de escombros distinto del que habían recorrido el día anterior y se detuvieron en seco. Justo delante de ellos, dos chicos tenían a otro muchacho sujeto contra lo que quedaba de una pared y estaban a punto de quitarle la bolsa de pan que llevaba.

A Mahmoud se le aceleró el pulso y empujó a Waleed detrás de un coche calcinado. Los incidentes como aquél eran comunes últimamente en Alepo. Cada vez era más y más difícil conseguir comida en la ciudad, pero, a Mahmoud, la escena le trajo el recuerdo de otros tiempos, justo después de que empezara la guerra.

Mahmoud se dirigía entonces al encuentro de su mejor amigo, Khalid. Bajando por una calle exactamente igual que aquella, se encontró con que dos chicos mayores estaban golpeando a Khalid. Igual que Mahmoud, Khalid era un musulmán chií en un país de musulmanes suníes. Khalid era inteligente. Muy listo. Siempre veloz al levantar la mano en clase y siempre con la respuesta correcta. Mahmoud y él se conocían desde hacía años, y a los dos les gustaba pasar las tardes y los fines de semana leyendo cómics, viendo películas de superhéroes y jugando a los videojuegos.

Sin embargo, en aquel preciso instante, Khalid estaba acurrucado en el suelo y cubriéndose la cabeza con las manos mientras los chicos mayores lo pateaban.

—Ahora no eres tan listo, ¿verdad, cerdo? —le dijo uno de ellos.

—¡Los chiíes deberían saber cuál es su sitio! ¡Esto es Siria, no Irán!

Mahmoud se enojó. Las diferencias entre chiíes y suníes eran un pretexto. Los chicos sólo querían golpear a alguien.

Con un grito de guerra que habría hecho que Wolverine se sintiera orgulloso, Mahmoud se lanzó contra aquellos chicos.

Y le dieron una paliza tan tremenda como la que se llevó Khalid.

A partir de aquel día, Mahmoud y Khalid quedaron señalados. Los dos chicos mayores se convirtieron en los abusones personales de los dos amigos y se dedicaron a propinarles repetidas palizas entre las clases y al salir del colegio.

Fue entonces cuando Mahmoud y Khalid aprendieron lo valioso que era ser invisible. Mahmoud se quedaba en el aula todo el día, y nunca salía al baño ni al patio durante los recesos. Khalid nunca volvió a responder una pregunta en clase, ni siquiera cuando el profesor le preguntaba a él de forma directa. Si los abusones no se fijaban en ti, entonces no te pegaban. Ése fue el momento en que Mahmoud se percató de que, juntos, Khalid y él formaban un blanco más grande; por separado resultaba más sencillo ser invisibles. No fue algo que llegaran a decirse el uno al otro, sino algo que llegaron a comprender sin más, y en el transcurso de un año ya se habían distanciado y ni siquiera hablaban el uno con el otro cuando se cruzaban por el pasillo.

De todas formas, un año después de aquello, Khalid murió durante un ataque aéreo.

Era mejor no tener amigos en Siria en 2015.

Mahmoud observaba ahora a estos dos chicos que atacaban al muchacho del pan, un muchacho al que ni siquiera conocía. Sentía el despertar de la indignación, la ira y la empatía en su interior. Respiraba más hondo, más acelerado, y se le cerraban los puños con fuerza.

—Debería hacer algo —susurró, pero sabía que era mejor no hacerlo.

La cabeza baja, la capucha puesta y la mirada en el suelo. El truco era ser invisible. No llamar la atención. Desaparecer.

Mahmoud tomó a su hermano pequeño de la mano, se dio la vuelta y buscó otro camino para llegar a casa.

JOSEF

BERLÍN, ALEMANIA

1939

1 día lejos de casa

ERA COMO SI FUERAN INVISIBLES.

Josef y su hermana seguían a su madre entre la multitud que había en la Lehrter Bahnhof, la principal estación de trenes de Berlín. Josef y Ruth llevaban una maleta cada uno, y su madre cargaba con dos más: una para ella y otra para el padre de Josef. Ningún mozo se apresuró a ayudarlos con su equipaje. Ningún empleado ferroviario se detuvo a preguntarles si necesitaban ayuda para encontrar su tren. Las bandas en el brazo de un vivo color amarillo con la estrella de David que lucían los Landau eran como un talismán mágico que los hacía desaparecer. Sin embargo, nadie se tropezaba con ellos, se percató Josef. Todos los empleados de la estación y los demás pasajeros los evitaban dando un rodeo y fluían en torno a ellos igual que el agua alrededor de una piedra.

La gente prefería no verlos.

En el tren, Josef y su familia se sentaron en un compartimento marcado con una *J*, de *judíos*, para que ningún alemán "de verdad" se sentara allí por error. Se dirigían hacia Hamburgo, en la costa norte, donde su padre se encontraría con ellos para subir en el mismo barco. El día que habían recibido el telegrama de papá, la madre de Josef había reservado pasajes para los cuatro rumbo al único lugar que estaba dispuesto a aceptarlos: una isla a medio mundo de distancia llamada Cuba.

Los judíos habían estado huyendo de Alemania desde que los nazis se hicieran con el poder seis años atrás. A estas alturas, en mayo de 1939, la mayoría de los países habían dejado de admitir refugiados judíos o tenían montones de formatos de solicitud que había que rellenar, presentar y pagar antes de que te permitieran entrar. Josef y su familia tenían la esperanza de llegar a Estados Unidos algún día, pero uno no podía llegar sin más en un barco al puerto de Nueva York. Estados Unidos sólo permitía la entrada de un cierto número de judíos al año, de manera que la familia de Josef pensaba vivir en Cuba mientras esperaban.

—Tengo calor —dijo Ruthie quitándose el abrigo.

—No, no —le dijo su madre—. Debes dejarte puesto el abrigo, y no vayas a ninguna parte sin él, ¿lo entiendes? No hasta que lleguemos a Cuba.

—Yo no quiero ir a Cuba —se quejó Ruth cuando el tren se ponía en movimiento.

Mamá jaló a Ruth y la puso en su regazo.

—Lo sé, mi vida, pero tenemos que ir para poder estar todos a salvo. Será una aventura.

Ruthie habría empezado en el jardín de niños aquel año si a los judíos les permitieran aún ir a la escuela. Tenía los ojos brillantes, el pelo castaño y alborotado en una melena corta peinada con la raya a un lado, y una pequeña separación entre los dientes de enfrente que le daba el aspecto de una ardilla. Llevaba puesto un vestido de lana de color azul oscuro con el cuello blanco de marinero, y cargaba a donde fuera con su muñeco de peluche blanco, el conejo Bitsy.

Ruthie había nacido en el año en que Adolf Hitler fue elegido canciller de Alemania. La niña no había conocido más vida que aquella. Josef, sin embargo, recordaba cómo eran antes las cosas, en aquel entonces, cuando la gente sí los veía. En aquel entonces, cuando eran alemanes.

Se habían levantado temprano, había sido un día estresante; Ruthie no tardó en quedarse dormida en el regazo de mamá, que también se durmió con ella. Josef las veía dormir y se preguntaba si alguien sería realmente capaz de darse cuenta de que eran judíos si no estuvieran metidos en un compartimento de judíos y llevaran una banda con la estrella de David.

Josef recordó una ocasión en clase, en la época en la que le permitían ir a la escuela, en que su profesor *Herr* Meier le pidió que pasara al pizarrón. Al principio, Josef pensó que Meier iba a pedirle que resolviera un problema de Matemáticas. En cambio, *Herr* Meier desplegó una pantalla con rostros y perfiles de hombres y mujeres judíos, y a continuación utilizó a Josef como modelo para distinguir a un judío de un verdadero alemán. Hizo que Josef se volteara hacia un lado y hacia el otro, señalando la curvatura de su nariz y la inclinación de su barbilla. Ahora, Josef volvía a sentir el acaloramiento de aquella vergüenza, la humillación de que hablaran de él como si fuera un animal. Algo infrahumano.

Sin aquellas estúpidas bandas, sin la palabra *Jude* (judío, en alemán) sellada en su pasaporte, ¿sabría alguien que Josef era judío?

Decidió averiguarlo.

Salió del compartimento sin hacer ruido, recorrió el pasillo y dejó atrás a las demás familias judías en sus compartimentos. Más allá de la siguiente puerta se encontraba la parte "alemana" del tren.

Con los latidos del corazón en la garganta y el cosquilleo de la piel de gallina, Josef se quitó de la manga la banda de papel con la estrella de David, la guardó en el bolsillo interior de su chamarra y cruzó la puerta.

Recorrió el pasillo de puntitas. El vagón alemán no parecía en absoluto distinto del vagón judío. Las familias alemanas charlaban, reían y discutían en sus compartimentos, exactamente igual que las judías. Comían, dormían y leían libros como los judíos.

Josef vio su reflejo en una de las ventanillas. El pelo liso y castaño peinado hacia atrás, los ojos marrones tras los lentes de montura metálica que descansaban sobre una nariz corta, las orejas despegadas, quizá, un poquito más de lo normal. Era de una estatura media para su edad, y vestía una chamarra gris cruzada de raya diplomática, pantalones cafés, una camisa blanca y corbata azul. Nada en él coincidía con las imágenes de la charla de *Herr* Meier sobre cómo identificar a un judío. Josef era incapaz de recordar a una sola persona judía que conociera y que se pareciera realmente a aquellos rostros.

El siguiente vagón era el del restaurante. La gente estaba sentada en unas mesitas, fumando, comiendo y bebiendo mientras conversaban, leían el periódico o jugaban a las cartas. El hombre del puesto de venta tenía periódicos, y Josef tomó uno y dejó una moneda en el mostrador.

El vendedor le sonrió.

—¿Comprando el periódico para tu padre? —le preguntó a Josef.

"No", pensó Josef. "Mi padre acaba de salir de un campo de concentración".

—No. Es para mí —dijo Josef, en cambio—. Quiero llegar a ser periodista algún día.

—¡Bien! —dijo el vendedor de periódicos—. Necesitamos más escritores. —Abarcó todos los periódicos y revistas con un gesto de la mano—. ¡Así tendré más para vender!

El hombre soltó una carcajada, y Josef sonrió. Allí estaban los dos, charlando como dos personas normales, pero a Josef no se le había olvidado que él era judío. No se había olvidado de que, si hubiera lucido su banda, aquel hombre no estaría charlando y riéndose con él. Estaría llamando a la policía.

Josef estaba a punto de marcharse cuando pensó en comprarle a Ruthie un caramelo. Habían andado cortos de dinero desde que su padre perdió su trabajo, y su hermana disfrutaría con aquel pequeño capricho. Josef agarró un caramelo de un tarro y se metió la mano en el bolsillo en busca de otra moneda. La encontró, pero, al sacarla, la banda salió con ella. Cayó planeando hasta el suelo con la estrella de David boca arriba para que todo el mundo la viera.

A Josef se le quedó el corazón en un puño, y se lanzó al suelo a recoger la banda.

Pum. Una bota negra cubrió la banda antes de que Josef pudiera agarrarla. Lentamente, tembloroso, Josef fue elevando la mirada desde las botas negras a los calcetines blancos, los pantalones cortos de color pardo, la camisa parda y la banda nazi de color rojo de un miembro de las Juventudes Hitlerianas. Un chico más o menos de la edad de Josef que había jurado vivir y morir por la patria. Se quedó pisando la banda de Josef con los ojos muy abiertos en un gesto de sorpresa.

A Josef se le quedó la cara lívida.

El chico bajó la mano, agarró la banda y se llevó a Josef sujeto por el brazo.

—Vamos —dijo el muchacho, que hizo desfilar a Josef de regreso por el vagón restaurante.

Josef apenas podía caminar. Sentía las piernas como si fueran de plomo, y se le emborronó la vista.

Después de que *Herr* Maier lo pasara al pizarrón aquel día para mostrar a toda la clase que los judíos eran inferiores a los alemanes de verdad, Josef había regresado a su asiento junto a Klaus, su mejor amigo en clase. Klaus también llevaba el uniforme que lucía ahora este chico; se había unido a las Juventudes Hitlerianas, pero no porque lo deseara, sino porque hacían pasar vergüenza y maltrataban a los chicos alemanes si no lo hacían, y también a sus familias.

Klaus había puesto cara de dolor para mostrarle a Josef lo mucho que sentía que *Herr* Meier le hubiera hecho aquello.

Esa tarde, un grupo de las Juventudes Hitlerianas se quedó esperando a Josef fuera del colegio. Se le echaron encima, le pegaron y le dieron patadas por ser judío, y le dijeron todo tipo de insultos.

Y lo peor fue que Klaus se había unido a ellos.

Lucir aquel uniforme convertía en monstruos a los chicos. Josef había visto cómo sucedía. Desde entonces había hecho todo cuanto estaba en sus manos con tal de evitar a las Juventudes Hitlerianas, pero ahora mismo acababa de entregarse en bandeja a uno de ellos, ¡y todo por haberse quitado la banda para pasearse por un tren y comprar un periódico! Los obligarían a bajar del tren, a su madre, a su hermana y a él y, quizá, incluso los enviarían a un campo de concentración.

Josef había sido un necio, y ahora lo iban a pagar su familia y él.

ISABEL

LA HABANA, CUBA
1994

ISABEL ABRIÓ LOS OJOS Y SE APARTÓ LA trompeta de los labios. Estaba segura de que acababa de oír el sonido de unos cristales rotos, pero allí continuaba fluyendo el río de coches y bicicletas bajo el brillante sol del Malecón como si nada hubiera pasado. Isabel hizo un gesto negativo con la cabeza, convencida de que se estaba imaginando el sonido, y volvió a llevarse la trompeta a los labios.

Entonces, de repente se oyó el grito de una mujer, el disparo de una pistola —¡pam!—, y el mundo se enloqueció.

Mucha gente a pie surgió corriendo de los callejones adyacentes. Cientos de personas. Eran hombres, principalmente, muchos de ellos sin camiseta bajo los treinta y ocho grados de temperatura del mes de agosto, las espaldas morenas resplandecientes al sol. Gritaban y entonaban cánticos. Lanzaban piedras y botellas. Se abalanzaron a la calle, y los pocos policías del Malecón enseguida se vieron desbordados. Isabel vio cómo se hacía añicos el escaparate de un supermercado y la gente se metía dentro a robar zapatos, papel higiénico y jabón de baño. Sonó una alarma en la calle. Salía humo de detrás de un edificio de departamentos.

Había disturbios en La Habana, y el padre y el abuelo de Isabel se encontraban en algún lugar, en medio de todo ello.

Algunas personas huían del caos, pero era más la gente que corría hacia él, e Isabel echó a correr con ellos. Los coches hacían sonar el claxon. Las bicicletas se daban media vuelta y regresaban pedaleando. El gentío era tan denso como una plantación de caña de azúcar. Isabel se movía en zigzag entre la gente con la trompeta metida debajo del brazo, buscando a su Papi y a Lito.

—¡Libertad! ¡Libertad! —gritaban los alborotadores.

—¡Fuera Castro!

—¡Ya está bien!

Isabel no podía creer lo que estaba oyendo. A aquel al que descubrían criticando a Fidel Castro lo metían en la cárcel, y nunca se volvía a saber de él. Sin embargo, las calles estaban ahora llenas de gente que gritaba: "¡Abajo Fidel! ¡Abajo Fidel!".

—¡Papi! —gritó Isabel—. ¡Lito!

Su abuelo se llamaba Mariano, pero Isabel lo llamaba Lito, diminutivo de abuelito.

Detonaron unos rifles, e Isabel se agachó. Más policías llegaban en moto y en camiones militares, y las protestas se estaban volviendo cruentas. Los alborotadores y la policía cruzaban piedras y balas, y un hombre con la cabeza ensangrentada pasó delante de Isabel, que se tambaleó horrorizada. Una mano la sujetó y le hizo dar un brinco, y ella se dio la vuelta. ¡Lito! Se lanzó a los brazos de su abuelo.

—¡Gracias a Dios que estás bien! —le dijo él.

—¿Dónde está Papi? —preguntó ella.

—No lo sé. No estábamos juntos cuando empezó todo —le dijo su abuelo.

Isabel le puso de golpe la trompeta en los brazos.

—¡Tengo que encontrarlo!

—¡Chabela! —gritó su abuelo, que utilizó su apodo de la infancia, como siempre hacía—. ¡No! ¡Espera!

Isabel no le hizo caso. Tenía que encontrar a su padre. Si lo volvía a detener la policía, lo enviarían de nuevo a la cárcel, y esta vez quizá no lo dejarían salir.

Isabel fue esquivando a la multitud tratando de mantenerse alejada del lugar donde la policía había formado una línea.

—¡Papi! —gritaba—. ¡Papi!

Pero Isabel era demasiado baja, y había demasiada gente.

Muy por encima de ella, vio que había gente subiéndose a un gran letrero luminoso que colgaba de la fachada de un hotel turístico, y eso le dio una idea. Se abrió paso hasta uno de los coches que estaban atascados en los disturbios, un viejo Chevy americano con las aletas traseras cromadas que aún andaba, desde antes de la Revolución, en los años cincuenta. Se encaramó al parachoques y se subió al cofre. El hombre que estaba al volante tocó el claxon y se quitó el puro de la boca para ponerse a vociferar.

—¡Chabela! —le gritó su abuelo cuando la vio—. ¡Chabela, bájate de ahí!

Isabel no hizo caso a ninguno de los dos y se volvió a un lado y a otro llamando a voces a su padre. ¡Allí! Vio a su Papi en el preciso instante en que él tomaba fuerza para lanzar una botella que impactó en la línea policial a lo largo del espigón. Aquello fue la gota que derramó el vaso para la policía. A la orden de su mando, se fueron contra la multitud y empezaron a arrestar manifestantes y los golpeaban con sus macanas de madera.

En toda aquella confusión, un policía se enzarzó con el padre de Isabel y lo agarró del brazo.

—¡No! —chilló Isabel.

De un salto, se bajó del cofre del coche y se abrió paso entre el caos. Cuando llegó hasta su Papi, el hombre estaba acurrucado en el suelo, y el policía lo estaba golpeando con la macana.

El policía levantó el bastón para volver a pegar a su padre, e Isabel se interpuso de un salto.

—¡No! ¡No lo haga! ¡Por favor! —chilló.

En un fogonazo, la mirada del policía pasó de la ira a la sorpresa y regresó entonces a la ira. Retrocedió para golpear a Isabel, que se encogió. Pero el golpe no llegó. ¡Otro policía le había sujetado el brazo! Isabel pestañeó. Reconocía a aquel otro policía: era Luis Castillo, el hermano mayor de Iván.

—¿Qué crees que estás haciendo? —le gruñó el otro policía.

Luis no tuvo tiempo para responder. Sonó un silbato. Estaban llamando a los policías a acudir a otro lugar.

De un tirón, el policía furioso se soltó el brazo de la mano de Luis y señaló a Papi con la macana.

—Vi lo que hiciste —dijo—. Volveré a buscarte. Cuando acabe todo esto, te encontraré y te arrestaré, y te quitarán de en medio para siempre.

Luis se llevó de allí al policía enojado y se detuvo justo lo suficiente para lanzar a Isabel una mirada de preocupación al volver la cabeza por encima del hombro.

No fue necesario que dijera nada. Cuando llegó su abuelo y ayudó a Isabel a levantar a su padre, la chica lo comprendió.

Papi tenía que marcharse de Cuba.

Esa misma noche.

MAHMOUD

ALEPO, SIRIA
2015

EL *ADHAN* PROCEDENTE DE UNA MEZQUITA cercana resonó aquella tarde por las calles bombardeadas de Alepo en la melodiosa y etérea voz del muecín que alababa a Alá y llamaba a todo el mundo a la oración. Mahmoud estaba haciendo su tarea de Matemáticas en la mesa de la cocina, pero dejó el lápiz de manera automática y fue al fregadero a lavarse las manos. Estaban otra vez sin agua corriente, así que tuvo que echarse agua en las manos de los bidones de plástico con los que su madre había cargado desde el pozo del vecindario. Al otro lado de la habitación, Waleed estaba sentado como un zombi delante de la tele viendo los dibujos animados de las Tortugas Ninja traducidos al sirio.

La madre de Mahmoud salió del dormitorio, donde había estado doblando ropa, y apagó la televisión.

—Hora de rezar, Waleed. Lávate.

La madre de Mahmoud sostenía en una mano su iPhone de color rosa, y con el brazo libre cargaba a la hermana de Mahmoud, Hana, una bebé. Su madre, Fatima

Bishara, tenía los ojos de un café intenso y el cabello largo y oscuro, que se recogía sobre la cabeza. Hoy llevaba su atuendo habitual de andar por casa: pantalones de mezclilla y una camisa rosa de enfermera que antes se ponía para ir a trabajar. Había dejado el hospital cuando nació Hana, pero no antes de que empezara la guerra, no antes de llegar a casa todos los días con las horribles historias sobre la gente que ella había ayudado a salvar. No eran soldados, sino gente normal. Hombres con heridas de bala. Mujeres con quemaduras. Niños que habían perdido alguna extremidad. No se había quedado catatónica igual que Waleed, pero, en algún momento, aquello se puso tan mal que la mujer había dejado de hablar de ello.

Cuando terminó de lavarse, Mahmoud se dirigió al rincón de la sala que estaba orientado a La Meca. Desplegó dos alfombrillas: una para él y la otra para Waleed. Su madre rezaría sola en su dormitorio. Mahmoud empezó sin Waleed. Se llevó las manos a los oídos y dijo: Allah Akbar, Dios es el más grande. A continuación se llevó los brazos al estómago y dijo una breve oración antes de recitar el primer capítulo del Corán, el libro más sagrado del islam. Se inclinó y volvió a alabar a Alá tres veces, se puso de pie y volvió a alabar a Alá. Después se puso de rodillas, se apoyó en las manos, llevó la cabeza hasta el suelo y volvió a alabar a Alá tres veces más. Cuando terminó, Mahmoud se sentó sobre las piernas y finalizó sus oraciones girando la cabeza a la derecha y después a la izquierda para reconocer a los ángeles que registraban sus actos, los buenos y los malos.

Toda la oración le llevó a Mahmoud unos siete minutos. Mientras rezaba, Waleed se había unido a él. Mahmoud esperó a que su hermano terminara; después enrolló las alfombrillas y regresó a su tarea. Waleed volvió a ver los dibujos animados.

Mahmoud estaba justo empezando una nueva ecuación cuando oyó un ruido por encima de la canción de las Tortugas Ninja. Un rugido como un viento caliente que se elevaba en el exterior. En el segundo que tardó el sonido en pasar de una brisa a un tornado, Mahmoud dejó caer el lápiz, se llevó las manos a los oídos y se tiró debajo de la mesa de la cocina.

A aquellas alturas, él ya sabía cómo sonaba un misil al aproximarse.

Sissssss… ¡BUUUMMM!

La pared de su departamento explotó y lanzó fragmentos de concreto roto y cristales por la habitación. El suelo se sacudió debajo de Mahmoud y lo lanzó hacia atrás con la mesa y las sillas, al interior de la cocina. El mundo era un torbellino de ladrillos, de platos rotos, de patas de mesa y de calor, y Mahmoud se estampó contra un armario. El aliento lo abandonó al instante, y cayó al suelo con un golpe fuerte y seco, sobre un montón de metal y cemento.

Le zumbaban los oídos con un quejido agudo, igual que la televisión cuando el satélite estaba buscando una señal.

Sobre él lanzaba chispas lo que quedaba de las luces del techo. Nada importaba en aquel momento salvo el aire. Mahmoud no podía respirar. Era como si tuviera a alguien sentado en el pecho. Empezó a agitarse entre los escombros. No podía respirar. ¡No podía respirar! Hacía fuertes aspavientos en los escombros, escarbando y arañando entre los restos como si de alguna manera pudiera desplazarse clavando las uñas y regresar a un lugar donde hubiera aire.

Y entonces comenzaron a funcionar de nuevo sus pulmones y a sacudirse a grandes bocanadas. El aire estaba lleno de polvo, le arañaba y le raspaba en la garganta al entrar, pero Mahmoud jamás había probado nada más dulce. Los oídos aún le zumbaban, pero entre aquel zumbido pudo oír más impactos y explosiones. Se dio cuenta de que no sólo habían alcanzado su edificio. Era el barrio entero.

Mahmoud sentía la cabeza húmeda y caliente. Se llevó allí la mano y la retiró ensangrentada. Le dolía el hombro, y el pecho aún le abrasaba con cada costosa y desesperada respiración, pero lo único que importaba ahora era llegar hasta su madre. Su hermana. Su hermano.

Mahmoud se apoyó para levantarse de los escombros y vio el edificio del otro lado de la calle a plena luz del día, como si él estuviera de pie en el aire justo al lado. Pestañeó, aún aturdido, y entonces lo comprendió.

Había desaparecido la pared exterior entera de su departamento.

JOSEF

EN UN TREN CAMINO A HAMBURGO, ALEMANIA

1939

1 día lejos de casa

EL JOVEN HITLERIANO CONDUJO A JOSEF por el estrecho pasillo del vagón de pasajeros alemanes. Surgieron las lágrimas en los ojos de Josef. El Camisa Parda que se había llevado a su padre en la Kristallnacht había dicho: "Vendremos muy pronto por ti", pero Josef no se había quedado esperando. Había ido directo hacia ellos con aquella estúpida aventura.

Llegaron a un compartimento con un hombre que lucía el uniforme de la Gestapo, la policía secreta del régimen nazi, y Josef se tropezó. El hombre de la Gestapo alzó la vista y los miró a través del cristal de su puerta.

"No. Aquí no. Así no", rezó Josef.

Y el chico de las Juventudes Hitlerianas empujó a Josef para que siguiera avanzando por el pasillo.

Llegaron ante la puerta del vagón de los judíos, y el joven hitleriano le dio la vuelta a Josef. Miró a su espalda para asegurarse de que nadie estaba escuchando.

—Pero ¿en qué estabas pensando? —susurró el chico.

Josef era incapaz de hablar.

El chico le entregó a Josef la banda con brusquedad.

—Póntela. Y no lo vuelvas a hacer jamás —le dijo el joven hitleriano a Josef—. ¿Entendido?

—Eh…, sí —tartamudeó Josef—. Gracias. *Graciasgraciasgracias.*

El chico de las Juventudes Hitlerianas suspiró con fuerza, con la cara enrojecida como si fuera él quien se hubiera metido en un lío. Vio el caramelo que Josef había comprado para Ruth y lo agarró. Se irguió, tiró de la parte inferior de la camisa parda para alisarla, se dio media vuelta y se marchó.

Josef regresó a su compartimento sin hacer ruido, aún temblando, y se dejó caer en su banco. Allí permaneció el resto del viaje, con la banda bien colocada en su sitio y tan a la vista como era posible. Ni siquiera salió para ir al baño.

Horas más tarde, el tren llegó a la Estación Central de Hamburgo. La madre de Josef los condujo a él y a su hermana entre la multitud hacia los muelles del puerto, donde los esperaba su barco.

Josef no había visto nunca algo tan grande. Si se pudiera colocar aquel barco en posición vertical, sería más alto que cualquier edificio de Berlín. Dos chimeneas pardas se alzaban en el centro del barco, y de una de ellas salía el humo gris negruzco del motor diésel. Una rampa pronunciada ascendía hasta el borde del casco negro y alto, y ya había cientos de personas a bordo, arremolinándose aquí y allá bajo los coloridos banderines que ondeaban al viento y saludando con la mano a los familiares y amigos que estaban abajo, en el muelle. Por encima de todos ellos ondeaba la bandera nazi roja y blanca con la esvástica negra en el centro, como si pretendiera recordarle a todo el mundo quién estaba al mando.

El barco se llamaba St. Louis. Josef ya sabía que ése era el nombre de una ciudad estadounidense, San Luis. Aquello le pareció un buen augurio, señal de que acabarían llegando a Estados Unidos. Quizá algún día visitarían la verdadera San Luis.

Un hombre de aspecto desaliñado salió tambaleándose de detrás de las cajas y los equipajes apilados en el muelle, y Ruthie gritó. Josef se sobresaltó, y su madre dio un paso atrás atemorizada.

El hombre estiró el brazo hacia ellos.

—¡Lo consiguieron! ¡Por fin!

"Esa voz", pensó Josef. "¿Podía ser de verdad...?".

El hombre rodeó a mamá con los brazos. Ella le permitió abrazarla, aunque no apartaba los brazos de delante del pecho como si quisiera mantener la distancia con él.

El hombre retrocedió y la sostuvo con los brazos estirados.

—¡Mi queridísima Rachel! —dijo el hombre—. ¡Creía que jamás te volvería a ver!

Sí, era. Era él. El hombre desaliñado que había salido arrastrando los pies de entre las sombras como un interno que se hubiera escapado de un manicomio era el padre de Josef, Aaron Landau.

Josef se estremeció. Su padre no se parecía en absoluto al hombre al que se habían llevado a rastras de su casa seis meses antes. Le habían rapado el cabello castaño y espeso de la cabeza y la barba, y ahora tenía ambas cubiertas por la sombra de un pelo muy corto y descuidado. También estaba más delgado. Demasiado flaco. Era un esqueleto que llevaba puesto un traje harapiento que le venía tres tallas más grande.

Los ojos saltones de Aaron Landau destacaron en su rostro demacrado cuando se volvió a mirar a sus hijos. Josef se quedó sin aliento, y Ruthie gritó y hundió la cara en el estómago de papá mientras que él abarcaba a los dos en un abrazo. Su olor era tan fuerte —como el callejón de detrás de una carnicería— que Josef tuvo que apartar la cara.

—¡Josef! ¡Ruth! ¡Queridos míos! —Besó a los dos una y otra vez en la coronilla, y entonces retrocedió de un salto. Observó a su alrededor con una mirada frenética, como si hubiera espías en todas partes—. Tenemos que irnos. No podemos quedarnos aquí. Tenemos que subir a bordo antes de que nos detengan.

—Pero si tengo los pasajes —dijo mamá—. Los visados.

Papá hizo un rápido gesto negativo con la cabeza.

—Da igual —dijo. Movía los ojos de tal forma que parecía que se le iban a salir de las órbitas—. Nos detendrán. Me llevarán de vuelta.

Ruthie se agarró a su hermano. Papá la estaba asustando. Y también estaba asustando a Josef.

—¡Rápido! —dijo papá.

Tiró de la familia y se la llevó con él entre las pilas de cajas, y Josef, su madre y su hermana trataban de seguirlo mientras iba disparado de un sitio a otro esquivando a enemigos imaginarios. Josef miró a su madre con una expresión aterrorizada que decía: ¿qué le pasa a papá? Mamá se limitó a hacerle un gesto negativo con la cabeza con una mirada llena de preocupación.

Cuando se acercaron a la rampa, papá se agachó detrás de la última caja.

—Cuando cuente tres, salimos corriendo hacia allá —le dijo a su familia—. No se detengan. No se detengan por nada del mundo. Tenemos que subir a ese barco. ¿Están preparados? Uno, dos, tres.

Josef no estaba preparado. Ninguno lo estaba. Vieron cómo Aaron Landau echaba a correr hacia la rampa, donde otros pasajeros hacían cola para entregarle su pasaje a un hombre sonriente con uniforme de marinero. El padre de Josef se abalanzó al sobrepasar al marinero y se tropezó con la barandilla de la rampa antes de enderezarse y subir a toda velocidad por la pasarela.

—¡Espere! —gritó el marinero.

—Rápido, ahora, niños —dijo mamá. Juntos, se apresuraron cuanto pudieron con tal de llegar a la rampa cargados con todas las maletas—. Yo tengo su boleto —le dijo mamá al marinero—. Lo siento mucho. Podemos esperar nuestro turno.

El hombre que estaba el primero de la fila, asustado, les hizo un gesto para dejarles pasar, y la madre de Josef le dio las gracias.

—Es que mi marido tiene... muchas ganas de marcharse —le dijo al marinero.

El hombre le ofreció una sonrisa triste y perforó los boletos.

—Lo comprendo. Ah..., permítame que consiga a alguien que le ayude con esas maletas. ¿Mozo?

Josef se quedó maravillado cuando otro marinero —un hombre alemán que no llevaba ninguna banda con la estrella de David, que no era judío— se colocó una maleta debajo de cada brazo y cargó otra en cada mano y les abrió paso subiendo por la pasarela. Los trató como a unos clientes de verdad. Como a personas de verdad. Y no era el único. Todos los marineros con los que se cruzaban se descubrían la cabeza ante ellos, y el auxiliar que les mostró su camarote les aseguró que podían llamarle para lo que necesitaran mientras estuvieran a bordo. Cualquier cosa en absoluto. El camarote estaba impoluto, la ropa de cama estaba recién lavada, y las toallas de mano estaban planchadas y bien amontonadas.

—Es una trampa —dijo papá cuando se cerró la puerta. Miró alrededor de la habitación como si las paredes se le estuvieran viniendo encima—. No tardarán en venir a buscarnos —dijo.

Era justo lo que el Camisa Parda le había dicho a Josef.

Mamá le puso la mano a Josef y a Ruth en la cabeza.

—¿Por qué no van arriba, a cubierta? —les dijo en voz baja—. Yo me quedaré aquí con su padre.

Para Josef y para Ruth fue un placer apartarse de su padre. Unas pocas horas más tarde, observaron desde la cubierta de paseo cómo los remolcadores tiraban del St. Louis y lo alejaban del muelle, y cómo los pasajeros lo celebraban, aventaban confeti y lanzaban besos de despedida entre lágrimas. Josef y su familia ponían rumbo a otro país. A una nueva vida.

Sin embargo, Josef sólo podía pensar en las cosas tan terribles que le tenían que haber pasado a su padre para darle un aspecto tan horrible y hacerle actuar con tanto miedo.

ISABEL

A LAS AFUERAS DE LA HABANA, CUBA

1994

ISABEL Y SU ABUELO SENTARON A SU PADRE en una silla en su pequeña cocina, y la madre de Isabel, Teresa Padrón de Fernández, corrió hasta el mueble de abajo del lavabo a buscar yodo. Isabel se apresuró a seguirla. Su madre estaba embarazada y pronto daría a luz, de modo que Isabel se agachó para buscar el yodo por ella.

El padre de Isabel, Geraldo Fernández, siempre había sido un hombre guapo, aunque ahora no lo parecía. Tenía sangre en el pelo, y ya se le estaba poniendo negra la zona alrededor de un ojo. Cuando le quitaron la camisa blanca de lino, tenía la espalda cubierta de moretones.

Isabel observó cómo su Mami le limpiaba los cortes con una toalla. Papi se quejaba entre dientes mientras ella se los desinfectaba con el yodo.

—¿Qué pasó? —preguntó la madre de Isabel.

En la televisión del rincón había un partido de beisbol de los Industriales, y el abuelo de Isabel bajó el volumen.

—Hubo disturbios en el Malecón —dijo Lito—. Se les acabó la comida demasiado rápido.

—No me puedo quedar aquí —dijo Papi. Tenía la cabeza baja, pero hablaba alto y claro—. Ya no. Vendrán por mí.

Todo el mundo se quedó callado al oír aquello. Lo único que se oyó fue el leve crujido de un bate de beisbol y el rugir del público en la televisión.

Papi ya había intentado huir de Cuba en dos ocasiones. La primera vez, otros tres hombres y él habían construido una balsa y habían intentado llegar remando hasta Florida, pero una tormenta tropical les hizo volver. La segunda vez, su barca tenía un motor, pero lo capturó la Marina cubana y lo metieron en la cárcel durante un año.

Ahora era todavía más difícil escapar. Durante décadas, Estados Unidos había rescatado a cualquier cubano que encontrara en el mar y lo trasladaba a Florida. Pero la escasez de comida había llevado a más y más cubanos al Norte. Demasiados. Los estadounidenses tenían una nueva política que todo el mundo conocía como "pies mojados, pies secos". Si capturaban a los refugiados cubanos en el mar con los pies mojados, los enviaban a la base estadounidense en Guantánamo, al sur de Cuba. Desde ahí, los cubanos podían decidir: regresar a Cuba —y con Castro— o languidecer en un campo de refugiados mientras Estados Unidos decidía qué hacer con ellos. Pero si conseguían sobrevivir al viaje a través del estrecho de Florida, eludir a los guardacostas norteamericanos y llegar a pisar suelo estadounidense —que los encontraran con los pies secos—, entonces les concedían la condición especial de refugiados y les permitían quedarse y convertirse en ciudadanos de Estados Unidos.

Papi iba a volver a huir, y esta vez, lo capturaran con los pies mojados o con los pies secos, no iba a regresar.

—No hay razón para lanzarte al mar en una balsa —dijo Lito—. Puedes desaparecer una temporada. Sé de un cobertizo pequeño en los campos de caña. Las cosas mejorarán. Ya lo verás.

Papi dio un puñetazo sobre la mesa.

—Y ¿de qué manera van a mejorar exactamente, Mariano? ¿Acaso crees que la Unión Soviética de repente va a decidir volver a unificarse y empezar a enviarnos alimentos de nuevo? Nadie va a venir a ayudarnos, y Castro sólo está empeorando las cosas.

Como si el hecho de pronunciar su nombre lo hiciera aparecer, un mensaje especial del presidente cubano interrumpió el partido de beisbol de la televisión.

Fidel Castro era un hombre mayor, con manchas de la vejez en la frente, el pelo cano, una barba poblada y gris y bolsas bajo los ojos. Vestía igual que todas las veces que salía en televisión —chamarra verde militar y gorra redonda con visera— y estaba sentado detrás de una hilera de micrófonos.

Todo el mundo guardó silencio mientras Lito subió el volumen. Castro condenó la violencia que se había producido en el Malecón y le echó la culpa a agentes norteamericanos.

Papi soltó un bufido.

—No eran agentes americanos. Eran cubanos hambrientos.

Castro divagaba sin seguir un guion, citando novelas y contando anécdotas personales sobre la Revolución.

—Venga, apaga eso —dijo Papi.

Sin embargo, antes de que Mami alcanzara el aparato, Castro dijo algo que hizo que todos se incorporaran y escucharan.

—No podemos continuar patrullando las fronteras con los Estados Unidos mientras ellos nos envían a sus agentes de la CIA a instigar los disturbios en La Habana. Es entonces cuando se producen incidentes como éstos y el mundo dice que el régimen cubano es inhumano y cruel. Y así, hasta que haya una solución rápida y eficaz, vamos a retirar todos los obstáculos de forma que todos aquellos que quieran abandonar Cuba lo puedan hacer de manera legal, de una vez por todas. No nos interpondremos en su camino.

—¿Qué es lo que acaba de decir? —preguntó Mami.

Papi tenía los ojos como platos al levantarse de la mesa de la cocina.

—¡Castro acaba de decir que quien quiera se puede marchar!

Isabel sintió como si le acabaran de arrancar el corazón del pecho. Si Castro iba a dejar que cualquiera se marchara, su padre se habría ido antes de que el sol saliera a la mañana siguiente. Lo podía ver en su mirada delirante.

—¡No te puedes ir ahora! —le dijo Lito a Papi—. ¡Tienes una familia de la que cuidar! ¡Una esposa! ¡Una hija! ¡Y un hijo en camino!

El padre y el abuelo de Isabel comenzaron a discutir a gritos sobre los dictadores y la libertad, sobre la familia y las responsabilidades. Lito era el padre de su madre, y Papi y él nunca se habían llevado muy bien. Isabel se tapó los oídos y se apartó. Tenía que pensar en una respuesta a todo aquello, una solución que mantuviera su familia unida.

Entonces se le ocurrió.

—¡Pues nos vamos todos! —gritó Isabel.

Aquello calló a todo el mundo. Incluso Castro dejó de hablar, y la televisión volvió a emitir el partido de beisbol.

—No —dijeron a la vez Papi y Lito.

—¿Por qué no? —dijo Isabel.

—Para empezar, tu madre está embarazada —dijo Lito.

—De todas formas, aquí no hay nada con qué alimentar al bebé —dijo Isabel—. No hay nada de comer para ninguno de nosotros, ni dinero con el que comprarlo si acaso lo hubiera. Pero sí hay alimentos en Estados Unidos. Y libertad. Y trabajo.

Y un lugar donde a su padre no le pegarían palizas ni lo arrestarían. Y del que no huiría.

—Nos iremos todos mientras Castro deje salir a la gente —prosiguió Isabel—. Lito también.

—¿Qué? Pero si yo… No —protestó Lito.

Todos guardaron silencio por un momento más, hasta que su padre dijo:

—Pero si ni siquiera tengo una barca.

Isabel asintió. Eso también lo podía arreglar.

Sin decir nada, Isabel salió corriendo a la puerta de al lado, a casa de los Castillo. Luis, el hermano mayor que la había salvado de los golpes del policía, no había llegado aún a casa del trabajo, ni tampoco estaba su madre, Juanita, que trabajaba en una oficina cooperativa de asistencia legal. Pero Isabel sí encontró a Iván y a su padre, Rudi, donde pensaba que estarían: trabajando en la balsa, en el cobertizo.

Era un cacharro azul feo formado con anuncios viejos de metal, señales de tráfico y bidones de aceite. Apenas entraba dentro de la categoría de barca, pero era lo bastante grande para que cupieran los cuatro miembros de la familia Castillo... y quizá para cuatro invitados más.

—Pero bueno, si es el huracán Isabel —dijo el señor Castillo.

El padre de Iván tenía el pelo blanco peinado hacia atrás y, aunque no había alimentos, lucía la panza de la mediana edad.

—¡Tienen que llevarnos con ustedes! —dijo Isabel.

—No, no tenemos que hacerlo —afirmó el señor Castillo—. Iván, clavo.

—¡Hay disturbios en La Habana! —dijo Isabel.

—Cuéntame algo que yo no sepa —dijo el señor Castillo—. Iván, clavo.

Iván le entregó otro clavo.

—Casi arrestan a mi padre —dijo Isabel—. Si no nos llevan con ustedes, lo meterán en la cárcel.

El señor Castillo dejó de dar martillazos por un instante y le dijo que no con la cabeza.

—No hay sitio. Ni tampoco necesitamos un fugitivo a bordo.

Iván miró a su padre con mala cara, pero sólo Isabel lo vio.

—Por favor —suplicó Isabel.

—De todas formas, tampoco tenemos gasolina —dijo Iván, que puso una mano sobre el motor de motocicleta que habían montado en la barca—. De momento no vamos a ninguna parte.

—¡Yo puedo arreglar eso! —exclamó Isabel.

Volvió corriendo a casa. Su padre y su abuelo seguían discutiendo en la cocina, así que entró por detrás sin hacer ruido. Agarró su trompeta, le dedicó una larga y triste mirada y volvió a salir corriendo por la puerta de atrás. Ya estaba en la calle cuando se detuvo, corrió al patio trasero de su casa y también agarró a la pequeña gatita que maullaba. Con la trompeta en una mano y la gatita en la otra, corrió varias manzanas hasta la playa, donde golpeó la puerta de un pescador al que conocía su abuelo. Su barca de pesca con motor de gasolina se mecía con suavidad en un muelle cercano.

El pescador salió a la puerta chupándose los dedos y frunció el ceño. Isabel lo había encontrado cenando. Pescado frito, así olía. El hocico de la gatita olisqueó el aire, y el animal se puso a maullar. A Isabel le rugió el estómago.

—Tú eres la nieta de Mariano Padrón, ¿verdad? —dijo el pescador—. ¿Qué quieres?

—¡Necesito gasolina! —le dijo Isabel.

—Ah, ¿y eso? Pues yo necesito dinero.

—No tengo dinero —dijo Isabel—. Pero tengo esto.

Isabel le mostró la trompeta. Lamentó que el metal estuviera un poco deslucido, pero era su posesión más valiosa. El pescador tenía que aceptar el trueque.

—Y ¿qué voy a hacer yo con eso? —le preguntó.

—Venderla —le dijo Isabel—. Es francesa, y antigua, y suena de maravilla.

El pescador suspiró.

—Y ¿por qué necesitas tanto la gasolina?

—Para marcharnos de Cuba antes de que arresten a mi padre.

El pescador se limpió los labios con el reverso de la mano. Isabel permaneció allí de pie durante lo que a ella le parecieron horas, con las tripas retorciéndose como un remolino. Finalmente, el hombre alargó la mano y agarró la trompeta.

—Espera aquí —le dijo.

Isabel contuvo el aliento, y el pescador no tardó en volver con dos bidones enormes de plástico con gasolina.

—¿Es suficiente? —preguntó Isabel.

—¿Para llegar a Miami? Sí, de ida y vuelta.

A Isabel se le pusieron los ánimos por las nubes, y se puso a dar saltos.

—¡Gracias, gracias, gracias, gracias! —le dijo Isabel—. Ah, y también tiene que quedarse con la gatita.

Le mostró la criatura que se retorcía, pero el viejo pescador se limitó a quedarse mirándola.

—Ah, ¿y eso? —le dijo el pescador.

—Por favor —le dijo Isabel—. O si no, vendrá alguien y se la comerá. Pero usted tiene pescado para comer. Ella se puede comer las sobras.

El pescador miró a la gata con cara de sospecha.

—¿Es una buena cazadora de ratones?

—Ah, sí —dijo Isabel, aunque estaba segura de que hasta un simple ratón le causaría problemas a aquella cosa tan esquelética—. Se llama Leona.

El viejo pescador suspiró y tomó de sus manos a la gatita, que no dejaba de retorcerse.

Isabel sonrió, y entonces se percató de lo grandes y pesados que eran los bidones de gasolina.

—Ah, y también necesito que me ayude a llevar esto a casa.

MAHMOUD

ALEPO, SIRIA
2015

A TRAVÉS DEL ENORME AGUJERO QUE ANTES era la pared de su departamento, Mahmoud vio unas nubes de humo blanco grisáceo de impactos de misiles que surgían por todas partes. Sacudió la cabeza tratando de librarse del silbido y miró a su hermano pequeño. Waleed estaba sentado justo en el mismo sitio en que se encontraba antes del ataque, en el suelo delante de la televisión.

Sólo que la televisión ya no estaba allí. Había caído cinco pisos hasta el suelo con el resto de la pared exterior, y Waleed se había quedado a unos centímetros de unirse a ambas.

—¡Waleed! ¡No te muevas! —gritó Mahmoud.

Cruzó la habitación a toda prisa, y los tobillos se le doblaban de forma dolorosa sobre los restos de la pared rota. Waleed estaba sentado quieto como una estatua, y con el aspecto de una estatua, también. Estaba cubierto de un polvillo gris de la cabeza a los pies, como si se hubiera dado un baño en polvo seco de cemento. Mahmoud llegó por fin hasta él, lo levantó de golpe y lo apartó del borde del precipicio que antes era la pared de su casa.

—Waleed... Waleed, ¿estás bien? —le preguntó Mahmoud al darle la vuelta.

La mirada de los ojos de Waleed estaba viva, aunque vacía.

—Waleed, dime algo. ¿Estás bien?

Finalmente, Waleed levantó la mirada hacia él.

—Estás sangrando —fue todo lo que dijo.

—¿Mahmoud? ¿Waleed? —gritó su madre. Se tambaleó hasta la puerta de su dormitorio con Hana llorando en sus brazos—. ¡Oh, están vivos, gracias a Alá!

Cayó de rodillas y atrajo a ambos en un abrazo. Mahmoud tenía el pulso acelerado, aún le zumbaban los oídos y el hombro le quemaba, pero estaban vivos. ¡Estaban todos vivos! Sintió que se le saltaban las lágrimas, y se las limpió de los ojos.

Bajo sus pies, el suelo gruñía y se movía.

—¡Tenemos que salir de aquí! —dijo la madre de Mahmoud, que puso a Hana en brazos de su hijo—. De prisa, váyanse. Toma a tu hermana y a tu hermano. Yo iré detrás de ustedes. Sólo tengo que recoger algunas cosas.

—¡No, mamá!

—Váyanse —le dijo a Mahmoud mientras empujaba a todos hacia la puerta.

Mahmoud sujetó a Hana con un brazo, tomó de la mano a Waleed y se lo llevó a rastras hacia la puerta principal, pero su hermano tiraba y se resistía.

—¿Qué pasa con mis muñecos? —preguntó Waleed, que miraba hacia atrás por encima del hombro como si quisiera volver por ellos.

—¡Compraremos unos nuevos! —le dijo Mahmoud—. ¡Tenemos que salir de aquí!

Al otro lado, la familia Sarraf ocupaba el pasillo: madre, padre y dos hijas gemelas, ambas más pequeñas que Waleed.

—¿Qué ha pasado? —le preguntó a Mahmoud el señor Sarraf, que vio entonces que faltaba la pared, y se le abrieron los ojos como platos.

—¡Han alcanzado el edificio! —dijo Mahmoud—. ¡Tenemos que salir!

El señor y la señora Sarraf volvieron a entrar corriendo en su departamento, y Mahmoud cargó con Hana escaleras abajo jalando a Waleed, detrás de él. A medio camino hacia la planta baja, el edificio volvió a moverse, y las escaleras de concreto se separaron de la pared y dejaron una grieta de cinco centímetros. Mahmoud se agarró a la barandilla para sujetarse y esperó un largo y ansioso momento para ver si las escaleras se iban a derrumbar. Como no lo hicieron, corrió el resto del trayecto de descenso y salió de golpe a la calle con Hana aún en sus brazos y su hermano justo detrás de ellos.

Había escombros tirados por todas partes. Se oía el ruido sordo de los misiles y las bombas en algún lugar cercano, lo bastante próximo como para sacudir los trozos sueltos de las paredes. Un edificio se sacudió y se derrumbó, y el polvo y los escombros cayeron a la calle en una avalancha. Mahmoud se sobresaltó cuando se vino abajo, pero Waleed se quedó quieto, como si ese tipo de cosas sucedieran todos los días.

Mahmoud se sorprendió de golpe al percatarse de que ese tipo de cosas *sí sucedían* todos los días. Pero no a ellos. Hasta ahora.

La gente huía hacia la calle por todas partes a su alrededor cubierta de polvo gris y de sangre. No se oía ninguna sirena. Las ambulancias no venían a socorrer a los heridos. Ni los coches de policía ni el personal de emergencias acudían corriendo a la escena.

Ya no quedaba ninguno, ya no quedaba nadie.

Mahmoud alzó la vista a su edificio. La fachada entera se había derrumbado, y Mahmoud tuvo la sensación de estar mirando una casa de muñecas gigante. Cada piso tenía una sala, una cocina y un rincón para orar igual que su casa, cada una decorada de un modo distinto.

El edificio volvió a soltar un gruñido, y una cocina de la planta más alta comenzó a inclinarse hacia la calle. Se hundió sobre la sexta planta, y después sobre el departamento de Mahmoud, y siguió hundiéndose como un dominó. A Mahmoud apenas le dio tiempo de gritar "¡Corran!" y jalar a sus hermanos para alejarlos antes de que el edificio entero se desplomara sobre la calle con el estruendo de un caza a reacción.

A salvo en la acera de enfrente, agarrando a Hana y a Waleed, Mahmoud de repente se percató de que su madre aún estaba en el edificio.

—¡Mamá! ¡Mamá! —gritó Mahmoud.

—¿Mahmoud? ¿Waleed? —oyó que gritaba su madre, y entonces salió de detrás del montón de escombros con la familia Sarraf, todos ellos cubiertos de polvo gris.

Corrió hacia Mahmoud, Hana y Waleed y los abrazó.

—Salimos por la escalera de atrás —les dijo—. Justo a tiempo.

Mahmoud alzó la mirada hacia el lugar donde antes estaba su departamento. Ya no estaba allí. Su casa había quedado completamente destruida. ¿Qué iban a hacer ahora? ¿Adónde irían?

La madre de Mahmoud llevaba sus mochilas del colegio, y las intercambió por Hana. Mahmoud era incapaz de entender por qué su madre se había molestado en salvar sus mochilas, hasta que vio que estaban llenas de ropa y pañales. Había vuelto por cualquier cosa que se pudiera llevar de la casa.

Todas sus pertenencias se encontraban dentro de aquellas dos mochilas.

—No consigo localizar a tu padre —dijo la madre de Mahmoud tocando con el pulgar en la pantalla de su celular—. Estamos otra vez sin cobertura.

El padre de Mahmoud era ingeniero en la compañía de teléfonos. Si estaban sin línea, era probable que su padre estuviera trabajando para arreglarlo. Pero ¿y si alguna de las bombas había alcanzado a su padre? A Mahmoud se le retorció el estómago y se le hicieron varios nudos tan sólo de pensarlo.

Pero allí apareció su padre entonces, corriendo por la calle hacia ellos, y Mahmoud se sintió como si fuera capaz de volar.

—¡Fatima! ¡Mahmoud! ¡Waleed! ¡Hana! —gritaba su padre. Los envolvió a todos en un abrazo y le dio un beso a Hana en la frente—. ¡Gracias a Alá están vivos! —exclamó.

—¡Papá, nuestra casa ya no está! —le contó Mahmoud—. ¿Qué hacemos?

—Lo que deberíamos haber hecho hace mucho tiempo. Nos marchamos de Alepo. Ahora mismo. Estacioné el coche aquí cerca. Podríamos estar en Turquía mañana mismo. Podemos vender el coche allí y seguir nuestro camino hacia el norte, a Alemania.

Todos se quedaron quietos mientras el padre de Mahmoud echaba a andar delante de ellos.

—¿A Alemania? —dijo la madre de Mahmoud.

Mahmoud se había quedado tan sorprendido como su madre, por cómo sonaba ella. ¿Alemania? Recordó el mapamundi que colgaba en su clase. Alemania estaba en algún lugar más al norte, en el corazón de Europa. Era incapaz de imaginarse viajando tan lejos. Lo más lejos de Alepo que había estado era en la casa de su abuela, en el campo.

—Sólo durante una temporada —dijo el padre de Mahmoud—. Vi en la televisión que están recibiendo refugiados. Nos podemos quedar allí hasta que todo esto acabe, hasta que podamos volver a casa.

—En Alemania hace frío —dijo Mahmoud.

—*¿Y si hacemos un muñeco?* —cantó su padre.

Habían ido al cine a ver *Frozen...* en la época en que había cines en Alepo.

—Youssef... —le advirtió la madre de Mahmoud.

El padre de Mahmoud puso una expresión avergonzada.

—No tiene que ser un muñeco.

—Esto es serio —dijo mamá—. Sé que hemos hablado de esto desde hace un tiempo, pero ¿hacerlo ahora? ¿De este modo? Se suponía que íbamos a hacer las maletas, comprar boletos, reservar habitaciones... Todo lo que tenemos son dos mochilas y nuestros celulares. Alemania está muy lejos. ¿Cómo vamos a llegar hasta allí?

—Al principio en el coche. —El padre de Mahmoud se encogió de hombros—. ¿Después en barco? ¿En tren? ¿En autobús? ¿A pie? No lo sé. ¿Qué opción tenemos? Nuestra casa está destruida. ¿Pudiste salvar el dinero que estábamos ahorrando?

La mamá de Mahmoud asintió, pero seguía claramente preocupada.

—¡Así que tenemos dinero! Compremos los boletos conforme vayamos avanzando. Y lo más importante,

¡estamos vivos! Pero si nos quedamos en Alepo un día más, quizá ni siquiera tengamos eso. —El padre de Mahmoud miró a su esposa, luego a Hana, a Mahmoud y a Waleed—. Hemos perdido mucho tiempo hablando de esto y no hemos hecho nada. No estamos a salvo aquí. No lo estamos desde hace meses, o años. Debimos de habernos ido hace tiempo, estuviéramos listos o no. Si queremos seguir vivos, tenemos que irnos de Siria.

JOSEF

6 días lejos de casa

RUTHIE IBA DANDO SALTITOS DELANTE DE Josef por la soleada cubierta del barco, más feliz de lo que él la había visto nunca. Y ¿por qué no? El St. Louis era un paraíso. Con la entrada a los cines prohibida en Alemania por ser judía, Ruthie había visto a bordo su primera película de dibujos animados en una noche de cine, y le había encantado…, aunque viniera seguida de un noticiario con Hitler dando gritos sobre los judíos. Tres veces al día, tomaban unas deliciosas comidas en un comedor dispuesto con manteles blancos, copas de cristal y una cubertería de plata reluciente, y los camareros los servían con atención y esmero. Habían jugado al bádminton y al *shuffleboard* con unos discos de madera sobre la cubierta, y la tripulación iba a preparar una piscina que habían prometido llenar con agua del mar una vez que el St. Louis se adentrara en la cálida corriente del Golfo.

Todos los miembros de la tripulación habían tratado a Josef y a su familia con amabilidad y respeto a pesar de las repetidas advertencias de su padre acerca de que todos los alemanes iban por ellos (en cinco días, papá no había salido de su camarote ni una sola vez, ni siquiera para comer, y la madre de Josef apenas se había separado de él). Y tampoco era que la tripulación estuviera siendo amable porque no supieran que eran judíos. Nadie lucía la banda judía en el barco, ni tampoco había jotas sobre ninguno de los compartimentos de los pasajeros, porque todos los pasajeros eran judíos. ¡Los novecientos ocho! Todos ellos se dirigían a Cuba para escapar de los nazis, y, ahora que por fin se hallaban lejos de las amenazas y la violencia que los perseguía a todas partes en Alemania, había cantos, bailes y risas.

Dos niñas de la edad de Ruthie con sendos vestidos de flores a juego estaban asomadas sobre la barandilla y se reían. Josef y su hermana se acercaron a ver qué estaban haciendo. Una de las niñas había encontrado un cordel largo y lo tenía descolgado por la barandilla para hacer cosquillas en la nariz a los pasajeros que dormían en las sillas de abajo, en la cubierta A. Su víctima en aquel momento no dejaba de darse manotazos en la nariz como si tuviera una mosca en ella. Se dio un golpe tan fuerte que se despertó de sopetón, y Ruthie comenzó a reír muy fuerte. Las niñas subieron de golpe el cordel, y todos se tiraron al suelo detrás de la barandilla, donde el hombre no podía verlos riéndose.

—Me llamo Josef —les dijo a las niñas cuando todos se recompusieron—. Y ella es Ruthie.

—¡Josef acaba de cumplir trece años! —les contó Ruthie a las niñas—. Va a tener su bar mitzvá el próximo *sabbat*.

Un bar mitzvá es la ceremonia en la cual un chico se convierte oficialmente en un hombre según la ley judía. Se suele celebrar durante el primer *sabbat* —el día de descanso de los judíos— después de que el joven cumpla trece años. Josef tenía muchas ganas de que llegara su bar mitzvá.

—Sólo si hay personas suficientes —le recordó Josef a su hermana.

—Yo soy Renata Aber —dijo la mayor de las dos niñas—, y ella es Evelyne.

Eran hermanas, y, sorprendentemente, viajaban solas.

—Nuestro padre nos está esperando en Cuba —les contó Renata.

—Y ¿dónde está su madre? —les preguntó Ruthie.

—Pues… quiso quedarse en Alemania —dijo Evelyne.

Josef pudo darse cuenta de que no se sentían muy cómodas hablando de aquello.

—Oye, sé una cosa muy divertida que podemos hacer —les dijo.

Era una broma que Klaus y él le gastaron una vez a *Herr* Meier. Pensar en Klaus hizo que Josef pensara también en otras cosas, pero se sacudió los malos recuerdos. El St. Louis había dejado atrás todo aquello.

—Primero —dijo Josef—, necesitamos jabón.

Cuando encontraron una barra de jabón, Josef les enseñó cómo enjabonar el picaporte redondo de una puerta de tal forma que estuviera tan resbaladizo que fuera imposible girarlo. Lo utilizaron con las perillas de todas las puertas de los compartimentos del pasillo de la cubierta A, arriba y abajo, y después se escondieron detrás de una esquina y esperaron. Poco después llegó por el otro extremo del pasillo un camarero que hacía equilibrios con una gran bandeja de plata y llamó a una puerta. Josef, Ruthie, Renata y Evelyne tuvieron que contener las risitas mientras el camarero llevaba la mano libre a la perilla y trataba de abrir la puerta en vano. El camarero no podía ver con aquella bandeja tan grande que llevaba, y, al tantear a ciegas el picaporte, perdió el equilibrio con la bandeja, que se fue entera al suelo con un gran estruendo metálico.

Los cuatro niños se echaron a reír, y Josef y Renata se llevaron de allí a las dos pequeñas antes de que los descubrieran. Se tiraron al suelo detrás de uno de los botes salvavidas, jadeando y riéndose. Cuando Josef se secó los ojos, se dio cuenta de que no había jugado de aquella manera ni se había reído de aquella forma en muchos años.

Josef pensó que ojalá pudieran quedarse para siempre a bordo del St. Louis.

ISABEL

LA BARCA PESABA MUCHO EN LOS BRAZOS de Isabel, que temía que se le fuera a caer a pesar de que había otras cinco personas que la llevaban con ella. Iván y ella la sujetaban por el centro, uno a cada lado, mientras que los padres de Iván y el padre y el abuelo de Isabel cargaban con la parte de delante y la de atrás.

La señora Castillo, la madre de Iván, era una mujer de piel oscura y con curvas, y llevaba una pañoleta blanca que le cubría los rizos al estilo rastafari. La madre de Isabel, embarazada casi de nueve meses, era la única que no ayudaba a cargar con la barca, que ya de por sí era grande y pesada, y además la habían llenado con los bidones de gasolina, botellas de plástico con agua potable, leche condensada, queso, pan y medicinas. Todo lo demás se quedaría en tierra.

Nada era más importante que llegar a Estados Unidos.

Era de noche, y una luna en cuarto menguante se asomó por detrás de unas nubes dispersas. Una cálida brisa le alborotaba a Isabel el pelo corto y rizado y le ponía la piel de gallina en los brazos. Fidel Castro había dicho que quien quisiera marcharse podía hacerlo sin ningún problema, pero eso había sido unas horas atrás. ¿Y si había cambiado de opinión? ¿Y si había una fila de policías esperando en la playa para arrestarlos? Isabel hizo un esfuerzo para levantar la barca y sujetarla mejor, e intentó avivar el ritmo.

Salieron del camino de tierra del pueblo y cargaron con la barca sobre las dunas hacia el mar. Lo único que podía ver Isabel era el costado metálico de la barca, que tenía delante de la cara, pero oyó un gran escándalo detrás de ella. ¡Había gente en la playa! ¡Muchísima gente! Le entró el pánico al ver que sus peores temores se hacían realidad, y una luz cegadora la iluminó de repente. Isabel dio un grito y soltó la barca.

Por delante de ella, la señora Castillo se tambaleó y se le resbaló la barca, cuya parte delantera dio un golpe contra la arena.

Isabel se dio la vuelta cubriéndose los ojos con la mano y esperando encontrarse que la apuntaba la linterna de un policía. En cambio, lo que vio fue una cámara de televisión.

—Estás en la CNN —le dijo en español una mujer cuyo rostro no era más que una silueta negra a contraluz—. ¿Puedes contarnos qué les hizo tomar la decisión de marcharse?

—¡Rápido! —gritó el señor Castillo desde el otro lado de la barca—. ¡Vuelvan a cargarla! ¡Ya casi estamos en el agua!

—Yo... —dijo Isabel, petrificada ante la deslumbrante luz de la cámara.

—¿Tienes algún pariente en Miami al que quieras enviarle un mensaje? —le preguntó la reportera.

—No, es que...

—¡Isabel! ¡La barca! —gritó Papi.

Los demás ya habían levantado la barca de la arena y avanzaban tambaleándose hacia el sonido de las olas rompiéndose. La luz cegadora de la cámara se apartó de Isabel y alumbró a lo que parecía una fiesta en la playa. Más de la mitad de su pueblo se encontraba allí en la arena, aplaudiendo, saludando con la mano y animando a la gente de las barcas.

Y es que había muchísimas barcas. La familia de Isabel había trabajado toda la noche en secreto con los Castillo, preocupados de que alguien los pudiera oír, pero, al parecer, todos los demás habían estado haciendo lo mismo. Había balsas inflables, canoas con balancines caseros, balsas hechas con cámaras de neumáticos unidas entre sí, barcas construidas con poliestireno y bidones de aceite.

Una balsa de aspecto desvencijado, hecha con palets de madera y cámaras de neumático izó una vela de sábanas, y, cuando el viento la infló, los habitantes de la playa lo celebraron. Al ver que otra barca hecha con un frigorífico viejo se hundía, todos se echaron a reír.

La luz de la cámara volvió a girar, y fue entonces cuando do Isabel vio a la policía.

Había un pequeño grupo de agentes en lo alto de unas rocas que se asomaban sobre la ensenada. Ni mucho menos eran tantos como había visto en La Habana, pero sí eran bastantes, los suficientes para arrestar a su familia por tratar de marcharse de Cuba. Sin embargo, aquellos policías no estaban haciendo nada. Estaban allí de pie, mirando. ¡La orden de Castro debía de seguir aún en pie!

—¡Chabela! —gritó su madre—. ¡Chabela, vamos!

Mami ya estaba en la barca, y Papi estaba ayudando a Iván a subir. El señor Castillo trataba de arrancar el motor.

Isabel se metió en el agua, y las olas le llegaban por la parte baja de los shorts. Ya casi había llegado a los brazos estirados de su padre cuando vio que a Papi se le abrían mucho los ojos.

Isabel echó la vista atrás por encima del hombro. Dos de los policías se habían separado del grupo y venían corriendo hacia el agua.

Hacia ellos.

—No..., ¡no! ¡Vienen por mí! —gritó Papi.

Isabel se cayó al agua y recorrió a nado el resto del trecho hasta la barca, pero su padre ya se estaba subiendo por un costado.

—¡Arranca el motor! —gritó.

—¡No, espérenme! —gritó Isabel escupiendo agua del mar.

Se agarró con una mano al costado de la barca y miró hacia atrás. Los dos policías habían llegado a las olas y las atravesaban corriendo y levantando mucho las piernas. Peor aún, los demás policías también habían salido corriendo… ¡y todos venían hacia la barca de los Castillo!

Unas manos sujetaron a Isabel y la ayudaron a subir por el costado de la barca: ¡Iván! No obstante, cuando su amigo consiguió subirla a bordo, tanto él como su madre extendieron los brazos a los dos policías que los perseguían. ¿Qué estaban haciendo?

—¡No! —gritó Papi, que se apartó de ellos a rastras, tan lejos como pudo.

Iván y la señora Castillo sujetaron los brazos de los dos policías, tiraron de ellos para subirlos a bordo, y éstos cayeron al fondo de la barca. Los policías se quitaron las boinas, e Isabel reconoció a uno de ellos al instante: ¡era Luis, el hijo mayor de los Castillo! El otro policía sacudió la larga melena negra, e Isabel se sorprendió al percatarse de que no era un policía, ni mucho menos. Era una policía, una mujer. Cuando vio que tomaba a Luis de la mano, Isabel se imaginó que sería su novia.

Aquél debía de haber sido el plan de los Castillo desde el principio, ¡que Luis y su novia huyeran con ellos! Sin embargo, en ningún momento se lo contaron a Isabel y a su familia.

¡Pam! Resonó el disparo de una pistola sobre las olas, y el gentío de la playa chilló en estado de pánico. La pistola volvió a disparar —¡pam!— y —¡clinc!— sonó el casco de la barca de los Castillo cuando la bala lo alcanzó.

¡La policía les estaba disparando! Pero ¿por qué? ¿No había dicho Castro que se podían marchar?

La mirada de Isabel descendió sobre Luis y su novia, y lo comprendió. A ambos los habían llamado a filas en la policía, y no tenían permiso para marcharse. Eran desertores, y a los desertores se les disparaba.

El motor carraspeó y cobró vida, y la barca se sacudió contra una ola que salpicó a Isabel de agua salada. La gente de la playa lo celebraron por ellos, y el señor Castillo aceleró el motor y dejó en su estela a los policías que venían a la carga.

Isabel se sujetó entre dos de los bancos mientras intentaba recobrar el aliento. Tardó un momento en asimilarlo, pero aquello estaba sucediendo de verdad. Atrás se quedaban Cuba, su pueblo y su hogar: todo lo que ella había conocido.

El padre de Isabel se abalanzó hacia el otro lado de la barca y agarró al señor Castillo de la camisa.

—¿A qué juegas, dejándoles subir a bordo? —le exigió una respuesta—. ¿Y si nos siguen? ¿Y si envían un barco de la Marina detrás de nosotros? ¡Nos pusiste a todos en peligro!

El señor Castillo apartó los brazos de Geraldo Fernández de un manotazo.

—¡Nosotros no les pedimos que vinieran!

—Es nuestra gasolina —gritó el padre de Isabel.

Siguieron discutiendo, pero el motor y los golpes de la barca contra el oleaje se encargaron de amortiguar sus palabras para Isabel. De todas formas, ella tampoco les estaba prestando atención. Lo único en lo que podía pensar era en los ciento cincuenta kilómetros que aún les faltaban por recorrer y en el agua que entraba por el agujero de bala en el costado de la barca.

MAHMOUD

A LAS AFUERAS DE ALEPO, SIRIA

2015

1 día lejos de casa

EL PADRE DE MAHMOUD DETUVO SU COCHE Mercedes familiar para cargar combustible en una pequeña gasolinera junto a la carretera, al norte de Alepo. Mahmoud y Waleed se quedaron sentados en el coche mientras su madre arrullaba a Hana bajo una manta. Su madre se había puesto un vestido negro de manga larga y un hiyab rosa florido que le cubría la cabeza y los hombros. Papá y ella estuvieron de acuerdo en que debía cubrirse más de lo que solía hacerlo en Alepo, por si acaso se tropezaban con musulmanes más estrictos fuera de la ciudad. En algunos lugares lapidaban y mataban a las mujeres por no cubrirse el cuerpo entero, en especial en los territorios que controlaba el Dáesh: lo que el resto del mundo llamaba Estado Islámico. Los del Dáesh pensaban que estaban librando la batalla final del Apocalipsis, y todo aquel que no estuviera de acuerdo con su interpretación del Corán era un infiel al que había que cortarle la cabeza. Mahmoud y su familia tenían la intención de mantenerse tan alejados del Dáesh como fuera posible, pero aquellos combatientes radicales se adentraban en Siria más y más cada día.

Mahmoud miraba por la polvorienta ventanilla del coche cuando un caza a reacción pasó volando muy alto y a toda velocidad rumbo a Alepo. Un mural pintado junto a la gasolinera mostraba al presidente Al-Asad, con el pelo oscuro muy corto y un bigotito fino bajo su nariz puntiaguda. Lucía traje y corbata delante de la bandera siria, rodeado de palomas de la paz y una brillante luz amarilla.

Una línea irregular de orificios de balas de verdad partía por la mitad la cara de Al-Asad.

El padre de Mahmoud volvió a subirse al coche.

—Ya tengo una ruta que podemos seguir —dijo mamá con la aplicación Google Maps abierta en su iPhone.

Mahmoud se inclinó para ver. "Esta ruta cruza la frontera con otro país", les dijo Google Maps, que marcó la alerta con un triangulito amarillo. Eso era lo que querían, salir de Siria por el camino más rápido posible. Papá arrancó el motor, metió el acelerador y partieron de allí.

Una hora más tarde salieron a su encuentro en la carretera cuatro soldados que les hacían gestos para que se detuvieran. Mahmoud se quedó petrificado. Los soldados podrían ser del ejército sirio o de los rebeldes sirios. Podrían incluso ser del Dáesh. Ya no era fácil distinguirlos. Algunos de aquellos soldados llevaban pantalones y camisas de camuflaje, pero otros llevaban sudaderas Adidas, chamarras de cuero y pants. Todos ellos tenían la barba corta y negra como el padre de Mahmoud y lucían un pañuelo en la cabeza de diferentes colores y diseños.

Todos ellos, sin embargo, llevaban un fusil automático, y eso era todo lo que importaba en realidad.

—El hiyab —dijo papá—. Rápido.

La madre de Mahmoud se puso el extremo del pañuelo por encima de la cabeza de forma que sólo se le vieran los ojos.

Mahmoud se hundió en el suelo del viejo Mercedes familiar y trató de desaparecer. En el asiento, a su lado, Waleed iba erguido junto a la ventanilla bajada, inmóvil y sin inmutarse.

—Mantengan todos la calma —dijo papá al frenar el coche— y dejen que sea yo quien hable.

Uno de los soldados se situó delante del vehículo, con el fusil apuntando más o menos en dirección al parabrisas, mientras los demás lo rodeaban por los lados y miraban por las ventanillas. Los soldados no decían nada, y Mahmoud cerró los ojos con fuerza a la espera de que llegaran los disparos. El sudor le corría por la espalda.

—Sólo intento poner a salvo a mi familia —le dijo papá a aquellos hombres.

Uno de ellos se detuvo ante la ventanilla del lado del conductor y apuntó al padre de Mahmoud con el fusil.

—¿A qué bando apoyan?

Aquella pregunta era tan peligrosa como su arma. La respuesta correcta y vivirían; la respuesta incorrecta y moririan todos. Pero ¿cuál era la respuesta correcta? ¿Al-Asad y el ejército sirio? ¿Los rebeldes? ¿El Dáesh? Su padre dudó, y Mahmoud contuvo la respiración.

Uno de los soldados amartilló su rifle. ¡Clic-clac!

Fue Waleed quien habló.

—Estamos en contra de quien nos está lanzando bombas —dijo.

El soldado se echó a reír, y los demás soldados se rieron con él.

—Nosotros también estamos en contra de quien está lanzando las bombas —dijo el soldado de la ventanilla—, que suele ser ese perro de Al-Asad.

Mahmoud volvió a respirar con alivio. Waleed no lo sabía, pero los había sacado del apuro.

—¿Hacia dónde van? —preguntó el soldado de la ventanilla.

—Al norte —dijo papá—. Por Azaz.

El soldado abrió la puerta de atrás del coche, se metió y echó a Waleed al maletero del vehículo.

—No, no, ya no se puede ir por Azaz —le dijo el soldado—. El Ejército Libre Sirio y Al Qaeda están combatiendo allí ahora.

Se abrió la puerta del lado de Mahmoud, y uno de los soldados lo hizo levantarse del suelo y pasar atrás, al maletero, con Waleed. Dos soldados más apretujaron en el asiento trasero, y el último se unió a Mahmoud y Waleed en el maletero, con sus mochilas. Estaba polvoriento y olía como si no se hubiera bañado en meses, y tanto él como su fusil irradiaban como un horno el calor de la carretera.

Al parecer, todos se iban de viaje con ellos.

Uno de los soldados del asiento de atrás le quitó el iPhone a mamá y se fijó en la ruta.

—Usa el Apple Maps —dijo uno de los soldados.

—No, pedazo de idiota, el Google Maps es mejor —dijo su amigo—. Mira esto —le dijo al padre de Mahmoud—. Vas a tener que ir hasta Qatmah, y después al norte por Qestel Cindo. Aquí está combatiendo todo el mundo: los rebeldes, el ejército y el Dáesh —dijo mientras señalaba varios lugares en el mapa—. Muchas armas y artillería. Y los kurdos mantienen todo este territorio de aquí. Los rusos lanzaron ataques aéreos aquí y aquí en apoyo a ese cerdo alauí de Al-Asad, y los drones americanos están atacando al Dáesh aquí y aquí.

A Mahmoud se le pusieron los ojos como platos. Todo lo que el soldado estaba describiendo se encontraba entre ellos y Turquía.

—Vuelve hacia el sur —le dijo uno de los soldados al padre de Mahmoud—. Nos puedes dejar en la autopista 214.

Papá le dio la vuelta al coche y se puso en marcha.

El soldado que tenía el iPhone fue pasando el mapa para ver su destino.

—¿Van a Turquía? —preguntó uno de los soldados.

—Es que…, es que estudié allí, en la Facultad de Ingeniería —dijo el padre de Mahmoud.

—No deberías irte de Siria —dijo uno de los soldados—. ¡Deberías dar la cara por tu país! ¡Combatir al tirano de Al-Asad!

Entre Al-Asad y el Dáesh, los rusos y los americanos, pensó Mahmoud, no quedaba mucho de Siria por lo que luchar.

—Yo sólo quiero mantener a salvo a mi familia —dijo papá.

—A mi familia la mataron en un ataque aéreo —dijo uno de los soldados—. Quizá tú también tomes las armas cuando a la tuya le pase lo mismo. Pero, para entonces, ya será demasiado tarde.

Mahmoud recordó el horror que había sentido cuando se derrumbó su edificio y pensó que su madre aún estaba dentro. El temor que había sentido cuando no podían localizar a su padre. Si sus padres hubieran muerto en el ataque aéreo, ¿habría querido vengarse de quienes los habían matado? En lugar de huir, ¿deberían Mahmoud y su padre unirse a los rebeldes y luchar para recuperar su país?

El padre de Mahmoud seguía conduciendo. Ya casi habían llegado a la autopista cuando surgió cercano el sonido de una ametralladora —¡ratatatatata! ¡Ratata!—, y las balas impactaron contra el coche con un ruido metálico. Mahmoud chilló y se tiró al suelo cuando le cayó encima una lluvia de cristales. Reventó una de las llantas traseras, y el coche empezó a sacudirse entre chirridos mientras su padre luchaba por mantenerlo bajo control. Mahmoud y

JOSEF

EN ALGÚN LUGAR DEL ATLÁNTICO

1939

8 días lejos de casa

POR FIN, LLEGÓ EL *SABBAT*. ERA EL DÍA EN que Josef dejaría atrás la infancia y se convertiría en un hombre, y apenas era capaz de contener la emoción. En el tablón de anuncios del barco se comunicó que el salón social de primera clase se convertiría en una sinagoga, el lugar de oración de los judíos, lo cual significaba que, al final, Josef sí tendría su bar mitzvá. Sin embargo, tuvo mucho cuidado de no mostrar sus ansias delante de su padre. Lo que antes habría sido un momento de felicidad en el hogar de los Landau ahora se veía cargado de inquietud a causa de la paranoia de su padre.

—¿Una sinagoga a bordo del barco? —dijo papá.

Hizo un gesto negativo con la cabeza mientras se paseaba por su pequeña habitación con aquel piyama que le quedaba grande.

—El propio capitán así lo dispuso —dijo mamá.

—¡Eso es ridículo! ¿Es que nadie más vio la bandera nazi en todo lo alto cuando subimos a bordo?

—¿Entonces no vas a ir al bar mitzvá de tu propio hijo?

La madre de Josef y Ruthie ya estaban vestidas con sus mejores galas del *sabbat*. Josef se había puesto su mejor camisa y su mejor corbata.

—¿Un bar mitzvá? ¡No habrá suficientes hombres para formar un minyan! —dijo papá. Por tradición, eran necesarios diez hombres judíos o más, un minyan, para poder celebrar un rito público—. No. Nadie que haya vivido en Alemania en los últimos seis años será tan tonto como para asistir a un rito judío a bordo de un barco nazi. —Papá se pasó la mano por la cabeza rapada—. No. Es una trampa. Pensada para hacernos salir. Y es entonces cuando nos atraparán. Una trampa.

Mamá suspiró.

—Pues muy bien. Iremos sin ti.

Allí lo dejaron, paseándose por el camarote y mascullando para sus adentros. Josef se sintió como si alguien le hubiera arrancado el corazón del pecho. Todas las veces en que había soñado con aquel día, su padre siempre había estado allí para recitar una bendición con él. "Pero quizá consista en esto convertirse en un hombre —pensó Josef—. Quizá hacerse un hombre significa que ya no puedes depender de tu padre".

Josef, su madre y Ruthie se detuvieron al entrar en el salón social de primera clase. No había aquellos diez hombres necesarios para el rito, sino un centenar de hombres, probablemente más, todos con una kipá en la cabeza y talits —un chal de oración— de color blanco y negro puestos sobre los hombros como si fueran bufandas. Habían desplazado las mesas de jugar a las cartas a ambos lados de la sala, y los camareros estaban disponiendo más sillas para acomodar a la multitud. En una mesa al frente había un rollo de la Torá.

Josef se quedó allí de pie, mirando. Le daba la sensación de que habían pasado siglos desde la última vez que estuvo en una sinagoga. Eso fue antes de la Kristallnacht, antes de las leyes de Núremberg que convirtieron a los judíos en ciudadanos de segunda clase, antes de los boicots y la quema de libros. Antes de que los judíos tuvieran miedo de reunirse en lugares públicos. Los padres de Josef siempre lo habían llevado con ellos a la sinagoga en *sabbat*, incluso cuando los padres de los demás niños dejaban a sus hijos con sus niñeras. Todo aquello volvía ahora en tromba sobre él: balancearse y murmurar las oraciones con los demás, estirar el cuello para ver la Torá cuando la sacaban del arca y la esperanza de tener la oportunidad de tocarla y besarla cuando pasara por ellos. Josef sintió un cosquilleo en la piel. Los nazis les habían quitado todo aquello, se lo habían quitado a él, y ahora él, con los demás pasajeros, lo estaba recuperando.

Gustav Schroeder, el menudo capitán del barco, se encontraba en la puerta para recibirlos. Un buen número de miembros de la tripulación que estaban fuera de servicio se había congregado en la galería superior de la sala para verlo.

—Capitán —le dijo un rabino, uno de los hombres que dirigían el rito—, me preguntaba si podríamos retirar el retrato del Führer, dadas las circunstancias. Parece… inapropiado celebrar un momento tan sagrado en presencia de Hitler.

Josef había visto cuadros del líder nazi por todo el barco, y el salón social de primera clase no era una excepción. Un gran retrato de Hitler colgaba del centro de la sala y los vigilaba a todos. A Josef se le heló la sangre en las venas. Odiaba a aquel hombre. Lo odiaba por todo lo que le había hecho a los judíos, pero, principalmente, por lo que Hitler le había hecho a su padre.

—Por supuesto —dijo Schroeder.

El capitán se apresuró a llamar a dos camareros para que se acercaran, y no tardaron en bajar el retrato y en sacarlo del salón.

En la galería superior, Josef vio que uno de los miembros de la tripulación le daba un puñetazo a la barandilla y se marchaba airado.

La madre de Josef le dio un beso en la mejilla a su hijo, y ella y Ruthie fueron a sentarse en la sección reservada para las mujeres. Josef tomó asiento en la sección de los hombres. El rabino se situó de pie ante la multitud y leyó a Oseas. Después llegó el momento de que Josef recitara la bendición que llevaba semanas practicando. Sintió un cosquilleo en el estómago al levantarse delante de un público tan numeroso y se le quebró la voz al trastabillarse con las palabras en hebreo, pero lo hizo. Localizó a su madre entre la gente. Tenía lágrimas en los ojos.

—Hoy —dijo Josef—, soy un hombre.

Fueron muchas las manos que tuvo que estrechar y muchas las felicitaciones después de la ceremonia, pero todo se sentía borroso para él. Se sentía como si estuviera en un sueño. Había deseado aquello desde donde le alcanzaba la memoria. Dejar de ser un niño. Ser un adulto.

La madre y la hermana de Josef se fueron al camarote a ver a su padre. Josef se dio un paseo por la cubierta, ya como un hombre.

Renata y Evelyne salieron de golpe de detrás de un bote salvavidas y lo agarraron de las manos. Sin sus padres a bordo, se habían saltado la sinagoga para quedarse jugando.

—¡Josef! ¡Ven a hacernos guardia! —exclamó Renata.

Antes de poder protestar, las chicas lo llevaron a rastras hasta el baño de mujeres. Temió que fueran a meterlo, pero las niñas lo plantaron ante la puerta.

—Grítanos si ves que viene alguien —le dijo Renata sin aliento—. Vamos a cerrar todas las puertas de los baños con seguro desde dentro, ¡y saldremos a rastras por debajo de la puerta para que nadie pueda usarlos!

—No, no lo hagan… —intentó decirles Josef, pero ya se habían ido.

Allí se quedó, muy incómodo, sin saber muy bien si debía marcharse o quedarse. Las hermanas no tardaron en volver a salir corriendo, agarradas la una a la otra entre risas.

Una mujer joven pasó por delante de ellos tambaleándose, agarrándose el estómago y con la cara tan pálida que parecía verdosa. Renata y Evelyne guardaron silencio, y Josef pudo oír que la mujer sacudía las puertas tratando de abrirlas a la desesperada, en busca de un retrete.

La mujer salió del baño dando bandazos, con un aspecto más pálido y desesperado aún, y se alejó tambaleante.

Renata y Evelyne se echaron a reír.

Josef se irguió.

—Esto no tiene gracia. Entren ahí y abran esas puertas de inmediato.

—No eres un adulto sólo porque hayas tenido ya tu bar mitzvá —le dijo Renata, y Evelyne le sacó la lengua—. Vámonos, Evie... ¡Vamos a hacerlo en los baños de la cubierta A!

Las niñas se marcharon, y Josef soltó un resoplido. Tenían razón. Un bar mitzvá por sí solo no lo convertía en un adulto. Ser responsable sí. Siguió caminando por el pasillo en busca de algún camarero a quien poder contarle lo de los baños. Vio a dos que se habían detenido a mirar al mar por la barandilla y se acercó a ellos por la espalda.

—Debemos de ir a dieciséis nudos, fácilmente —dijo uno de los camareros—. El capitán tiene los motores al límite.

—No le queda más remedio —dijo el otro—. Los otros dos barcos son más pequeños y más rápidos. Llegarán antes a Cuba y desembarcarán su pasaje, y ¿quién sabe?

Cuando nosotros lleguemos allí, Cuba podría decidir que ya está llena de judíos y rechazarnos.

Josef miró al mar. Hasta donde él alcanzaba a ver, no había ningún otro barco en el horizonte. ¿De qué otros barcos estaban hablando? ¿Más barcos llenos de refugiados? Y ¿por qué era importante quién llegaba primero? ¿No había solicitado y pagado su visado todo el mundo a bordo? Cuba no podía rechazarlos.

¿O sí podía?

Uno de los camareros hizo un gesto negativo con la cabeza.

—Hay algo que no nos están contando, los de la naviera. Algo que no le están contando a Schroeder. El capitán está metido en un aprieto, te lo digo. No querría ser él ni por todo el azúcar de Cuba.

Josef retrocedió. Ya se había olvidado de los baños de mujeres.

Si su familia y él no llegaban a Cuba, si no les permitían entrar, ¿adónde irían?

ISABEL

ESTRECHO DE FLORIDA, EN ALGÚN LUGAR AL NORTE DE CUBA

1994

1 día lejos de casa

EL SEÑOR CASTILLO ESTABA AL MANDO EN la barca. Nadie había votado ni lo había nombrado capitán, pero él la había construido, al fin y al cabo, y era él quien estaba al timón, gobernándola, de modo que eso lo ponía al mando. Sin embargo, no parecía muy contento por ello. No dejaba de fruncir el ceño mirando el motor y el timón como si algo fuera mal, pero, aparte de un parchado rápido que hicieron metiendo un calcetín en el orificio de la bala, todo iba bien. Las luces de La Habana habían disminuido hasta convertirse en un punto en el horizonte a su espalda, y habían dejado atrás a todas las demás embarcaciones.

Isabel se aferraba al banco de madera en el que iba sentada, apretada entre Iván y su abuelo. La barca era apenas lo bastante grande para siete personas, y, con Luis y su novia, iban prácticamente sentados unos encima de otros.

—Creo que ya va siendo hora de que saludemos a la otra persona que viene a bordo con nosotros —dijo el abuelo de Isabel.

Isabel pensó que se refería a la novia de Luis, pero su abuelo se puso a apartar unos sacos de comida y unos bidones de agua y señaló al suelo de la barca.

Desde allí los miraba fijamente ¡el enorme rostro de Fidel Castro!

La novia de Luis soltó un grito ahogado y, de repente, estalló en risas. Poco después, todos se reían con ella. Isabel se reía tanto que le dolía el estómago.

Se rio incluso el gruñón del señor Castillo.

—Necesitaba algo grande y duro para el fondo de la barca —dijo—. Y, al ver que había tantos carteles por ahí con la cara del presidente…

Y era cierto. El rostro de Castro estaba por todas partes en Cuba: en las vallas publicitarias, en los taxis, enmarcado en las paredes de las escuelas, pintado en las fachadas laterales de los edificios.

Debajo de aquel dibujo decía: "Luchar contra lo imposible y vencer".

—Bueno, Fidel sí que tiene dura la cabezota —dijo Luis.

Isabel se llevó las manos a la boca, pero no pudo evitar volver a reírse con todos los demás. En Cuba no podías decir cosas como esa. Pero claro, ya no estaban en Cuba, ¿verdad?

—¿Saben cuáles son los mayores logros de la Revolución cubana? —preguntó el padre de Isabel.

—La educación, la sanidad pública y los deportes —dijeron todos al unísono.

Era lo que Castro repetía siempre en sus extensos discursos.

—¿Y saben cuáles son sus mayores fracasos? —les preguntó.

—El desayuno, la comida y la cena —respondieron los adultos, como si ya hubieran oído aquel chiste también muchas veces.

Isabel sonrió.

Aquello hizo que alguien sacara la comida y la bebida, aunque era tarde.

Isabel dio un sorbito a una botella de refresco.

—¿Cuánto tardaremos en llegar a Estados Unidos? —preguntó.

El señor Castillo se encogió de hombros.

—Mañana por la noche, quizá. Mañana por la mañana tendremos el sol para guiarnos.

—Lo único que importa ahora es que nos alejemos de Cuba tanto como podamos —dijo la novia de Luis.

—Y ¿cómo te llamas, bonita? —le preguntó Lito.

—Amara —dijo la chica.

Era muy guapa, incluso con el uniforme azul de policía. Tenía una piel morena perfecta, el pelo largo y negro, y los labios rojos y carnosos.

—No, no, no —dijo Lito, que se abanicó la cara—. Tú te tienes que llamar Sol, ¡porque me estás haciendo sudar!

La chica sonrió, pero la madre de Isabel le dio una palmada a Lito en la pierna.

—Papá, para ya, que eres lo bastante mayor para ser su abuelo.

Lito se tomó aquello como un desafío. Se llevó la mano al corazón.

—Ojalá fuera yo tu canción favorita —le dijo a Amara—, para poder estar siempre en tus labios. Si tus ojos fueran el mar, yo me ahogaría en ellos.

Lito le estaba echando piropos, halagos que los cubanos les decían a las mujeres por la calle para coquetear. Ya no lo hacía todo el mundo, pero para Lito era como un arte. Amara se echó a reír, y Luis sonrió.

—A lo mejor no deberíamos hablar de ahogarnos —dijo papá agarrado al borde de la barca cuando cortaron una ola.

—¿Cómo creen que serán los Estados Unidos? —preguntó la madre de Isabel a todo el mundo.

Isabel tuvo que detenerse a pensar en ello. ¿Cómo serían los Estados Unidos? No había tenido mucho tiempo para imaginárselo siquiera.

—Anaqueles llenos de comida en las tiendas —dijo la señora Castillo.

—Poder viajar por donde queramos, ¡cuando queramos! —dijo Amara.

—Yo quiero poder elegir por quién votar —dijo Luis.

—¡Yo quiero jugar beisbol en los Yankees de Nueva York! —dijo Iván.

—Yo quiero que antes vayas a la universidad —le dijo su madre.

—Yo quiero ver la televisión americana —dijo Iván—. *¡Los Simpson!*

—Yo voy a abrir mi propio bufete de abogados —dijo la señora Castillo, que ya trabajaba en un bufete colectivo de asistencia legal en La Habana.

Isabel escuchaba mientras todos iban enumerando más y más cosas que deseaban de Estados Unidos. Ropa, comida, deportes, películas, viajes, estudios, oportunidades. Todo aquello sonaba maravilloso, pero, en lo que a Isabel se refería, todo lo que deseaba era un lugar donde su familia y ella pudieran estar juntos y felices.

—¿Cómo crees que será el Norte, Papi? —preguntó Isabel.

Su padre pareció sorprendido con la pregunta.

—Se acabaron los "Ministerios de decirle a la gente lo que tiene que pensar o si no ya verás…" —dijo él—. Se acabó eso de que te metan en la cárcel por estar en desacuerdo con el gobierno.

—Pero ¿qué es lo que quieres hacer cuando lleguemos allá? —le preguntó el señor Castillo.

Dudó mientras todos lo miraban fijamente, mientras sus ojos estudiaban el rostro de Castro en el suelo como si allí hubiera alguna respuesta oculta.

—Ser libre —dijo Papi por fin.

—¿Qué tal una canción? —dijo Lito—. Chabela, tócanos una canción con tu trompeta.

A Isabel se le hizo un nudo en el pecho. Le había contado a sus padres lo que había hecho, pero no a Lito. Sabía que él jamás le habría permitido hacerlo.

—He cambiado la trompeta —confesó Isabel—, por la gasolina.

Su abuelo se quedó horrorizado.

—¡Pero si esa trompeta lo era todo para ti!

"No, todo no", pensó Isabel. "No era mi madre, ni mi padre, ni tampoco tú, Lito".

—Ya conseguiré otra en Estados Unidos —dijo ella.

Lito negó con la cabeza.

—Mira, pues tendremos una canción de todas formas —dijo Lito, y empezó a cantar un tema de salsa y a marcar el ritmo en el lateral de la barca metálica.

Poco después, la barca entera estaba cantando, y Lito se puso de pie y le ofreció una mano a Amara para invitarla a bailar.

—¡Papá! ¡Siéntate! ¡Te vas a caer de la barca! —le dijo la madre de Isabel.

—No me puedo caer de la barca, ¡porque ya he caído en las redes de esta princesa de los mares! —dijo.

Amara tomó su mano, y los dos bailaron lo mejor que pudieron en el balanceo de la barca. Mami empezó a marcar la clave con las palmas e Isabel frunció el ceño tratando de seguir el ritmo.

—¿Sigues sin oírla, Chabela? —le preguntó Lito.

Isabel cerró los ojos y se concentró. Casi podía oírla…, casi…

Y entonces el motor petardeó y se paró, y se acabó la música.

MAHMOUD

KILIS, TURQUÍA

2015

2 días lejos de casa

MAHMOUD PODÍA OÍR MÚSICA AL OTRO lado de la valla.

Era difícil ver con toda esa gente. Estaba en una larga fila con su familia, esperando en la frontera a que les permitieran la entrada a Turquía, cerca de la ciudad de Kilis. A su alrededor había innumerables familias sirias, todas ellas con la esperanza de que las dejaran entrar. Llevaban consigo todas sus pertenencias, a veces en maletas y en bolsas de lana gruesa, pero con más frecuencia apretadas en fundas de almohada y en bolsas de basura. Los hombres vestían pantalones de mezclilla, playeras y sudaderas deportivas; las mujeres lucían vestidos, burkas y hiyabs. Sus hijos parecían versiones de ellos en miniatura, y también actuaban como adultos en miniatura: apenas había llantos ni quejas, y ninguno de los niños jugaba.

Todos habían caminado desde muy lejos y habían visto demasiado.

Después de abandonar el coche, Mahmoud y su familia habían seguido el mapa del celular y habían bordeado de la mejor forma posible las ciudades controladas por el Dáesh, por el ejército sirio, por los rebeldes y por los kurdos. Google Maps les dijo que sería una caminata de ocho horas, y dividieron el trayecto en dos jornadas, durmiendo en un sembradío. Hacía calor al aire libre durante el día, pero hacía frío por la noche, y, en sus prisas por escapar, Mahmoud y su familia habían dejado en el coche toda la ropa de sobra.

Fue a la mañana siguiente cuando vieron el gentío.

Docenas de personas. Cientos de ellas. Refugiados, exactamente igual que Mahmoud y su familia, que habían abandonado sus hogares en Siria y se dirigían a pie al norte, hacia Turquía. Hacia la seguridad. Mahmoud y su familia se adaptaron a su paso y desaparecieron entre sus filas. Invisibles, justo como a Mahmoud le gustaba. Junta, aquella muchedumbre de refugiados que arrastraban los pies pasaba desapercibida para los drones americanos, para los lanzacohetes rebeldes, para los tanques del ejército sirio y para los aviones rusos. Mahmoud oía explosiones y veía nubes de humo, pero nadie prestaba atención a unos cientos de sirios que abandonaban el campo de batalla.

Y ahora hacían cola allí con él, todos aquellos cientos de personas y miles más, y entonces dejaban de ser invisibles. Guardias turcos vestidos de camuflaje verde claro, con armas automáticas y la cara cubierta con mascarillas blancas quirúrgicas, se paseaban arriba y abajo de la fila, fijándose en todos ellos de uno en uno. Mahmoud se sintió como si hubiera hecho algo malo. Quería apartar la mirada, pero le preocupaba que eso hiciera pensar a los guardias que estaba ocultando algo. Pero si los miraba directamente a los ojos, ellos se fijarían en él y quizá los apartaran de la fila a él y a su familia.

Lo que hizo Mahmoud fue quedarse mirando a la espalda de su padre. Papá tenía la camisa sucia en las axilas, y, con un rápido olfateo a la suya, Mahmoud se dio cuenta de que él también apestaba. Habían pasado horas caminando bajo el sol ardiente y sin darse un baño, sin cambiarse de ropa. Parecían cansados, pobres y desgraciados. De haber sido un guardia fronterizo turco, él no habría dejado entrar a ninguna de aquellas personas sucias y derrengadas, incluido él mismo.

El padre de Mahmoud tenía la documentación guardada en los pantalones, bajo la camisa, junto a todo su dinero: sus únicas pertenencias ahora, además de los dos teléfonos y sus cargadores. Cuando Mahmoud y su familia por fin llegaron al inicio de la fila, a última hora del día, su padre presentó sus documentos oficiales al agente del puesto fronterizo. Transcurrido lo que les pareció una eternidad revisando sus papeles, el guardia por fin les engrapó un visado temporal en los pasaportes y los dejó pasar.

¡Estaban en Turquía! Mahmoud no lo podía creer. Conforme se iban acumulando los pasos, conforme se iban acumulando los kilómetros, Mahmoud había empezado a pensar que jamás escaparían de Siria. No obstante, por aliviado que se sintiera, sabía que aún les quedaba un largo camino por recorrer.

Ante ellos se extendía una pequeña ciudad de tiendas de campaña de lona blanca cuyas puntas superiores se tambaleaban como las olas de espuma que se levantan en un mar agitado. No había árboles, ni sombra, ni parques, ni campos de futbol, ni ríos. Sólo un mar de tiendas blancas y un bosque de postes de la luz y cables.

—¡Oye, estamos de suerte! —bromeó el padre de Mahmoud—. ¡El circo está en el pueblo!

Mahmoud miró a su alrededor. Había una "calle principal" en el campamento, un carril ancho donde los refugiados habían montado sus pequeños puestos donde vendían tarjetas de teléfono, parrillas de campamento, ropa y cosas que la gente había llevado consigo, pero ya no quería o no necesitaba. Era como un mercadito de segunda mano gigante, y era como si todo el campamento estuviera allí. El recorrido estaba lleno de sirios, todos paseándose por el lugar como si no tuvieran otra cosa que hacer ni otro sitio adonde ir.

—Muy bien —estaba diciendo el padre de Mahmoud—. Un hombre del grupo con el que vinimos a pie me dio el nombre de un contrabandista que nos puede llevar de Turquía a Grecia.

—¿Un contrabandista? —dijo mamá.

A Mahmoud tampoco le gustó cómo sonaba aquello: para él, contrabandista significaba "ilegal", e ilegal significaba "peligroso".

Papá hizo unos gestos para que dejaran a un lado sus temores.

—No pasa nada. Es a lo que se dedican. Meten a la gente en la UE.

Mahmoud sabía que la UE era la Unión Europea. También sabía que eran mucho más estrictos que Turquía con respecto a dejar entrar a la gente. Sin embargo, una vez que estabas dentro de uno de los países de la UE, como Grecia, Hungría o Alemania, podías pedir asilo y que te concedieran oficialmente la condición de refugiado.

La parte difícil era llegar hasta allí.

—He estado hablando con él por WhatsApp —continuó papá mientras mostraba su celular—. Será caro, pero lo podemos pagar. Y tendremos que llegar hasta Esmirna, en la costa turca. Suponiendo que nos detuviéramos cada noche para descansar, sería una caminata de diecinueve días, o doce horas en coche sin hacer paradas. Veré si puedo encontrar un autobús.

Mahmoud recorrió la calle del mercadito con su madre, su hermana y su hermano. La gente se hablaba en turco, en kurdo y en árabe, y la música de las radios y las televisiones inundaba el aire. Otros niños corrían de aquí para allá entre los adultos, riéndose y persiguiéndose por los callejones que salían de la avenida principal. Mahmoud se sorprendió con una sonrisa en los labios. Después de Alepo, de los disparos y las explosiones casi constantes y salpicadas del silencio opresivo de toda una ciudad que hacía lo posible por no atraer la atención sobre sí, aquel lugar parecía estar vivo, aunque estuviera sucio y abarrotado.

Mahmoud vio una caja de cartón con juguetes usados en uno de los puestos y se arrodilló para rebuscar en ella mientras su madre y sus hermanos continuaban paseando. Se puso a revolver en la caja con la esperanza de… ¡Sí! ¡Una Tortuga Ninja! Era la del antifaz rojo. No había más Tortugas Ninja en la caja, pero Waleed estaría emocionado con aquella. O eso esperaba Mahmoud, al menos. En esos tiempos, Waleed no parecía emocionarse con mucho ya. Mahmoud pagó diez libras sirias por ella, unos cinco centavos de dólar.

Un coche hizo sonar el claxon detrás de Mahmoud, quien volteó a mirar como todo el mundo. Era un viejo taxi Opel de color azul que avanzaba tan despacio que Mahmoud era capaz de caminar más rápido. Era el único coche que había visto en el campamento, y el gentío se apartaba para dejarlo pasar conforme se acercaba. Una canción siria de música pop sonaba en la radio, y los jóvenes, hombres y mujeres, bailaban y reían junto al vehículo. Cuando pasó por delante de él, Mahmoud vio a una pareja joven sentada en la parte de atrás. La mujer iba vestida con un traje de satén blanco y un velo.

Mahmoud se dio cuenta de que era una procesión nupcial. Allá, en Siria, era tradicional que una caravana de coches te escoltara hasta tu boda para llevarte hacia tu nueva vida. Mahmoud recordó la boda de su tío, antes de la guerra. Su tío se había puesto un esmoquin, y su novia lucía un vestido de joyas resplandecientes y una diadema, y una docena de coches los escoltó hasta una fiesta de celebración donde Mahmoud comió un trozo de un delicioso pastel de siete pisos y bailó con su madre al son que tocaba una banda de música en vivo. Aquí, el único séquito de la pareja era un grupo de chicos adolescentes escandalosos que corrían al lado del taxi, y su destino era una tienda blanca y sucia con cualquier comida que hubieran sido capaces de comprar en el mercado del campamento. No obstante, parecía que todo el mundo se estaba divirtiendo.

El tubo de escape del viejo taxi hizo un ruido como el de un disparo —¡PAM!—, y todo el mundo se agachó de manera instintiva. El recuerdo indeleble del caos del que acababan de escapar rompió por unos instantes el hechizo de la felicidad y la seguridad.

Mahmoud aún tenía el pulso acelerado cuando alguien le puso la mano en el hombro, y se sobresaltó.

Era su padre.

—Mahmoud, ¿dónde está tu madre? ¿Dónde están Waleed y Hana? —le preguntó papá—. Encontré un transporte, pero tenemos que irnos ahora mismo.

JOSEF

JOSEF SIGUIÓ AL PEQUEÑO GRUPO DE NIÑOS a través de la puerta elevada que daba paso al puente de mando del St. Louis. El puente era una habitación curva y estrecha que iba desde un extremo del barco hasta el otro. Los rayos de un sol resplandeciente entraban a través de una docena de ventanas que ofrecían una visión panorámica del verde azulado del vasto Atlántico y unas nubes blancas dispersas. A lo largo y ancho de aquel lugar de suelos de madera había bancos metálicos con mapas y reglas encima, y las paredes estaban salpicadas de misteriosos indicadores y relojes hechos de un metal que relucía.

En el puente había unos cuantos miembros de la tripulación, algunos de ellos con el uniforme blanco y azul como el que llevaban los camareros, y otros tres con chamarras azules con botones metálicos y bandas doradas en los puños y una gorra de oficial azul con adornos de oro. Uno de los marineros se encontraba ante el timón, un volante con radios que tenía el tamaño de la rueda de un camión y unos mangos que sobresalían a lo largo de todo el perímetro. Se parecía a los timones que Josef había visto en los dibujos de los barcos pirata, pero éste era de metal y estaba conectado a un pedestal rectangular grande.

El más bajo de los tres hombres que lucían el uniforme elegante se acercó al grupo con una enorme sonrisa en la cara. Josef lo reconoció del rito del *sabbat*.

—Niños y niñas, bienvenidos al puente de mando —dijo—. Soy el capitán Schroeder.

El capitán saludó a todos con un apretón de manos a pesar de que ninguno de ellos tenía más de trece años. Uno de los padres a bordo del barco había organizado un recorrido por el puente de mando y la sala de máquinas para todos los niños que desearan asistir, y ocho de ellos se habían apuntado. A Ruthie y a Evelyne no les había interesado, pero Renata sí estaba allí junto con unos cuantos de los niños más mayores.

El capitán Schroeder les presentó a su primer oficial y al resto de la tripulación del puente y les mostró lo que significaban algunos de los indicadores y los relojes. Josef escuchaba con entusiasmo.

—Esto es el control de las máquinas del St. Louis —les explicó el capitán Schroeder—. Cuando queremos cambiar la velocidad, sujetamos estos controles, los deslizamos hacia delante, hasta el tope, y después volvemos a tirar de ellos hacia atrás para colocarlos en la nueva posición.

—Sonrió—. No voy a cambiar de velocidad ahora, porque ya tenemos las máquinas justo en la posición que queremos.

Josef se percató de que ambos mandos estaban colocados en la posición de velocidad máxima.

—¿Vamos a toda velocidad porque competimos con otros dos barcos a ver quién llega antes a Cuba? —le preguntó Josef.

El capitán pareció sorprendido, y después un poco enfadado.

—¿Dónde has oído que competimos contra otros dos barcos por llegar a Cuba? —le preguntó a Josef.

—Dos camareros estaban hablando de ello el otro día —dijo Josef, que se sentía un poco nervioso—. Dijeron que si no llegamos primero, quizá no nos dejarán entrar.

El capitán frunció los labios y lanzó una mirada muy significativa a su primer oficial, que parecía preocupado.

Schroeder volvió a lucir una sonrisa.

—No estamos echando carreras de ningún tipo —dijo mirando a Josef y a los demás niños—. Navegamos con la mejor velocidad posible porque tenemos aguas tranquilas y viento en popa. No tienen nada de qué preocuparse. Ahora, ¿qué les parece si el suboficial de marina Jockl les enseña la sala de máquinas?

Si el puente se encontraba en lo más alto del barco, la sala de máquinas estaba en lo más hondo. Después de atravesar una puerta contra incendios donde decía: "SÓLO

TRIPULACIÓN" con grandes letras, Josef y el grupo de visita descendieron por una escalera tras otra, y aun así no terminaban de llegar a la sala de máquinas.

Bajo cubierta, todo era muy distinto de lo que Josef se había acostumbrado a ver por encima de ella. Si en las cubiertas A, B y C todo era espacioso y confortable, aquí no había claraboyas ni camarotes amplios. El aire era húmedo y olía a cigarro, a col y a sudor. Al asomarse a los camarotes, Josef pudo ver que los alojamientos de la tripulación tenían dos camas en cada estancia, sin ventanas y con apenas espacio para darse la vuelta. Los pasillos eran estrechos y los techos bajos. El suboficial de marina Jockl tenía que agachar la cabeza al cruzar las puertas. Josef jamás había tenido miedo de los espacios limitados, pero aquellas condiciones de vida tan apretadas le hicieron sentir inquietud. Era como si estuviera de visita en un mundo que le era ajeno. Los otros siete niños debían de sentirse igual, porque todos guardaban silencio, incluso Renata.

Por el pasillo llegaba el sonido de unos hombres cantando, y el suboficial de marina Jockl ralentizó el paso. Cuando se aproximaron más, Josef reconoció la tonada. Era la *Canción de Horst Wessel*, el himno del partido nazi. A Josef se le pusieron los pelos de punta, y los demás niños y él se miraron los unos a los otros con expresión nerviosa. Josef había oído cientos de veces la *Canción de Horst Wessel* durante las semanas en que su padre había estado retenido. De la noche a la mañana, había pasado de ser una canción poco conocida que los nazis cantaban en sus mítines a convertirse en el himno no oficial de Alemania, y eso era aterrador. La última vez que Josef la había oído fue cuando todos sus vecinos se alinearon en la calle para saludar a los soldados nazis que desfilaban.

El suboficial de marina Jockl intentó que los niños pasaran de largo por delante de la salita común donde la tripulación estaba bebiendo y cantando, pero, de repente, alguien de la sala gritó:

—¡Alto! ¡Los pasajeros no tienen permiso para estar aquí abajo!

Jockl se quedó paralizado, y Josef también.

Uno de los hombres se levantó de la mesa con el ceño fruncido. Era un hombre fornido, con la nariz protuberante, las mejillas de un bulldog y las cejas pobladas y oscuras. Josef ya había visto esa cara en algún sitio. ¿Había sido su camarero en la cena? ¿Les había preparado las camas alguna noche? No… Josef lo recordó. Aquel era el hombre que él había visto en la galería superior en la mañana del rito del *sabbat*. Era el hombre que se había enfadado cuando quitaron el retrato de Hitler y se lo llevaron.

El hombre se tambaleó un poco y fue dándose golpes al tratar de moverse por la salita tan estrecha. Josef ya había visto a gente borracha salir así de las tabernas de Berlín.

—El capitán ha dado a estos niños un permiso especial para visitar la sala de máquinas, Schiendick —le dijo el suboficial de marina Jockl.

—El capitán —dijo Schiendick con un tono de voz que rezumaba desaprobación.

Josef pudo oler el alcohol en su aliento incluso desde donde él se encontraba.

—Sí —dijo Jockl, que se irguió—. El *capitán*.

En la pared de la sala común, Josef vio un tablón de anuncios con lemas nazis y titulares clavados del diario *Der Stürmer*, un periódico antisemita furibundo. Sintió una oleada de temor.

—Ratas judías —dijo Schiendick con una mirada despectiva hacia Josef y los demás niños.

Muchos de ellos miraron al suelo, e incluso Josef apartó la mirada en un intento de no llamar la atención de aquel hombre tan grande. Josef apretó los puños, y las orejas le ardían por la frustración y la vergüenza ante su propia impotencia.

Pasados unos breves instantes de tensión, Schiendick regresó dando tumbos a su asiento, como si la amenaza de la autoridad del capitán aún tuviera algún valor incluso allí, tan lejos del puente de mando.

El suboficial de marina Jockl apuró a los niños para que continuaran con el recorrido, y Schiendick y sus amigos se pusieron a entonar otra canción nazi a un volumen más alto que la anterior. Josef les oyó cantar "Cuando la sangre judía mane del cuchillo, todo irá mucho mejor" antes de que Jockl les hiciera bajar otro tramo de escaleras. Josef sintió que le flaqueaban las piernas y se agarró a la barandilla. Creía que habían escapado de todo aquello a bordo del St. Louis, pero el odio los había seguido hasta allí, incluso, en medio del océano.

Con sus enormes motores diésel y sus generadores, relojes, bombas e interruptores, la sala de máquinas tendría que haber sido fascinante, pero a Josef le costó mucho sentir fascinación ante aquello. Tampoco estaban emocionados los demás niños, ninguno, después de lo que había sucedido con Schiendick. La visita finalizó con un aire de solemnidad, y el suboficial de marina Jockl los condujo de vuelta a la superficie cuidándose de llevarlos por un camino distinto.

Allí, bajo cubierta, era un mundo diferente, pensó Josef. Un mundo que quedaba fuera de esa pequeña burbuja mágica en la que habían vivido él y los demás judíos en las cubiertas del St. Louis.

Aquél de allí, bajo cubierta, era el mundo real.

ISABEL

ESTRECHO DE FLORIDA, AL NORTE DE CUBA

1994

1 día lejos de casa

ISABEL OBSERVABA MIENTRAS PAPI, EL SEÑOR Castillo, Luis y Amara se arremolinaban en torno al motor de la barca e intentaban averiguar por qué no arrancaba. Tenía algo que ver con el sobrecalentamiento, había dicho el señor Castillo. Amara le estaba echando agua del mar por encima, tratando de enfriarlo. Mientras tanto, a Iván y a Isabel les habían encomendado la tarea de sacar el agua del fondo de la barca. El calcetín que habían metido en el agujero ya estaba empapado y goteaba, gotita a gotita, sobre el rostro de Castro en el fondo del bote como si fuera un grifo mal cerrado.

Ya llevaban más de una hora desplazándose hacia el norte con la corriente del Golfo, a la deriva y con el motor en silencio, y ya nadie cantaba ni bailaba ni se reía.

Delante de Isabel, su madre y la señora Castillo dormían apoyadas la una contra la otra sobre el estrecho banco de la parte frontal de la barca, donde la proa terminaba en punta. Lito iba sentado en el banco del medio, justo sobre Iván e Isabel.

—Pues *sí* tienes familia en Miami —le dijo su abuelo a Isabel mientras Iván y ella trabajaban—. Cuando esa señora de las noticias te preguntó si tenías familia en Estados Unidos, le dijiste que no, pero sí la tienes —dijo Lito—. Mi hermano, Guillermo.

Isabel e Iván se miraron sorprendidos.

—No sabía que tenías un hermano —le dijo Isabel a su abuelo.

—Se marchó en los vuelos de los años setenta, los Vuelos de la Libertad, cuando Estados Unidos sacó en avión de la isla a los disidentes políticos —le contó Lito—. Aunque Guillermo no era un disidente. Sólo quería vivir en Estados Unidos. Yo también me podía haber ido. Una vez fui policía, como Luis y Amara. ¿Sabías eso? Fue antes de Castro, cuando Batista era presidente.

Isabel sí sabía aquello… y que Lito había perdido su puesto durante la Revolución y lo habían enviado a los campos de azúcar a recoger caña.

—Podía haber tirado de algunos hilos —dijo Lito—. Haber pedido algún favor. Habernos sacado de la isla a tu abuela y a mí.

—Entonces ¡tú habrías nacido en Estados Unidos! —le dijo Iván a Isabel, que dejó de sacar agua al pensar en lo diferente que podría ser su vida ahora mismo.

¡Nacer en un país totalmente distinto! Era algo casi inconcebible.

—Nos quedamos porque Cuba era nuestro hogar —dijo Lito—. No me marché cuando Castro se hizo con el poder en 1959, tampoco me marché cuando los americanos enviaron sus aviones en los setenta, ni me marché en los ochenta cuando toda aquella gente se hizo a la mar en el puerto de Mariel.

Lito hizo un gesto negativo con la cabeza mirando hacia el grupo de gente preocupada por el motor en la popa y dio un golpe con el puño contra el costado de la barca.

—Fue un error marcharse en este ataúd que se hunde. Tendría que haberme quedado. Tendríamos que haberlo hecho todos. ¿Qué es eso de que Cuba está ahora peor que nunca? Siempre hemos estado en deuda con alguien. Primero fue España, después Estados Unidos, después Rusia. Primero Batista y después Castro. Tendríamos que haber esperado. Las cosas cambian. Siempre cambian.

—Pero ¿mejoran alguna vez? —le preguntó Iván.

Isabel pensó que era una buena pregunta. Durante toda su vida, las cosas sólo habían empeorado. Primero con el hundimiento de la Unión Soviética; después, las peleas de sus padres; después, su padre tratando de marcharse. Después, la muerte de su abuela. Esperaba que Lito le dijera lo contrario, que le dijera que las cosas iban a mejorar, pero su abuelo tenía la mirada perdida en las negras aguas.

Isabel e Iván cruzaron una mirada. El silencio de Lito ya era suficiente respuesta.

—Alguien habría hecho algo —dijo Lito por fin—. Tendríamos que haber esperado.

—Pero si iban a detener a papá —dijo Isabel.

—Ya sé que quieres a tu padre, Chabela, pero es un necio.

A Isabel le ardían las mejillas de ira y vergüenza. Ella quería a Lito, pero también quería a su Papi, y odiaba oír a Lito hablar mal de él. Pero era aún peor, su abuelo estaba diciendo aquellas cosas delante de su mejor amigo. Isabel miró fugazmente a Iván, que no levantaba los ojos de su trabajo y hacía como si no lo hubiera oído. Pero estaban justo a los pies de Lito; pudo oírlo todo. Y Lito no había terminado aún.

—Está arriesgando su vida por esto, está arriesgando la tuya, y también la de tu madre y la del hijo que no ha nacido aún, y ¿para qué? —preguntó Lito—. Pues ni siquiera lo sabe. No te lo puede decir. Le preguntas por qué quiere ir a Estados Unidos y todo cuanto es capaz de responder es "libertad". Eso no es ningún plan. ¿Cómo les va a conseguir un techo y a llevar comida a la mesa mejor de lo que lo hacía en Cuba? —Lito miró a Isabel arqueando las cejas—. Te está alejando de quien eres, de lo que eres. ¿Cómo vas a aprender a marcar *la clave* en Miami? Miami es un lugar que no tiene magia. En La Habana lo habrías aprendido sin intentarlo siquiera. La clave es el latido oculto del pueblo por debajo de cualquier canción que toquen Batista o Castro.

—Calla, Papi —dijo la mamá de Isabel adormilada. Había estado lo suficientemente despierta y parecía haberlo escuchado todo, o al menos la última parte—. Miami sólo es el norte de Cuba.

Mami se acomodó para volver a dormir, pero a Isabel le preocupaba que Lito tuviera la razón. Nunca había sido capaz de marcar la clave, pero siempre había dado por hecho que sucedería con el tiempo, que el ritmo de su tierra le iba a susurrar algún día sus secretos en el alma. Pero, ahora, ¿llegaría alguna vez a oírla? Igual que al hacer el trueque con su trompeta, ¿había intercambiado lo único que era verdaderamente suyo —su música— por la oportunidad de mantener unida a su familia?

—Deberíamos volver —dijo Lito, que se puso en pie tambaleándose—. No nos hemos alejado mucho, y con un Castro ahora tan indulgente, no nos castigarán por habernos ido.

—No, Lito —dijo Isabel. No; por mucho que temiera haber perdido su música, su alma, no lo cambiaría por su familia. Agarró a Lito y lo retuvo—. No lo hagas. No podemos volver. ¡Arrestarán a Papi!

El pánico surgió en los oídos de Isabel como el rugido distante de un trueno. En ese momento, sin embargo, Iván y Lito miraron al cielo como si ellos también lo pudieran oír.

No fue el temor de Isabel lo que la sacudió por dentro, hasta la misma boca del estómago.

Fue el gigantesco buque petrolero que iba directo hacia ellos.

MAHMOUD

ESMIRNA, TURQUÍA

2015

4 días lejos de casa

MAHMOUD ESTABA DE PIE CON SU FAMILIA en un estacionamiento mojado, bajo una llovizna que lo empapaba todo y lo dejaba resbaladizo. Bajando por una playa parda y pedregosa, las grises aguas del Mediterráneo se revolvían como las de una lavadora. Un enorme buque de carga rojo y negro se desplazaba por la línea del horizonte.

—No, no. Hoy no hay barco —dijo el hombre sirio que trabajaba para los contrabandistas turcos en un árabe chapurreado—. Mañana.

—Pero si me dijeron que sería hoy —dijo el padre de Mahmoud—. Nos dimos mucha prisa para llegar aquí hoy.

El contrabandista levantó una mano y le dijo que no con la cabeza.

—No, no. Tiene dinero, ¿sí? Mañana. Yo envío mensaje mañana.

—Pero ¿dónde se supone que nos vamos a meter? —le preguntó la madre de Mahmoud al contrabandista.

Mahmoud no lo podía creer. Se habían pasado dos largos días metidos en coches y autobuses tratando de llegar allí a tiempo para tomar el barco que papá había pagado para que los llevara, cruzando el mar, hasta Grecia. Y ahora no había barco.

—Hay hotel en siguiente manzana —dijo el contrabandista—. Aceptan sirios.

—Estamos intentando ahorrar dinero. Vamos a ir hasta Alemania —le contó papá.

—Hay parque cerca —dijo el contrabandista.

—¿Un parque? ¿Se refiere a dormir al aire libre? Pero si tengo un bebé... —dijo mamá al hacer un gesto para señalar a Hana, en sus brazos.

El contrabandista alzó los hombros como si a él no le importara. Sonó su teléfono y se apartó para contestar.

—Mañana —le dijo a los padres de Mahmoud volviendo la cabeza hacia atrás—. Yo envío mensaje mañana. Estén preparados.

El padre de Mahmoud resopló, pero de inmediato se volvió hacia su familia y esbozó una sonrisa.

—Bueno, siempre hemos hablado de unas vacaciones en el Mediterráneo —dijo—. Tenemos una noche más en Esmirna. ¿Quién quiere ir a bailar?

—Yo sólo quiero encontrar un sitio seco donde poder dormir —dijo mamá.

Papá los condujo a todos en dirección al hotel. Todas las tiendas estaban cerrando mientras ellos regresaban a pie por la ciudad, pero Mahmoud se maravillaba al ver lo limpio que estaba todo en Turquía. No había escombros, ni hierros retorcidos. Las calles adoquinadas estaban en perfectas condiciones, y las flores crecían delante de unas tiendas y unas casitas perfectas. Por la calle pasaban coches y furgonetas relucientes, y las luces brillaban en las ventanas de las casas.

—¿Te acuerdas de cuando las cosas eran así en Siria? —le preguntó Mahmoud a su hermano pequeño.

Waleed iba tan boquiabierto como Mahmoud, pero no dijo nada. Mahmoud respiró hondo y lleno de frustración. Waleed y él habían tenido sus peleas —eran hermanos, al fin y al cabo—, pero, desde que Mahmoud alcanzaba a recordar, Waleed había sido más bien su mejor amigo y su constante compañero. Jugaban juntos, rezaban juntos, compartían habitación. Waleed era antes el hiperactivo, el que rebotaba contra las paredes, saltaba por los muebles y le daba patadas al balón de futbol en el pasillo. Por molesto que hubiera sido en ocasiones, Mahmoud pensaba que ojalá su hermano volviera a dar alguna pequeña muestra de aquella locura de antaño. Ni siquiera lo había alegrado la Tortuga Ninja que Mahmoud le había conseguido en Kilis.

Más adelante, en el hotel, Mahmoud seguía pensando en la manera de hacer volver a su hermano cuando oyó decir al recepcionista que no tenían habitaciones disponibles.

—Quizá haya alguien dispuesto a compartir la suya con nosotros —le sugirió el padre de Mahmoud al recepcionista.

—Mire, discúlpeme —dijo el recepcionista—, pero ya hay tres familias alojadas en cada habitación.

A Mahmoud se le fue el alma a los pies. ¡Tres familias en cada habitación! Y el hotel estaba lleno. ¿Qué posibilidades tenían de encontrar una habitación en algún otro sitio?

Papá buscó en su celular y probó a hacer unas llamadas, pero en todas partes se encontró con la misma historia.

—Pero ¿cómo pueden estar tan llenos? —dijo la madre de Mahmoud—. ¡No puede ser que todo el mundo se marche mañana!

Sin ningún otro sitio adonde ir, encontraron el parque del que les había hablado el contrabandista, pero allí tampoco había sitio para ellos. Allí estaban todos los demás refugiados que habían sido rechazados por los hoteles, algunos durmiendo en los bancos bajo la lluvia, otros con la fortuna de disponer de una tienda de campaña…, tiendas que tenían pinta de llevar allí más de un día o dos. Mahmoud se desanimó bajo la lluvia. Estaba empapado. Cansadísimo. Sólo quería un lugar seco y caliente donde dormir.

—¡Deberíamos habernos quedado en el campamento de refugiados! —dijo mamá.

—No —dijo su padre—. No, seguiremos adelante. Siempre adelante, y no nos detendremos hasta que lleguemos a Alemania. No queremos acabar atrapados en este sitio. Vamos a ver si podemos encontrar un lugar seco para esta noche.

Mahmoud vio a un niño sirio muy delgado que tenía más o menos su edad y que se iba acercando a todas y cada una de las familias que había en el parque para ofrecerles algo. Mahmoud se acercó tranquilamente para echar un vistazo. El niño vio su interés y se dirigió hacia él.

—¿Quieres comprar unos clínex? —le preguntó el niño, que ofreció a Mahmoud un paquetito de pañuelos de papel sin abrir—. Sólo son diez libras sirias o diez kurus turcos.

—No, gracias —dijo Mahmoud.

—¿Necesitan agua? ¿Chalecos salvavidas? ¿Un cargador de celular? Se los puedo conseguir, por un precio.

—Necesitamos un lugar donde dormir —dijo Mahmoud.

El niño miró a Mahmoud y a su familia.

—Conozco un sitio —dijo el niño—. Se los enseñaré por dos mil libras sirias o por veinticinco liras turcas.

Dos mil libras sirias eran casi diez dólares, mucho dinero cuando tienes que cruzar todo un continente. Sin embargo, la lluvia estaba arreciando, y no quedaba ningún sitio seco en el parque. Cuando Mahmoud le habló a su padre sobre la oferta del niño, papá se mostró dispuesto a pagar.

El niño los alejó de la costa y los llevó a un vecindario donde la hierba crecían entre los adoquines y las casas tenían rejas en las ventanas en lugar de maceteros con flores. Una de las farolas parpadeaba y le daba a la calle una atmósfera tétrica.

El niño levantó una valla rota de tela metálica que conducía a un estacionamiento.

—Por aquí —dijo.

El padre de Mahmoud lanzó al resto de la familia una mirada de sospecha y los condujo por debajo de la valla. Siguieron al niño hasta un edificio grande y cuadrado con tablones en las ventanas y las paredes cubiertas de grafitis. En la entrada, uno de los tablones que impedían el paso a los intrusos había sido arrancado, empujaron la puerta y pasaron al interior.

Era un centro comercial. O lo había sido antes. Un gran espacio abierto con una fuente seca en el centro estaba rodeado de escaparates que se elevaban hasta cuatro plantas. Algunas de las tiendas estaban iluminadas con lámparas enchufadas a cables alargadores, y en otras ardían unas lámparas de queroseno y velas. Pero la mayoría de las tiendas ya no eran tiendas: eran pequeños departamentos donde vivía la gente. Un centro comercial abandonado que había sido invadido.

El niño los llevó hasta una tienda de yogures vacía en la tercera planta, junto a una antigua tienda de música que era el hogar de una familia siria de seis miembros. Tenían pinta de llevar allí una temporada. Tenían un sofá viejo y destrozado y una parrilla, y habían colgado unas sábanas de unas cuerdas para dividir el espacio en pequeñas habitaciones.

La tienda de yogures no tenía muebles, y el suelo de linóleo estaba roto. Algo salió corriendo en la oscuridad cuando ellos entraron.

—Es sólo para esta noche —dijo el padre de Mahmoud.

—¿Se van mañana? —dijo el niño—. ¿En balsa? Entonces necesitan chalecos salvavidas. Más que seguro. O si no se ahogarán cuando se vuelque la balsa.

A Mahmoud se le pusieron los ojos como platos y se puso a tiritar con la ropa empapada. No le gustaba ninguna de las partes de aquel plan.

Su padre se volvió hacia su familia y levantó las manos.

—El barco no va a volcar —les dijo.

—O cuando se quede sin gasolina. O cuando choque contra las rocas —dijo el niño—. Entonces se ahogarán.

Papá suspiró.

—Muy bien. Muy bien. ¿Dónde compramos los chalecos salvavidas?

JOSEF

EN ALGÚN LUGAR DEL ATLÁNTICO

1939

11 días lejos de casa

LA MADRE DE JOSEF AGARRÓ AL PADRE por los brazos, mientras él manoteaba, pero Aaron Landau era demasiado fuerte para ella, por flaco que estuviera.

—No. ¡No! Vienen por nosotros —dijo él con una mirada frenética en los ojos—. El barco está reduciendo la marcha. ¿Es que no lo notas? ¡Están reduciendo la velocidad para poder dar la vuelta y llevarnos de regreso a Alemania!

El padre de Josef apartó el brazo de golpe y tiró una lámpara, que cayó al suelo con estruendo y se apagó.

—Josef, ayúdame —le rogó su madre.

Josef se separó de la pared e intentó agarrar uno de los brazos de su padre mientras su madre iba por el otro. En el rincón de su cama, Ruthie hundía la cara entre las orejas de Bitsy y lloraba.

—¡No! —gritó el padre de Josef—. Tenemos que escondernos, ¿me oyen? No podemos quedarnos aquí. ¡Tenemos que salir de este barco!

Josef agarró a su padre por el brazo y lo sujetó con fuerza.

—No, papá. No estamos dando la vuelta —dijo Josef—. Aminoramos la marcha por un funeral. Un funeral en el mar.

El padre de Josef se quedó completamente quieto, pero Josef lo mantuvo bien sujeto. No quería contarle a su padre lo del funeral, pero ahora parecía la única manera de tranquilizarlo.

La angustiada mirada de los ojos saltones de Aaron Landau se desplazó sobre su hijo.

—¿Un funeral? ¿Quién murió? ¿Un pasajero? ¡Fueron los nazis, ellos fueron! ¡Sabía que estaban a bordo! ¡Vienen por todos nosotros!

Volvió a agitarse otra vez, presa de un pánico mayor que antes.

—¡No, papá, no! —dijo Josef, que luchaba con tal de no soltar a su padre—. Era un hombre mayor, el profesor Weiler. Ya estaba enfermo cuando subió a bordo. No fueron los nazis, papá.

Josef lo sabía todo al respecto. Ruthie le había suplicado que fuera con ella, con Renata y con Evelyne a nadar a la piscina aquella tarde, pero Josef ya era un hombre, no un niño. Ya era mayor para cosas de niños. Había estado caminando por el pasillo exterior de la cubierta B, atento por si veía a aquel hombre de la sala de máquinas,

Schiendick, y a sus amigos cuando oyó un grito procedente de la ventana de uno de los camarotes. Se asomó y vio sollozando a una mujer con el cabello negro, largo y rizado y un vestido blanco mientras se recargaba sobre el cuerpo de un anciano. El capitán Schroeder y el médico también estaban allí. El hombre de la cama estaba absolutamente quieto, con la boca abierta y la mirada vacía y perdida en el techo.

Estaba muerto. Josef nunca había visto un cadáver tan de cerca.

—¡Eh, tú! ¡Chico!

Josef se había sobresaltado. Una mujer que paseaba a su perrito por la cubierta B lo había encontrado husmeando. Josef había echado a correr mientras el perrito le ladraba, pero no antes de oír al médico decir que el profesor Weiler había fallecido de cáncer.

Ahora, unas horas más tarde, en el camarote de su familia, Josef seguía aferrado al brazo de su padre, tratando de tranquilizarlo.

—Era un hombre mayor ¡y ya llevaba mucho tiempo enfermo! —le dijo Josef a su padre—. Lo van a sepultar en el mar porque estamos muy lejos de Cuba.

Josef y su madre siguieron colgados del padre hasta que las palabras de Josef por fin le llegaron. Papá dejó de forcejear contra ellos y se hundió, y de repente se vieron levantándolo del suelo.

—¿Ya estaba enfermo? —preguntó papá.

—Sí. De cáncer —dijo Josef.

El padre de Josef permitió que lo llevaran hasta su cama, donde se sentó. Mamá fue con Ruthie, para consolarla.

—¿Cuándo es el funeral? —preguntó papá.

—Esta noche, tarde —le dijo Josef.

—Quiero ir —dijo su padre.

Josef no lo podía creer. Papá no había salido del camarote en once días, ¿y ahora quería ir al funeral de alguien a quien no conocía? ¿En esas condiciones? Josef miró preocupado a su madre, que tenía a Ruthie en su regazo.

—No me parece que sea una buena idea —dijo mamá, que hacía eco de los pensamientos de Josef.

—Ya vi morir a demasiados hombres sin un funeral en Dachau —dijo papá—. Iré a éste.

Era la primera vez que su padre pronunciaba siquiera el nombre del lugar donde había estado, y fue como si una helada invernal lo cubriera todo en la estancia. Puso fin a la conversación tan rápido como había comenzado.

—Entonces, llévate a Josef contigo —dijo mamá—. Ruthie y yo nos quedaremos aquí.

Aquella noche, Josef condujo a su padre a la popa de la cubierta A, donde el capitán y su primer oficial aguardaban con unos cuantos pasajeros cuya ropa parecía raída. Josef no lo entendió hasta que oyó cómo su padre se rompía la camisa: rasgarse las vestiduras es una tradición judía en los funerales, y aquellas personas lo habían hecho para solidarizarse con la señora Weiler. Josef se tiró del cuello de la camisa hasta que saltó la costura. Su padre asintió con la cabeza y lo acompañó hasta el arenero que estaba junto a la piscina para tomar un puñado. Josef no lo entendía, pero hizo lo que le indicaba su padre.

Llegó el ascensor a la cubierta A, y la señora Weiler avanzó primero con una vela en la mano. Detrás de ella venían el rabino y cuatro marineros que llevaban el cuerpo del profesor Weiler en una camilla. Estaba envuelto en una lona blanca ceñida, igual que un faraón egipcio.

—Esperen —el hombre de abajo, Schiendick, se abrió paso entre la pequeña multitud con otros dos miembros de la tripulación—. Soy Otto Schiendick, líder del partido nazi a bordo de este barco —dijo—, y las leyes alemanas dicen que en los funerales en el mar los cuerpos han de ir cubiertos con la bandera nacional.

Schiendick desplegó la bandera nazi roja y blanca con la esvástica en el centro, y los pasajeros soltaron un grito ahogado.

Papá se abrió paso al frente.

—¡Jamás! ¿Me oye? ¡Jamás! ¡Es un sacrilegio!

Estaba temblando más que nunca. Josef jamás había visto a su padre tan enojado y tenía miedo por él. Schiendick no era el tipo de hombre con el que uno quisiera meterse.

Josef agarró a su padre del brazo e intentó apartarlo de allí.

Papá escupió a los pies de Schiendick.

—¡Esto es lo que pienso de usted y de su bandera!

Schiendick y sus hombres dieron un paso al frente para vengar aquel insulto, pero el capitán Schroeder intervino rápidamente.

—¡Basta ya! ¡Detenga esto de inmediato, camarero! —le ordenó el capitán Schroeder.

Schiendick se dirigió a su capitán, pero no apartó la mirada del padre de Josef en ningún momento.

—Son las leyes alemanas, y no veo motivos para hacer una excepción en este caso.

—Pues yo sí —dijo el capitán Schroeder—. Ahora tome esa bandera y váyase de aquí, señor Schiendick, o le relevaré del servicio y haré que lo confinen en sus dependencias.

El camarero se quedó mirando a papá durante un largo rato más. Aquella mirada se desplazó después a Josef, a quien se le puso la carne de gallina, y, a continuación, Schiendick se dio media vuelta y se marchó airado.

Josef tenía el pecho tan agitado como si hubiera corrido un maratón. Estaba tan nervioso que temblaba más que su padre. La arena se le caía del puño tembloroso.

El capitán se deshizo en disculpas por aquella interrupción, y continuó el funeral. El rabino dijo una breve oración en hebreo, y los marineros deslizaron el cuerpo del profesor Weiler por la borda del barco.

Un momento después se oyó un golpe apagado contra el agua, y los asistentes dijeron juntos: "Recuerda, Señor, que estamos hechos de polvo". Uno por uno se acercaron al barandal, donde soltaron los puñados de arena, esa arena que su padre le había dicho a Josef que agarrara de la caja. Se unió a su padre junto al barandal, y ambos esparcieron la arena en el mar.

El capitán Schroeder y su primer oficial volvieron a cubrirse la cabeza e hicieron un saludo. Josef se fijó en que se habían llevado la mano a la visera de la gorra en lugar de hacer el saludo nazi.

Sin una palabra más, los asistentes al funeral se dispersaron. Josef esperaba que su padre regresara a su camarote de inmediato, pero, en cambio, se quedó junto al barandal con la mirada fija en las oscuras aguas del Atlántico. "¿Qué estará pensando?", se preguntó Josef. "¿Qué le había pasado en Dachau para ser ahora una sombra del hombre que había sido?".

—Por lo menos no tuvo que ser enterrado en el infierno del Tercer Reich —dijo su padre.

Se produjo un leve rumor en el barco, y Josef supo que el capitán había vuelto a poner en marcha los motores. De nuevo avanzaban rumbo a Cuba, pero ¿cuánto tiempo habían perdido?

ISABEL

ESTRECHO DE FLORIDA, AL NORTE DE CUBA

1994

1 día lejos de casa

EL BUQUE PETROLERO SURGIÓ DE LA OS-curidad como un leviatán gigantesco que fuera a devorarlos. Se elevaba a una altura de unos siete pisos por encima del agua, y era tan ancho que llenaba el horizonte. La proa en punta formaba unas olas enormes y las desplazaba, y dos anclas gigantescas sobresalían de los costados como los cuernos de un monstruo. Isabel estaba aterrorizada. Parecía salido de una pesadilla.

—¡Un barco! —chilló Lito—. ¡Hemos ido a la deriva y nos hemos metido en las rutas marítimas!

Sin embargo, para esas alturas todos lo habían visto ya. El estruendo de los enormes motores del barco había despertado a Mami y a la señora Castillo mientras todos los demás se movían por la barca envueltos en el pánico y la confusión y hacían que se balanceara de manera peligrosa.

—¡Viene directo hacia nosotros! —gritó Amara.

Isabel pasó por encima de Iván al tratar de alejarse del buque tanto como podía. Se resbaló y cayó con un chapoteo al fondo de la barca.

—¡Que todo el mundo se siente! —gritó el señor Castillo, pero nadie lo escuchó.

—¡Tenemos que arrancar el motor! —gritó Papi.

Frenético, se puso a tirar de la cadena de arranque, y al motor apenas le daba tiempo de soltar un bufido y callarse antes de que tirara de nuevo.

—¡No hagas eso! ¡Lo vas a ahogar, y no arrancará nunca! —dijo Luis mientras trataba de arrebatarle la cadena de las manos.

—¿Dónde están los cerillos? —gritó Lito—. ¡Tenemos que encender un fuego! ¡No pueden vernos en la oscuridad!

—¡Aquí! —dijo Iván, que sacó una caja de cerillos del envoltorio de poliestireno que contenía los escasos suministros de emergencia que habían traído.

—¡No! —gritó Papi.

Se lanzó hacia el brazo estirado de Iván, y cayeron los dos juntos contra la borda e inclinaron la barca. La madre de Isabel cayó al charco de agua del suelo y se deslizó contra el costado con un golpe seco. Isabel se acercó a gatas hasta ella para ayudarla.

Lito agarró a Papi por la camisa.

—¿Qué estás haciendo?—le preguntó.

Papi mantuvo la caja de cerillas fuera del alcance de Lito.

—¡No queremos que nos vean, viejo tonto! —gritó por encima del rugido cada vez más fuerte del buque—. ¡Si nos ven, tendrán que rescatarnos! ¡Son las leyes marítimas! ¡Y si nos "rescatan", nos llevarán de vuelta a Cuba!

—¿Es que prefieres que nos envíen al fondo del mar? —gritó Lito.

Isabel no pudo evitar alzar la mirada mientras tiraba de su madre para levantarla del agua.

—¡Se está acercando! —exclamó.

El buque aún estaba a cientos de metros de distancia, pero era tan enorme que parecía como si lo tuvieran encima. Jamás conseguirían apartarse de su rumbo. El corazón le latía a Isabel con tal fuerza que pensaba que se le iba a salir del pecho.

—¡Si no queremos que sepan dónde estamos, a lo mejor no deberíamos arrancar el motor! —gritó Amara.

—¡Jamás nos oirán, hagamos lo que hagamos! —le dijo el señor Castillo.

El buque hacía ya tal ruido que sonaba como un motor a reacción. Luis y el señor Castillo encendieron un interruptor en el motor de la barca y volvieron a tirar de la cadena de arranque. El motor bufó una bocanada de humo gris, pero no arrancó.

El buque se hacía cada vez más grande. Estaba cada vez más cerca. Isabel se encogió. ¡Iba a chocar contra ellos!

Luis tiró de la cadena. Un bufido. Un pequeño estallido. Nada.

Bufido. Estallido. Nada.

Bufido. Estallido. Nada.

El mar se elevaba delante del buque y los empujó más alto y más lejos, y, por un breve instante, las esperanzas de Isabel se elevaron con el agua. Pero entonces pasó la ola, y la tremenda fuerza del arrastre del buque los volvió a llevar hacia él. Su barquita azul giraba de un lado a otro, y se dirigían disparados hacia la gigantesca proa del barco.

El buque iba a partirlos en dos, justo por la mitad.

Isabel alzó los ojos y se encontró con la aterrorizada mirada de Iván, que se había percatado de lo mismo, y gritaron los dos. De repente se vieron lanzados al suelo, y algo empezó a zumbar como un mosquito por debajo del rugido del petrolero.

¡Luis había conseguido arrancar el motor!

La barquita avanzó disparada por el agua y se apartó veloz del rumbo de la proa del petrolero, pero el oleaje que provocaba un barco tan grande elevó la parte de atrás de la barca de Isabel y les echó encima un océano entero de agua del mar.

Isabel tragó una buena cantidad de agua salada y comenzó a dar de tumbos por la barca. Se golpeó contra algo duro y sintió un estallido de dolor en el hombro. Se irguió resoplando. El agua le llegaba por las caderas, y el motor se había vuelto a parar, pero nada de eso importaba en aquel momento.

El padre de Iván se había caído por la borda.

Isabel vio la cabeza de pelo cano asomar fuera del agua. El señor Castillo tomó una bocanada de aire y desapareció cuando se le vino encima una de las olas del enorme petrolero.

—¡Señor Castillo! —gritó Isabel.

—¡Papá! —vociferó Iván—. ¿Dónde está? ¿Lo ves?

Isabel e Iván buscaban frenéticos en las aguas oscuras, fijándose a ver si veían al señor Castillo de nuevo en la superficie. Habían esquivado la proa del enorme barco por apenas unos metros, pero el oleaje que generaba aquella bestia monstruosa al pasar era igualmente peligroso. El mar se elevaba y se hundía, y la pequeña barca se sacudía de un lado a otro cuando las olas la alcanzaban de lleno.

Todos estaban apenas levantándose del suelo cuando se veían otra vez dando volteretas. Iván rodó hasta el otro costado de la barca, pero Isabel se sujetó bien. ¡Allí! Vio que la cabeza del señor Castillo salía del agua, aunque sólo por un breve segundo: demasiado rápido para tomar el aire suficiente.

En un segundo, Isabel recordó a su abuela, que desapareció así entre las olas dos años atrás, y, sin pensárselo dos veces, se lanzó al agua detrás del señor Castillo.

MAHMOUD

ESMIRNA, TURQUÍA

2015

11 días lejos de casa

MAHMOUD DIO UN GRITO.

Aulló más fuerte que el motor de un reactor, y sus padres ni siquiera le dijeron que se callara. Se encendieron las luces en las casas cercanas, y se agitaron las cortinas en las ventanas cuando la gente se asomó a ver qué era el ruido. La madre de Mahmoud se echó a llorar, y su padre dejó caer al suelo los chalecos salvavidas que llevaba consigo. El contrabandista les acababa de decir que el barco no iba a zarpar aquella noche.

Otra vez.

—No hay barco hoy. Mañana. Mañana —le dijo al padre de Mahmoud.

Era exactamente lo mismo que le había dicho al padre de Mahmoud el día antes. Y el día antes de ése. Y todos los días de la semana anterior. Llegaba un mensaje de texto que decía que fueran a la playa corriendo —¡rápido!—, y todas las veces hacían el equipaje con las pocas cosas que tenían, agarraban los chalecos salvavidas y corrían por las calles de Esmirna hasta aquel estacionamiento, y nunca había un barco esperándolos.

Primero fue el tiempo que hacía, les dijo el contrabandista. Después, que no había llegado otra familia que se suponía que iba a ir con ellos. Después fueron las patrullas de los guardacostas. O que el barco no estaba listo. Siempre había una razón por la que no se podían ir. Era una especie de juego cruel infantil en el que no dejaban de marearlos.

Mahmoud y su familia estaban ya desesperados. Todo ese "ahora sí" y "ahora no" constante los estaba destrozando. A todos excepto a Waleed; salvo a Waleed el inánime, el que no se inmutaba cuando estallaban las bombas.

—¡Quiero volver a Siria! Me da igual si nos morimos —dijo Mahmoud después de soltar su grito—. ¡Lo único que quiero es salir de aquí!

No había terminado de decirlo y ya oía el quejido en su voz, aquella frustración tan patética de niño pequeño. Una parte de Mahmoud se sentía avergonzada: él era mayor que eso, más maduro. Era casi un hombre. Pero otra parte de él sólo quería patalear y hacer un gran berrinche, y a esa parte de él le costaba cada vez más quedarse callada.

La pequeña Hana también empezó a llorar, y la madre de Mahmoud trató de tranquilizar a ambos atrayendo a su hijo para darle un abrazo.

—Mírenlo de este modo —dijo papá—, ahora tendremos más tiempo para practicar nuestro turco.

No se rio nadie.

—Volvamos al centro comercial antes de que alguien nos quite nuestro lugar —dijo mamá con voz de cansancio.

Mahmoud cargó los chalecos salvavidas para que su padre pudiera cargar a Waleed, que se quedó rápidamente dormido sobre el hombro de su padre. Su madre llevaba a Hana. Aunque Mahmoud odiaba la desesperada sensación de derrota al regresar al centro comercial, al menos era mejor que dormir a la intemperie en el parque.

Esta vez, sin embargo, había alguien esperándolos en la entrada del edificio.

Eran dos, ambos turcos, que vestían chamarras deportivas azules a juego. Uno de ellos era musculoso, con el pelo negro y rizado, la barba corta y una gruesa cadena de oro colgando del cuello. El otro tenía sobrepeso y llevaba unos lentes de sol de espejo, aunque era de noche.

Éste era el que llevaba la pistola metida en la cintura del pantalón.

—Si quieren entrar, tienen que pagar la renta —les dijo el hombre fornido.

—¿Desde cuándo? —dijo el padre de Mahmoud.

—Desde ahora —dijo el hombre—. El edificio es nuestro, y ya estamos hartos del gorroneo de los sirios.

"Más abusadores" —pensó Mahmoud—. "Exactamente igual que en Siria". A Mahmoud se le entumieron las piernas, y pensó que se iba a caer al suelo. No soportaba la idea de caminar ni un paso más, de volver a ponerse a buscar un sitio donde vivir.

—¿Cuánto? —preguntó el padre de Mahmoud con voz de hastío.

—Cinco mil libras la noche —dijo el hombre musculoso.

Papá suspiró y fue a dejar a Waleed en el suelo para poder pagar a aquel tipo.

—Cada uno —dijo el turco.

—¿Cada uno? ¿Por noche? —dijo papá.

Mahmoud sabía que su padre estaba haciendo la cuenta mentalmente. Eran cinco, y ya llevaban allí una semana. ¿Cuánto tiempo se podrían permitir pagar veinticinco mil libras al día y aún tener suficiente para el barco y para todo lo que viniera después?

—No —dijo el padre de Mahmoud.

Mamá empezó a protestar, pero él le dijo que no con la cabeza.

—No… Ya tenemos aquí nuestras cosas. Encontraremos otro sitio donde quedarnos. Sólo es hasta mañana.

El hombre corpulento se echó a reír.

—Claro. Mañana.

Mahmoud iba tambaleándose detrás de sus padres mientras recorrían las calles de Esmirna buscando un sitio seco donde dormir. Sus padres llevaban en brazos a Waleed y a Hana, pero no a él. Mahmoud ya era muy mayor para que lo llevaran en brazos, y por primera vez pensó que ojalá no lo fuera.

Por fin encontraron la entrada de una agencia de viajes que estaba remetida respecto de la calle, y no había nadie durmiendo allí. Justo se estaban acomodando cuando bajó por la calle un coche de policía. Mahmoud se hundió en un rincón tratando de ser invisible, pero el coche patrulla encendió las luces e hizo sonar la sirena.

Moc, moc.

—No pueden dormir ahí —les dijo un agente de policía por un altavoz.

Así que tuvieron que levantarse y volver a caminar.

Mahmoud estaba tan cansado que empezó a llorar, pero lo hizo en voz baja para que sus padres no lo escucharan. No había llorado así desde aquella primera noche en que las bombas empezaron a caer sobre Alepo.

Llegó otro coche por la calle, y al principio le preocupó a Mahmoud que pudiera ser otro coche de policía, pero era un sedán BMW. En un arrebato, Mahmoud se lanzó delante de las luces del coche y agitó los chalecos salvavidas que tenía en los brazos.

—¡Mahmoud! ¡No! —gritó su madre.

El BMW frenó; las luces le iluminaban la cara. El conductor tocó el claxon, y Mahmoud dio la vuelta corriendo hacia la ventanilla del conductor.

—Por favor, ¿puede ayudarnos? —suplicó Mahmoud—. Mi hermana es un bebé…

Pero el coche ya había salido disparado. Detrás llegó otro, que pasó de largo por delante de Mahmoud.

—¡Mahmoud! ¡Sal de la calle! —le gritó su padre—. ¡Vas a hacer que te maten!

A Mahmoud ya no le importaba. Tenía que haber alguien que los ayudara. Agitó los chalecos salvavidas delante del siguiente coche, que se detuvo milagrosamente. Era un Skoda viejo color café, y el conductor bajó la ventanilla a mano. Era un hombre mayor y lleno de arrugas, con una barba corta y blanca y que llevaba una kufiya roja y blanca en la cabeza.

—Por favor, ¿puede ayudarnos? —le preguntó Mahmoud—. Mi familia y yo no tenemos adonde ir, y mi hermana no es más que una bebé.

Papá llegó corriendo y trató de llevarse a Mahmoud de allí.

—Lo sentimos mucho —le dijo el padre de Mahmoud a aquel hombre—. No queríamos molestarlo. Ya nos vamos.

Mahmoud estaba muy molesto. Por fin había conseguido que alguien parara, ¡y ahora su padre estaba intentado que se marchara!

—Mi casa es muy pequeña para todos ustedes —dijo el hombre—, pero tengo una pequeña concesionaria de coches, y se pueden quedar en la oficina.

¡Árabe! Mahmoud estaba asombrado, el hombre hablaba muy bien en árabe.

—No, no, no podríamos… —empezó a decir el padre de Mahmoud, pero su hijo le interrumpió.

—¡Sí! ¡Gracias! —exclamó Mahmoud. Hizo gestos con la mano para que se acercara su madre—. ¡Habla árabe!, y dice que nos ayudará.

Papá trató de disculparse de nuevo y rechazar la oferta de ayuda, pero Mahmoud ya se estaba subiendo en el asiento trasero del coche con el cargamento de chalecos salvavidas. Mamá se sentó a su lado con Hana, y papá cargó a Waleed en brazos para poder sentarse a regañadientes en el asiento del copiloto.

—Mahmoud... —dijo su padre, descontento.

Sin embargo, a Mahmoud no le importaba. Estaban secos, ya no iban a pie, y se dirigían a un lugar donde podrían dormir.

El motor del pequeño Skoda sonó mientras el hombre arrancaba.

—Me llamo Samih Nasseer —les dijo el anciano, y papá le presentó a todos—. Son sirios, ¿verdad? ¿Refugiados? —preguntó el hombre—. Sé lo que es eso. Yo también soy un refugiado, de Palestina.

Mahmoud frunció el ceño. Aquel hombre era un refugiado, ¿y tenía un coche y su propio negocio?

—¿Cuánto tiempo lleva viviendo en Turquía? —le preguntó Mahmoud al hombre.

—¡Sesenta y siete años ya! —le dijo el señor Nasseer a Mahmoud con una sonrisa por el espejo retrovisor—. Me vi obligado a dejar mi hogar en 1948, durante la guerra árabe-israelí. Allí siguen combatiendo, pero, algún día, cuando mi tierra vuelva a la normalidad, ¡volveré a casa!

Sonó el teléfono de papá, que sorprendió a todos e hizo que Waleed se moviera. Su padre leyó la pantalla iluminada.

—Es el contrabandista. Dice que el barco está listo ahora.

Mahmoud ya había aprendido a no emocionarse con aquellos mensajes de texto, pero aun así sintió un leve cosquilleo de esperanza en el pecho.

—¿Van a tomar un barco a Grecia? ¿Esta noche? —preguntó el señor Nasseer.

—Puede ser —dijo el padre de Mahmoud—. Si es que está allí.

—Yo los llevaré hasta allá —dijo el señor Nasseer—, y si no está ahí, pueden volver y quedarse conmigo.

—Es usted muy amable —dijo mamá.

Mahmoud no sabía por qué, pero su madre tiró de él y le dio un abrazo.

El coche tardó muy poco tiempo en llevarlos de vuelta a la playa, y, cuando se detuvieron, todos se quedaron callados mirando.

Esta vez, por fin, había un barco allí.

JOSEF

14 días lejos de casa

A UN DÍA DE LLEGAR A CUBA, EL ST. LOUIS celebró una fiesta. Serpentinas y globos colgaban del techo y decoraban los barandales de la galería superior del salón social de primera clase. Habían quitado las mesas y las sillas para dejar espacio para bailar. Tenían una sensación de alivio desatado, como si bailaran sin parar con tal de quitarse de encima el estrés de abandonar Alemania. Los camareros sonreían a los pasajeros como si lo entendieran, pero ninguno de ellos podía entenderlo en realidad, pensaba Josef. No hasta que les rompieran a ellos *sus* escaparates y les cerraran *sus* comercios. No hasta que los periódicos y la radio hablaran de *ellos* como unos monstruos infrahumanos. No hasta que unos hombres como sombras entraran en *sus* casas, les destrozaran sus cosas y se llevaran a rastras a alguno de *sus* seres queridos.

No hasta que les dijeran a ellos que tenían que abandonar su tierra y no volver nunca jamás.

Aun así, Josef disfrutó de la fiesta. Bailó con su madre mientras Ruthie y las hermanas Aber se pasaron toda la noche corriendo de aquí para allá entre las piernas de la gente. En un principio, a Josef le ponía nervioso pensar en Cuba, temeroso de lo desconocido, pero ahora estaba emocionado por llegar a La Habana, por empezar una nueva vida, en especial si era como esto.

El padre de Josef siguió escondido en su camarote toda la noche, convencido de que todo aquello era otra jugarreta de los nazis.

A la mañana siguiente, el desayuno en el comedor del barco se vio interrumpido por el ruido metálico y atronador de las anclas al echarlas. Josef corrió a la ventana. Ya estaba amaneciendo, y pudo ver el Malecón, el famoso paseo marítimo de La Habana. Los camareros les habían contado todo acerca de sus teatros, sus casinos y restaurantes, y sobre el hotel Miramar, donde todos los camareros lucían esmoquin. Sin embargo, el St. Louis aún se encontraba muy lejos de allí. Por alguna razón, el barco había fondeado a varias millas de la costa.

—Es por la cuarentena sanitaria —explicó un médico de Fráncfort al pequeño gentío que se había congregado con Josef ante la ventana para ver Cuba—. Los he visto izar la bandera amarilla esta mañana antes del desayuno. Las autoridades sanitarias del puerto nos tienen que dar su aprobación antes, sólo eso. Es el procedimiento habitual.

Josef se aseguró de estar en cubierta cuando la primera barca de la Autoridad Portuaria de La Habana llegó hasta el St. Louis. El hombre cubano que ascendió a la cubierta C por la escalera desde la lancha tenía la piel morena y vestía un traje blanco liviano. Josef observó que el capitán Schroeder y el médico del barco iban al encuentro del hombre conforme éste subía a bordo. El capitán hizo el juramento de que ninguno de los pasajeros era un demente, un criminal ni tenía ninguna enfermedad contagiosa. En apariencia, eso debería haber sido todo cuanto era necesario, porque, cuando el médico del puerto insistió en que aun así le permitieran examinar a todos y cada uno de los pasajeros, el capitán Schroeder pareció enfadarse. Apretó los puños y respiró hondo, pero no se opuso. Con ademán seco, le dio al médico del barco la orden de reunir a los pasajeros en el salón social y se marchó con paso decidido.

Josef regresó corriendo a su camarote, abrió la puerta de golpe y se encontró a su madre guardando sus últimas pertenencias en la maleta. Ruthie la estaba ayudando mientras papá estaba tumbado en la cama.

—Es… el médico cubano… que va a hacer que todos los pasajeros… se sometan a un examen médico —le dijo Josef a su madre, aún jadeando por la carrera—. Están reuniendo a todo el mundo en el salón social ahora mismo.

La horrorizada mirada de mamá le hizo ver que lo había entendido. Papá no estaba bien. ¿Y si el médico cubano decía que estaba demasiado alterado mentalmente como para dejarle entrar en La Habana? ¿Adónde irían si Cuba los rechazaba? ¿Qué iban a hacer?

—¿Nos están reuniendo? —preguntó papá. Parecía más aterrorizado que mamá ante aquella perspectiva—. ¿Como... como si fueran a pasar lista? —Se levantó y apoyó la espalda contra una pared—. No —dijo—. Las cosas que sucedían cuando pasaban lista... Los ahorcamientos. Los latigazos. Los ahogamientos. Las palizas. —Se rodeó con los brazos, y Josef supo que su padre estaba hablando de aquel lugar, Dachau. Josef y su madre se quedaron de pie, quietos como estatuas, temerosos de romper el hechizo—. Una vez vi cómo mataban a otro hombre de un disparo con un rifle —susurró—. Estaba ahí de pie, justo a mi lado. Sí, estaba de pie a mi lado, y yo no me podía mover, ni hacer un ruido, o sería el siguiente.

—No va a ser así, querido mío —dijo mamá. Alargó los brazos hacia él con prudencia, con delicadeza, y él no se inmutó al sentir su contacto—. Ya fuiste fuerte entonces, en aquel lugar. Sólo necesitamos que vuelvas a ser fuerte. Y entonces estaremos en Cuba. Estaremos a salvo para siempre. Todos nosotros.

Josef tenía claro que su padre continuaba perdido en sus recuerdos de Dachau mientras lo llevaban al salón social. Papá parecía aterrorizado. Temblando de nervios. A Josef le daba miedo cuando su padre se ponía así, pero le daba más miedo aún que el médico viera el estado de su padre y los rechazara.

Josef y su familia se unieron al resto de pasajeros que formaban filas, y el médico se paseó entre ellos. Papá se encontraba de pie junto a Josef, y, cuando el médico se acercó a ellos, el padre de Josef empezó a hacer el ruido sordo de un lamento, como un perro herido. Estaba empezando a llamar la atención de los pasajeros a su alrededor. Josef sintió una gota de sudor que le rodaba por la espalda, por debajo de la camisa, y Ruthie se echó a llorar en voz baja.

—Sé fuerte, querido —Josef oyó que su madre le susurraba a su padre—. Sé fuerte, como antes.

—Pero si no lo fui —lloriqueó su padre—. No fui fuerte. Fui afortunado, sólo eso. Podía haber sido yo. Tenía que haber sido yo.

El médico cubano se estaba acercando. Josef tenía que hacer algo, pero ¿qué? No había manera de consolar a su padre. Las cosas que decía haber visto... Josef no se las podía ni imaginar. Su padre había sobrevivido a base de quedarse callado, de no llamar la atención. Pero ahora iba a conseguir que se los llevaran.

De repente, Josef vio lo que tenía que hacer. Le dio una bofetada a su padre en la cara. Fuerte.

Papá se tambaleó sorprendido, y Josef se sintió tan horrorizado como su padre parecía sentirse. Josef no podía creer lo que acababa de hacer. Seis meses atrás, jamás habría soñado siquiera con golpear a ningún adulto, y menos a su padre. Papá lo habría castigado por tal falta de respeto. Sin embargo, en los últimos seis meses, Josef y su padre habían intercambiado de lugares. Papá era el que se comportaba como un niño, y Josef era el adulto.

Mamá y Ruthie se quedaron mirando a Josef, atónitas, pero él no les prestó atención y jaló a su padre para devolverlo a la fila.

—¿Quieres que los nazis te lleven? ¿Quieres que te envíen de vuelta a aquel sitio? —le dijo Josef a papá entre dientes.

—Yo… no —dijo su padre, aún aturdido.

—Ese hombre de ahí —susurró Josef señalando al médico— es un nazi disfrazado. Él decide quién vuelve a Dachau. Él decide quién vive y quién muere. Si tienes suerte, no te escogerá a ti. Pero si dices algo, si te mueves, si haces el ruido más leve, te sacará de la fila. Te enviará de vuelta. ¿Lo entiendes?

El padre de Josef se apresuró a decirle que sí con la cabeza. A su lado, mamá se llevó la mano a la boca y se puso a llorar, pero no dijo nada.

—Ahora límpiate. ¡Rápido! —le dijo Josef a su padre.

Aaron Landau soltó la mano de su mujer, se pasó por la cara la manga de aquel abrigo que le venía tan grande y se puso firme, con la mirada al frente.

Como un prisionero.

El médico pasó por su fila mirando a todos de uno en uno. Cuando llegó a papá, Josef contuvo la respiración. El médico miró al padre de Josef de arriba abajo y prosiguió. Josef se relajó lleno de alivio. Lo habían conseguido. ¡Su padre había pasado la inspección del médico!

Josef cerró los ojos y combatió sus propias lágrimas. Se sentía terriblemente mal por haber asustado a su padre de aquella manera, por ahondar sus temores en lugar de aligerarlos. Y se sentía terriblemente mal por ocupar el lugar de su padre como hombre de la familia. Josef había admirado a su padre durante toda su vida, lo idolatraba. Ahora, era muy duro para él verlo como si no fuera más que un hombre mayor y deshecho.

No obstante, todo aquello cambiaría cuando bajaran del barco y entraran en Cuba. Entonces todo volvería a la normalidad. Encontrarían la manera de curar a su padre.

El médico cubano terminó sus rondas y le hizo un gesto de asentimiento al médico del barco para darle su aprobación a los pasajeros. Mamá abrazó a papá, y Josef sintió que se le subían los ánimos. Sintió esperanza por primera vez en toda la tarde.

—Bueno, esto ha sido una farsa —dijo el hombre que estaba a su lado en la fila.

—¿Qué quiere decir? —preguntó Josef.

—Eso no ha sido un examen médico de ninguna clase. Todo esto ha sido una pantomima. Una enorme pérdida de tiempo.

Josef no lo entendía. Si no era un examen médico en condiciones, ¿para qué lo habían hecho todo?

Lo comprendió cuando él y su familia se pusieron en fila ante la escalera de la cubierta C para abandonar el barco. El médico cubano se había ido y había dejado en su lugar a unos agentes de la policía cubana. Estaban bloqueando la única salida del barco.

—Hemos pasado nuestro examen médico, y todos tenemos la documentación en regla —le dijo una pasajera a la policía—. ¿Cuándo nos van a dejar entrar en La Habana?

—*Mañana* —le dijo en español un policía—. *Mañana*.

Josef no hablaba español. No sabía lo que significaba *mañana*.

—Mañana —se lo tradujo al alemán otro de los pasajeros—. Significa que hoy no. Mañana.

ISABEL

ESTRECHO DE FLORIDA, EN ALGÚN LUGAR AL NORTE DE CUBA

1994

1 día lejos de casa

ISABEL IMPACTÓ CONTRA EL AGUA Y SE hundió en la cálida corriente del Golfo. Todo estaba negro a su alrededor, y el mar estaba vivo, no porque hubiera peces vivos en sus aguas, sino porque era como si el propio mar fuera una criatura viva en sí. Se retorcía, daba volteretas y rugía con burbujas y espuma. Azotaba a Isabel, la empujaba y arrastraba como si fuera un gato jugando con un ratoncito que estaba a punto de comerse.

Isabel luchó por volver a la superficie y tomó una bocanada de aire.

—¡Isabel! —chilló su madre con los brazos estirados hacia ella.

Sin embargo, no había manera de que su madre la pudiera alcanzar. ¡La barca ya estaba muy lejos! A Isabel le entró el pánico. ¿Cómo era posible que ya estuviera tan lejos?

—¡Tenemos que darle la vuelta a la barca! —oyó Isabel que gritaba Luis—. ¡Si no agarramos las olas de frente, nos van a volcar!

—¡Papá! —gritó Iván.

Isabel se dio la vuelta en el agua y la golpeó una ola, le llenó la boca y la nariz de agua salada y volvió a arrastrarla hacia abajo. Pasó la ola, e Isabel regresó de nuevo a la superficie entre arcadas, atragantándose, pero ya se estaba desplazando hacia el lugar donde había visto la cabeza del señor Castillo antes de que se sumergiera.

Su mano se golpeó contra algo en las oscuras aguas, e Isabel la retiró hasta que se dio cuenta de que era el señor Castillo. El mar lo zarandeaba, y él no se movía ya por su cuenta, no luchaba para volver a salir fuera del agua. Isabel tomó todo el aire que pudo y se zambulló bajo una ola que llegaba. Encontró el cuerpo del señor Castillo en la oscuridad, lo rodeó con los brazos y pataleó tan fuerte como pudo para regresar a la superficie. El mar le oponía resistencia, le barría las piernas y le daba vueltas, pero Isabel pataleó, pataleó y pataleó hasta que tuvo los pulmones a punto de reventar, y por fin irrumpió de golpe en el aire frío, jadeando.

—¡Allí! ¡Están allí! —gritó Iván.

Isabel ni siquiera pudo tratar de encontrar la barca. Ya tenía bastante con mantener la cabeza inerte del señor Castillo fuera del agua y tomar aire en rápidas respiraciones antes de que las olas se les echaran encima a los dos.

No obstante, las olas ya parecían más pequeñas. Aún mortales, pero no tan grandes ni tan veloces. Isabel comenzó a percibir el ritmo del mar, el ritmo de su canción de cuna, y qué fácil parecía cerrar los ojos, dejar de dar patadas en el agua, dejar de luchar. Estaba muy cansada. Tan cansadísima...

Y entonces, allí estaba Iván con ellos, rodeándola con los brazos igual como lo hacía en el pueblo, cuando jugaban juntos entre las olas de la playa.

—¡Aquí! ¡Aquí! ¡Están aquí! —gritó Iván.

De repente, la barca estaba al lado de Isabel, que se dio un golpe en la cabeza contra el costado de la embarcación cuando una ola se le echó encima. Unas manos levantaron al señor Castillo de entre sus brazos, y no tardaron también en tirar de ella por encima de la borda. Volvió a caer y a chapotear en el medio metro de agua que llenaba el fondo de la barca, pero ahora estaba lejos de las olas, esas interminables olas, y se hundió en los brazos de su madre.

—¡Rudi! ¡Rudi! Oh, Dios mío —exclamó la señora Castillo, agarrada a la mano de su marido.

El señor Castillo estaba inconsciente. Luis y Papi lo habían tumbado sobre uno de los bancos, y el abuelo de Isabel le presionaba el estómago como si fuera un acordeón. El agua del mar le salió a borbotones por la boca al señor Castillo, que se sacudió de pronto entre toses y resoplidos. Lito, Papi y Luis le dieron rápidamente la vuelta, y el hombre terminó de echar el resto del océano que se había tragado.

—Rudi... ¡Rudi! —dijo la señora Castillo.

La mujer lo envolvió en sus brazos y sollozó, y de repente todo estaba quieto y en silencio salvo por el suave golpeteo del mar contra los costados de la barca y el chapoteo del agua que había dentro de ella.

El buque petrolero había pasado de largo.

Amara se puso de pie en la parte trasera de la barca y mantuvo recto el timón contra el oleaje. Sin embargo, el motor estaba otra vez parado. Igual que todo lo demás, se había inundado de agua.

La señora Castillo tomó la mano de Isabel y la apretó.

—Gracias, Isabel.

Isabel asintió, pero le salió más bien como un temblor. Estaba tiritando de frío y empapada de la cabeza a los pies, pero al menos estaba de nuevo en brazos de su madre. Mami la estrechó con fuerza contra sí, e Isabel sintió un escalofrío.

—Tenemos que sacar el agua del fondo de la barca —dijo Papi.

A Isabel le resultó extraño oír a su padre hablar de algo tan normal, tan pragmático, cuando el señor Castillo había estado a punto de ahogarse, y la barca había estado cerca de volcar y de hundirse. Pero tenía razón.

—Y volver a arrancar el motor —dijo Iván.

—El agua primero —coincidió Lito, y juntos se pusieron a reunir botellas y bidones e iniciaron la tediosa labor de llenarlos y echar el agua salada de vuelta al mar.

Isabel se quedó escondida entre los brazos de su madre, aún agotada, y nadie la obligó a ponerse en pie.

—¿Dónde está la caja que tiene las medicinas? —preguntó Luis.

En aquella barca tan pequeña no había muchos sitios donde pudiera estar, y no tardaron en decidir que se habría ido por la borda en aquella confusión. Se habían quedado sin cerillos, sin aspirinas y sin vendajes, y el señor Castillo aún estaba aturdido y débil.

Era malo, pero si conseguían achicar el agua de la barca, y si lograban poner en marcha el motor, y si volvían a tomar el rumbo con el sol por la mañana, y si no se cruzaban con ningún petrolero más, entonces podrían llegar a Estados Unidos sin necesidad de las medicinas ni los cerillos.

Si esto, si aquello, si lo otro.

Achicaron el agua durante el resto de la noche y se turnaron para dormitar en aquella barca tan pequeña, tan abarrotada de gente y tan incómoda. Isabel ni siquiera se dio cuenta de que se había quedado dormida hasta que se despertó de golpe de una pesadilla en la que un monstruo gigante salía de las oscuras aguas del mar e iba por ella. Dio un grito y miró a un lado y a otro, pero allí, a su alrededor, en kilómetros, kilómetros y más kilómetros a la redonda, no había nada que no fueran las aguas de un azulado negruzco y unos cielos grises teñidos del rojo del sol. Cerró los ojos y respiró hondo tratando de calmarse.

La barca se volvió a sacudir, y a Amara le costó trabajo mantener el rumbo del timón. Había ocupado el puesto mientras se recuperaba el señor Castillo, pero aún no habían conseguido que el motor volviera a arrancar. La corriente del Golfo los llevaría hacia el norte, hacia Estados Unidos, pero necesitarían el motor para alcanzar la costa.

La madre de Isabel se inclinó por la borda y vomitó en el mar. Cuando se deslizó de regreso hacia el interior de la barca, tenía un aspecto muy pálido. El bote se agitaba tanto ahora que Isabel no era capaz de permanecer sentada en el banco sin agarrarse. Las olas crecían cada vez más alto.

—¿Qué pasa? —dijo Iván adormilado—. ¿Otro petrolero?

—No. Si amanece el cielo rojo, marinero, ándate con ojo —dijo Lito alzando la mirada hacia las nubes teñidas de un tono rojizo—. Se avecina una tormenta.

MAHMOUD

ESMIRNA, TURQUÍA
2015

11 días lejos de casa

—QUE ALÁ NOS AYUDE... ¿NOS EMBARCA-remos en *eso*? —dijo el padre de Mahmoud.

El barco no era un barco. Era una balsa inflable con un motor fuera borda en la parte de atrás. Allí parecía haber sitio para una docena de personas.

Treinta refugiados esperaban para subir a bordo.

Todos ellos parecían estar tan cansados como se sentía Mahmoud y llevaban puestos chalecos salvavidas de distintos colores. La mayoría eran hombres jóvenes, pero también había familias, mujeres sin hiyab; había otros niños, algunos parecían de la edad de Mahmoud; un chico con una camiseta de futbol del Barcelona que no tenía chaleco salvavidas iba agarrado a una cámara de neumático inflada. Algunos de los otros refugiados llevaban mochilas y bolsas de plástico llenas de ropa, pero la mayoría de ellos, como la familia de Mahmoud, llevaban en los bolsillos todo cuanto tenían.

—¡Vamos! ¡Vamos! —dijo uno de los contrabandistas—. ¡Doscientas cincuenta mil libras sirias o mil euros por persona! Los niños pagan el precio completo, incluidos los bebés —le dijo al padre de Mahmoud.

Había otros dos turcos con chamarras deportivas como aquellos que los habían echado del centro comercial, y se mantenían al margen, mirando a los refugiados como si fueran algo asqueroso que las olas acabaran de dejar en la playa. Aquella cara que ponían con el ceño fruncido le dio a Mahmoud ganas de desaparecer otra vez.

Papá repartió los chalecos salvavidas, y se los pusieron.

Mamá miraba el bote inflable de color negro que se balanceaba en las aguas de color gris negruzco del mar Mediterráneo. Agarró a su marido del brazo.

—¿Qué estamos haciendo, Youssef? ¿Es ésta la decisión correcta?

—Tenemos que llegar a Europa —dijo él—. ¿Qué otra opción tenemos? Alá nos guiará.

Mahmoud vio cómo su padre ponía en las manos de uno de los contrabandistas el dinero en metálico que habían ahorrado. A continuación, Mahmoud y su familia siguieron a su padre a la barca y subieron a bordo. Waleed y su madre, con Hana bien agarrada entre sus brazos, se sentaron en el suelo de la embarcación. Mahmoud y su padre se sentaron en uno de los bordes de la balsa, de espaldas al mar. Mahmoud ya estaba helado, y el viento que traían las olas lo hizo estremecerse.

Un hombre grande con barba que vestía una camisa de cuadros y un chaleco salvavidas voluminoso de color azul se sentó justo al lado de Mahmoud y estuvo a punto de tirarlo del borde del bote. Mahmoud se desplazó un poco más cerca de su padre, pero el hombre grande a su lado ocupó sin más aquel espacio extra.

—¿Cuánto tiempo vamos a estar en la barca? —le preguntó Mahmoud a su padre.

—Sólo unas horas, creo yo. Era difícil verlo en el teléfono.

Mahmoud asintió. Los teléfonos y los cargadores estaban sellados y resguardados en bolsas de plástico en los bolsillos de sus padres, por si acaso se mojaban. Mahmoud lo sabía porque había sido él quien había rebuscado en la basura hasta encontrar las bolsas con cierre hermético.

—No tenemos que llegar hasta el territorio continental de Grecia —dijo papá—, sólo a la isla griega de Lesbos, que está a unos cientos de kilómetros de distancia. Entonces estaremos oficialmente en Europa, y desde allí podremos tomar un ferri hasta Atenas.

Cuando los contrabandistas terminaron de llenar con refugiados hasta el último centímetro del bote inflable, lo empujaron al mar. Ninguno de los contrabandistas iba con ellos. Si los refugiados querían llegar a Lesbos, tendrían que hacerlo ellos solos.

—¿Sabe alguien si te dan de cenar en este crucero? —preguntó el padre de Mahmoud, y se oyeron algunas risas nerviosas.

El motor fuera borda cobró vida con un rugido, y los refugiados lo aplaudieron y lo celebraron. Papá se abrazó a Mahmoud y se agachó para abrazar a mamá, a Waleed y a Hana. Por fin lo estaban haciendo. ¡Por fin se marchaban de Turquía hacia Europa! Mahmoud miró a su alrededor maravillado. Nada de aquello parecía real. Había empezado a tener la sensación de que no se iban a marchar nunca.

Antes, Mahmoud estaba tan cansado que apenas era capaz de mantener los ojos abiertos, pero ahora el zumbido del motor y los golpes secos de la barca al impactar con una ola tras otra lo tenían con la adrenalina por las nubes, y no se habría podido dormir ni aunque hubiera querido.

Las luces de Esmirna quedaron reducidas a unos puntos brillantes a su espalda, y no tardaron en adentrarse en las oscuras y agitadas aguas del Mediterráneo. Las pantallas de los celulares brillaban en la oscuridad: los pasajeros miraban a ver si podían averiguar dónde se encontraban.

El rugido del motor fuera borda y el rocío cegador de la brisa marina hacían que fuera imposible mantener cualquier tipo de conversación, así que Mahmoud se dedicó a observar a los demás pasajeros. La mayoría de ellos mantenía la cabeza baja y los ojos cerrados, ya fuera murmurando alguna oración o tratando de no marearse, o ambas cosas. El bote inflable comenzó a sacudirse, pero no sólo de delante hacia atrás, sino de lado a lado en una especie de bamboleo, y Mahmoud sintió cómo le subía la bilis por la garganta. Al otro lado del bote, un hombre se dio la vuelta rápidamente para vomitar hacia el agua.

—¡Atentos a los guardacostas! —gritó por encima del ruido del motor el hombre grande sentado al lado de Mahmoud—. ¡Los turcos nos llevarán de vuelta a Turquía, pero los griegos nos llevarán a Lesbos!

Mahmoud no sabía cómo era posible que alguien viera algo en aquella noche oscura y nublada, pero lo de mirar hacia el exterior en lugar del interior del bote resultó de ayuda para su sensación de mareo. Sin embargo, no sirvió de ayuda para su creciente sensación de pánico. Ya no podía ver tierra, tan sólo un oleaje tempestuoso y gris que se volvía más elevado y más estrecho, como si estuvieran navegando entre las puntiagudas carpas del campamento de refugiados de Kilis. Unas cuantas personas más se inclinaron por la borda para vomitar, y Mahmoud sintió que se le revolvía el estómago.

Y entonces empezó a llover.

Era un aguacero frío que le pegó a Mahmoud el pelo a la cabeza y lo caló hasta los calcetines. La lluvia comenzó a acumularse en el suelo de la barca, y la madre de Mahmoud y los demás no tardaron en estar sentados en centímetros de un agua que no dejaba de moverse. A Mahmoud empezaron a dolerle los músculos de tanto temblar y de mantener la misma postura en tensión durante tanto tiempo, y no hubo nada que deseara más que bajarse de aquel bote.

—¡Deberíamos regresar! —gritó alguien.

—¡No! ¡No podemos volver! ¡No podemos permitirnos otro intento! —gritó el padre de Mahmoud, y un coro de voces estuvo de acuerdo con él.

Avanzaron bajo aquella lluvia torrencial y a través de aquellas aguas turbulentas durante lo que pareció una eternidad. Podían haber sido diez horas o diez minutos, Mahmoud no lo sabía. Lo único que sabía era que quería que terminara, y que terminara ya. Aquello era peor que Alepo, peor que las bombas que caían, que los disparos de los soldados y que el zumbido de los drones sobre sus cabezas. En Alepo, al menos, podía echar a correr, esconderse. Aquí se encontraba a merced de la naturaleza, era un lunar invisible en un bote negro e invisible en medio de un gigantesco mar también de color negro. Y si aquel mar quería, abriría las fauces y lo engulliría entero, y nadie en todo el ancho mundo sabría jamás que él había desaparecido para siempre.

Y eso fue exactamente lo que hizo el mar.

—¡Veo unas rocas! —gritó alguien desde la proa del bote inflable, y se produjo un ¡PUUM! tan ruidoso como el estallido de una bomba, y Mahmoud cayó al mar dando volteretas.

JOSEF

EN LAS AGUAS FRENTE AL PUERTO DE LA HABANA

1939

17 días lejos de casa

UNA MANO GRANDE Y FUERTE AGARRÓ A Josef del brazo y le dio la vuelta de golpe. Era un marinero, uno de los bomberos del barco, y Josef supo de inmediato que estaba metido en un lío. Los bomberos eran unos hombres rudos, enormes y groseros que se suponía que estaban a bordo para apagar los incendios, pero últimamente se dedicaban a pasearse por las cubiertas acosando a los pasajeros judíos. Empezaron a crear problemas desde el momento en que los cubanos les dijeron que no podían abandonar el barco.

El St. Louis llevaba ya tres días anclado a kilómetros de la costa. Durante esos tres días, mientras los oficiales iban y venían, los policías cubanos que protegían la escalera del barco les decían a los pasajeros que no se podían irse hoy.

—*Mañana* —les decían—. *Mañana*.

Sí, mañana.

Dos días atrás, el Orduna, un barco inglés de pasajeros más pequeño, había llegado y había anclado cerca de ellos. Josef se preguntó si era uno de aquellos dos navíos con los que habían competido por llegar a Cuba. Tanto él como otros pasajeros habían visto las lanchas ir y venir del barco cuando izaron la bandera amarilla de la cuarentena, y después vieron cómo la arriaban. Entonces, el Orduna había levado anclas ¡y se había dirigido a atracar en el muelle para desembarcar a su pasaje! ¿Por qué les habían permitido atracar a ellos y no al St. Louis? ¡El St. Louis había llegado allí antes!

El capitán Schroeder no estaba por allí para preguntarle, y los oficiales y los camareros no tenían respuestas para los pasajeros.

Y aquel día volvió a suceder lo mismo con el navío francés Flandre. Llegó, fondeó cerca, pasó la cuarentena, atracó en el muelle de La Habana y desembarcaron sus pasajeros. Ahora volvía a hacerse a la mar.

A bordo del St. Louis, el pasaje se inquietaba cada vez más, acorralaba a los marineros en cubierta y hacía reproches airados a los camareros en la cena. Josef había notado cómo aumentaba la tensión en todo el barco, cómo aquel caos amenazaba con descontrolarse cada vez que la tripulación trataba con los pasajeros. Era tan sofocante y opresivo como aquel calor de treinta y ocho grados de temperatura.

Cualquiera diría que Schiendick y sus amigos también habían notado la tensión, porque fue entonces cuando comenzaron las patrullas de los bomberos. No tenían nada de oficial, Josef estaba seguro, porque el capitán no había hecho ningún anuncio. Se trataba sólo de que ciertos miembros de la tripulación se habían atribuido la labor de hacer de policía del barco como si estuvieran en Alemania.

—Por la seguridad de los judíos —les decía Schiendick, igual que la Gestapo se llevaba a los judíos en "custodia de protección".

Otro bombero se situó junto al que tenía a Josef sujeto del brazo y le tapó la luz del sol. Y, entre ellos, estaba el mismísimo Schiendick.

—Justo el chico al que estábamos buscando —dijo Schiendick—. Vas a venir con nosotros.

—¿Qué? ¿Por qué? —preguntó Josef alzando la mirada a los dos hombres tan grandes que lo rodeaban.

Se sintió culpable, y de inmediato se enfadó consigo mismo por ello. ¿Por qué iba a tener que sentirse culpable? ¡No había hecho nada malo! Sin embargo, recordaba haberse sentido igual en Alemania, cada vez que se cruzaba con un nazi por la calle.

En Alemania, ser judío era un delito. Y aquí también, al parecer.

—Hay que registrar el camarote de tus padres —dijo Schiendick—. ¿Tienes la llave?

Josef asintió, aunque lo hizo contra su voluntad. Aquellos hombres eran adultos y eran nazis. Le habían enseñado a respetar a los primeros; había aprendido a temer a los segundos.

El bombero corpulento aún lo tenía agarrado del brazo y lo empujó hacia el elevador. Josef no podía creer que se hubiera dejado atrapar. Había advertido a su hermana pequeña Ruthie que se mantuviera lejos de ellos, pero él se había distraído viendo al Flandre zarpar del puerto de La Habana, le había dado la espalda a la cubierta de paseo, y fue entonces cuando lo atraparon.

Schiendick y sus bomberos se llevaron a Josef a rastras escaleras abajo, y el chico sintió que se le iba el alma a los pies cuando le dieron la orden de abrir la puerta de su camarote. Le tembló la mano al meter la llave en la cerradura. Pensó que ojalá hubiera alguna forma de salir de aquella situación, alguna manera de mantener a esos hombres lejos de sus padres.

Otto Schiendick bajó la mano al picaporte, lo giró en lugar de Josef y abrió la puerta de golpe. Papá estaba tumbado en la cama en ropa interior, tratando de refrescarse en aquel calor tan sofocante. Mamá estaba sentada en una silla cercana, leyendo un libro. Josef se alegró al ver que Ruthie seguía arriba, en la piscina.

Cuando vio a aquellos hombres, Rachel Landau se levantó. En la cama, el padre de Josef se incorporó con una mirada de pánico en los ojos.

—¿Qué pasa aquí? —preguntó mamá—. ¿Josef?

—Me han obligado a traerlos hasta aquí —dijo Josef con los ojos muy abiertos en un intento por advertirles del peligro.

—Sí —dijo Schiendick al ver al padre de Josef—. Aquí lo tenemos.

Schiendick y los dos bomberos entraron en el camarote. Schiendick cerró la puerta y le puso seguro.

—Por su seguridad, hay que registrar este camarote —dijo Schiendick.

—¿Con qué autoridad? —preguntó mamá—. ¿Sabe algo el capitán sobre esto?

—Con *mi* autoridad —le dijo Schiendick—. El capitán tiene otras cosas de las que preocuparse.

Schiendick hizo un gesto con la barbilla, y los dos bomberos pusieron el camarote patas arriba. Tiraron los perfumes y el maquillaje de mamá del tocador y rompieron el espejo. Tiraron las lámparas de las mesitas de noche y quebraron el lavabo. Abrieron las maletas de la familia, el equipaje que ya estaba acomodado de forma meticulosa y preparado para ir a Cuba, y tiraron su ropa por todo el camarote. Le arrancaron la cabeza al conejo de peluche de Ruthie. Le arrebataron a mamá el libro de las manos, rasgaron las páginas y las lanzaron por los aires como si fueran las cenizas de una hoguera.

La madre de Josef soltó un grito, pero no lo bastante fuerte para que alguien más lo oyera. Papá se hizo un ovillo y se cubrió la cabeza con las manos, gimoteando. Josef retrocedió contra la puerta, enfadado con su impotencia, pero con miedo de que lo castigaran aún más si oponía resistencia.

Cuando no quedó nada más que romper ni desperdigar, los bomberos se quedaron detrás de Schiendick ante la puerta.

Schiendick escupió al suelo.

—Esto es lo que pienso yo de ustedes y de su raza —dijo, y Josef lo comprendió de repente: aquello era una represalia por las palabras que su padre le había dicho a Schiendick en el funeral.

Schiendick soltó un bufido de desprecio mirando al hombre acobardado en la cama.

—Ya va siendo hora de que te afeiten la cabeza otra vez —le dijo al padre de Josef.

Otto Schiendick se marchó con los dos bomberos y dejó la puerta abierta de par en par. Mamá cayó al suelo llorando, y papá gimoteaba en la cama. Josef temblaba mientras hundía el rostro en las manos al tratar de ocultar sus propias lágrimas. No había nada que deseara más que correr a los brazos de su madre, pero era como si estuviera a un millón de kilómetros de él. Igual que su padre. Eran tres islas solitarias, separadas por un océano de sufrimiento.

De todas las cosas que habían roto Schiendick y sus bomberos, la familia Landau era lo único que Josef no estaba seguro de que fueran capaces de reconstruir.

—Dijiste que si me quedaba callado, si me quedaba quieto, no vendrían por mí —dijo papá.

Josef tardó un instante en darse cuenta de que su padre estaba hablando con él. Contuvo la respiración. Su padre estaba hablando sobre el examen médico, cuando Josef lo había asustado para conseguir que se recompusiera.

Papá levantó la vista hacia él con los ojos rojos por las lágrimas.

—Dijiste que no vendrían por mí. Dijiste que no me volverían a enviar allí. Me lo prometiste, y vinieron por mí de todas formas.

Josef se sintió como si su padre le hubiera dado una bofetada, aunque no lo había tocado. Josef se tambaleó, retrocedió, se topó con la mesita de maquillaje de su madre, y una de las botellas que Schiendick no había roto rodó y se hizo añicos en el suelo a su lado. Josef ni siquiera se sobresaltó. Había mentido a su padre, lo había traicionado. Le había hecho pensar que estaba otra vez en aquel sitio tan horrible. Lo había vuelto a aterrorizar. Pero eso no era lo peor que había hecho.

Josef le había hecho a su padre una promesa que no podía cumplir.

ISABEL

LA LLUVIA AZOTABA A ISABEL MIENTRAS sacaba el agua de la barca. Recogerla, tirarla. Recogerla, tirarla. El fondo de la barca se llenaba de agua tan rápido como ellos eran capaces de sacarla. Isabel, su madre, su padre, su abuelo, Luis, Iván y la señora Castillo, todos trabajaban duramente y ninguno decía nada; tampoco es que pudieran oírse los unos a los otros con la tormenta. Los únicos que no sacaban agua eran el señor Castillo, que parecía un fantasma, y Amara, que se aferraba al timón con los nudillos blancos en las manos e intentaba mantener la barca en dirección al oleaje agitado para que no volcara. El motor no había funcionado desde que habían esquivado el buque petrolero.

Las nubes de tormenta convirtieron el día en noche, y la lluvia torrencial caló a Isabel hasta los huesos. Tiritaba en el frío del viento, con los pies entumidos en el agua que chapoteaba en el fondo de la barca. La brisa del mar le escocía en los ojos, y se pasaba el brazo por la cara con tal de secarse aquellas lágrimas de agua salada.

Al ver el aumento del oleaje, Isabel recordó la última vez que vio a su abuelita. Recordó la mano de Lita extendida pidiendo ayuda mientras la marea se la llevaba. Isabel tenía entonces nueve años. Sus padres la habían enviado con Lito y Lita a la pequeña cabaña que tenían en la costa. No le habían contado el motivo, pero Isabel ya era lo bastante mayor para saber que sus padres habían estado discutiendo otra vez, y querían estar solos mientras solucionaban las cosas. Durante toda la primavera, Isabel se había enfrentado a aquel océano que no tenía nada de divertido, a la espera de que se desatara la tormenta que rompería a su familia.

Y lo que llegó entonces fue la tormenta de verdad.

No fue un huracán. Fue más grande que un huracán: un ciclón gigantesco que se estiró desde Canadá, recorrió Estados Unidos, cruzó Cuba y se adentró en Centroamérica. Más tarde la llamaron la Tormenta del Siglo, pero para Isabel fue *la tormenta*. Con sus aullidos, el viento arrancó tejados de las casas y levantó las palmeras desde la raíz. La lluvia caía de lado. El granizo rompía los cristales de las ventanas como si fueran las municiones del interminable disparo de una escopeta. Y el mar..., el mar se elevó como una mano gigante que se metió tierra adentro, por encima de la casita de Lito y Lita junto al mar, como si la aplastara con su zarpa gigante y se llevara los añicos a rastras de vuelta a su madriguera.

Lito y Lita no sabían que se avecinaba aquella tormenta, o no se habrían encontrado allí. Habrían ido tierra adentro y habrían encontrado un terreno elevado. Castro había prometido que los protegería, pero no lo hizo. No entonces. No a la abuela de Isabel.

Lito se había podido agarrar a Isabel, pero a Lita se la llevó el agua. Se hundió bajo las olas con los brazos aún extendidos en busca de Lito, de Isabel.

Y ésa fue la última vez que la vieron.

Ahora, el brazo de Lito volvía a encontrar a Isabel y la rodeaba en un abrazo.

—Sé lo que estás pensando —le dijo al oído para que pudiera oírlo—. Yo también estoy pensando en ello.

—La extraño mucho —le dijo Isabel a su abuelo.

—Yo también la extraño mucho —dijo Lito—. Todos los días.

A Isabel se le llenaron ahora los ojos de lágrimas de verdad, y Lito la abrazó con más fuerza.

—Ése fue el final de su canción —susurró Lito—. Pero la nuestra sigue sonando. Vamos, saca agua, o no tardará en llegarte hasta arriba.

Isabel le dijo que sí con la cabeza y volvió a su tarea de sacar el agua. ¿Y si su vida era realmente una canción? No, una canción no. La vida era una sinfonía, con diferentes movimientos y complicadas formas musicales. Una canción era algo más corto, una porción más pequeña de la vida.

Este viaje sí era una canción, se percató Isabel, un son cubano, y cada parte del viaje era una estrofa. La primera estrofa fueron los disturbios: el estallido de unas trompetas, el ra-ta-ta-ta de un tambor. Después la entrada del estribillo cuando cambió la trompeta por la gasolina —el piano que le daba al son su ritmo— y después el estribillo propiamente dicho: marcharse de casa. Aún estaban marchándose de casa, no habían llegado al lugar al que se dirigían. Y regresarían al estribillo una y otra vez antes de que acabara.

Pero ¿qué parte repetirían? Y ¿cuántas estrofas más habría antes de llegar al clímax de la canción, ese momento ruidoso al final de un son cubano que recordaba al estribillo, y después a la coda, esas breves notas que lo unían todo?

No podía pensar en eso ahora. Todo cuanto podía hacer era sacar agua. Sacar agua y rezar por que no se ahogaran todos en el solo de tambor de aquella conga disparatada que golpeaba contra el costado de su barquita de metal.

MAHMOUD

EL AGUA FRÍA FUE COMO UNA BOFETADA en la cara de Mahmoud. Antes de que le diera tiempo a pensar, aspiró con fuerza y se llenó la boca de agua del oscuro Mediterráneo. Rodó hacia atrás, cabeza abajo en el agua opaca, pataleando y agitando los brazos mientras trataba de ponerse boca arriba. Algo —o alguien— le cayó encima y lo empujó más hacia abajo en el agua. Se atragantó. Tosió. Tragó más agua. Los cuerpos daban volteretas en el mar por encima de él, a su lado, por debajo de él. Se golpeó la rodilla contra algo duro y afilado —una roca— y sintió una descarga fría de dolor que desapareció enseguida en un terror ciego e inconsciente.

Se estaba ahogando. El bote inflable se había reventado contra las rocas, y él se estaba ahogando.

Mahmoud pataleó. Remó con las manos. Hizo aspavientos. Sacó la cara del agua y tomó aire, y otra ola le volvió a caer encima hundiéndolo. Volvió a patalear para regresar a la superficie y luchó por mantener la cabeza fuera del agua.

—¡Mamá! ¡Papá! —gritó Mahmoud.

Sus chillidos se mezclaban con los gritos y voces de los demás pasajeros que habían vuelto a la superficie. Alrededor de Mahmoud, los supervivientes se agitaban y jadeaban agobiados por el oleaje picado. No quedaba nada del bote. El motor se había llevado los restos al fondo.

Mahmoud vio algo que flotaba en el agua y brillaba. ¡Un celular! Seguía bien sellado en su bolsa de plástico, y el aire del interior lo mantenía a flote. Mahmoud nadó hacia él, metió la cabeza bajo una ola para evitarla y atrajo la bolsa hacia sí.

La pantalla iluminada del teléfono decía que eran las 2:32 a. m.

—¡Socorro!… ¡Socorro! —dijo la madre de Mahmoud entre sollozos, una voz reconocible en medio del caos.

Mahmoud se dio la vuelta, se orientó y nadó con fuerza entre las olas hacia la silueta que él creía que era su madre. Recogió su pañuelo rosa del remolino de aquella confusión y vio que su madre luchaba por levantar algo y sacarlo fuera del agua.

Hana.

Mahmoud nadó hacia su madre. Hana estaba llorando —¡estaba viva!—, pero su madre no pudo hacer más por mantener tanto a la bebé como su propia cabeza fuera de las implacables olas. Una de las dos se iba a ahogar.

Mahmoud rodeó a su madre con los brazos y pataleó para tratar de llevarlas a las dos hasta la superficie, pero la mitad de las veces le daba la sensación de estar arrastrándolas a ambas con él.

—¡Fatima! ¡Mahmoud! —oyó gritar a su padre. Mahmoud se dio la vuelta y lo vio con Waleed en sus brazos—. ¡Los salvavidas no sirven para nada! —rugió. Se veía aparecer y desaparecer su cabeza en las olas—. ¡Son de mentira!

¡¿*De mentira*?! Mahmoud estaba furioso, pero su ira se desvaneció rápidamente. Centraba hasta el último gramo de su energía en patalear, en nadar. Si se paraba, se ahogarían su madre, su hermana y él.

Había otras personas a su alrededor que gritaban, buscaban y luchaban por mantenerse a flote, pero, en lo que a Mahmoud se refería, su mundo consistía únicamente en cuatro metros a la redonda. ¿Adónde iban a ir desde allí? ¿Cómo iban a salir del agua y a pisar tierra firme? Estaban perdidos en plena noche en una tormenta en el mar Mediterráneo. Su bote se había hundido, y, aunque había chocado contra unas rocas, no había tierra a la vista por ninguna parte.

Iban a morir allí. Todos.

A Mahmoud le entró agua del mar por la nariz y tosió para sacarla. Se esforzó por respirar mientras las olas no dejaban de echársele encima y la brisa marina le seguía azotando en la cara. No obstante, el llanto de su hermana pequeña hizo que recobrara la concentración. No la podía perder. No podía perder a ninguno de ellos.

Se reunieron en el agua, Mahmoud y sus padres, todos ellos tratando de ayudar a Waleed y a Hana a mantenerse a flote y también entre sí. Otras familias y grupos hicieron lo mismo, pero al final los pequeños grupos terminaron por separarse los unos de los otros, a la deriva, y ninguno de ellos sabía hacia dónde se suponía que debían ir. Lo único que podían hacer era mantener la cabeza fuera de la siguiente ola y de la siguiente y de la siguiente...

—Quítense los zapatos —les dijo el padre de Mahmoud—. Lo que sea con tal de aligerar peso.

Pasó el tiempo. Dejó de llover. La luna creciente incluso llegó a asomarse por detrás de una nube, pero volvió a oscurecer con la misma rapidez, y el viento frío, la brisa salada y el oleaje del mar seguían atormentándolos. Mahmoud tenía las piernas entumidas por el frío y el agotamiento. Las sentía como dos bloques de plomo que él luchaba por levantar y agitar con tal de mantenerse a flote. Su madre llevaba sollozando silenciosa lo que parecía una eternidad. Sus brazos ya no sostenían a Hana fuera del agua, sino apenas posada sobre la superficie, como si estuviera empujando una barcaza minúscula. Hana se había quedado tan callada como Waleed, y Mahmoud pensó en si seguirían vivos. No podía preguntarlo. No lo iba a preguntar. Mientras no lo preguntara, no lo sabría con seguridad, y mientras no lo supiera con seguridad, había una posibilidad de que siguieran vivos.

Mahmoud se volvió a deslizar una vez más bajo las olas, esta vez durante más tiempo que antes. Se estaba volviendo muy difícil regresar a la superficie, mantenerse a flote. Volvió a subir y echó el aire por la nariz, pero estaba cansado. Muy muy cansado. Deseó tener un respiro de tanto nadar, sólo un instante para sentarse sin mover los brazos y las piernas. Cerrar los ojos y dormir...

Mahmoud sentía el chapoteo del agua en los oídos, pero creyó oír un zumbido más alto que los aullidos del viento. En Siria, ese sonido habría hecho que Mahmoud se agachara e intentara resguardarse, pero ahora hizo que se le abrieran los ojos de par en par, que las piernas patalearan un poco más fuerte, un poco más alto. Allí, surgía de la oscuridad y se dirigía hacia ellos... ¡otro bote inflable lleno de gente!

Mahmoud y sus padres agitaron los brazos y gritaron pidiendo socorro. La gente de a bordo por fin los vio, pero, al acercarse, el bote no redujo la marcha.

¡No iban a pararse!

La proa del bote pasó justo frente a Mahmoud, que se lanzó por una de las asas que tenía a lo largo del costado. Se agarró, y sujetó a su madre antes de que el bote se alejara. Empujó a su madre hacia el costado del bote, y ella también se agarró, y el agua que propulsaba la embarcación casi sumergió a Hana.

Detrás de ellos, el padre de Mahmoud también se lanzó hacia el bote, pero falló. La barca inflable siguió avanzando rápida, dando saltos y cabeceando, y el padre y el hermano de Mahmoud desaparecieron en la oscuridad.

—¡Papá!… ¡Papá! —gritó Mahmoud aún aferrado al bote.

—¡Suéltalo! —le gritó una mujer desde arriba, en el bote—. ¡Son una carga para nosotros!

—¡Déjennos subir! ¡Por favor! —suplicó Mahmoud.

Su madre apenas podía agarrarse al bote y a Hana.

—¡No podemos! ¡No hay sitio! —gritó un hombre desde la embarcación.

—Por favor —les rogó Mahmoud—. Nos estamos ahogando.

—Llamaré a la Guardia Costera para que venga por ustedes —les dijo un hombre—. Tengo su número en mi celular.

Otro hombre alargó el brazo y trató de soltar del bote la mano de Mahmoud.

—¡Están inclinando el bote!

—¡Por favor! —gritó Mahmoud. Gemía por el esfuerzo de luchar contra los dedos del hombre y agarrarse al bote—. ¡Por favor, llévennos con ustedes!

—¡No! ¡No hay sitio!

—¡Llévense al menos a mi hermana! —suplicó Mahmoud—. Sólo es una bebé. ¡No ocupará ningún espacio!

Aquello provocó muchos gritos y confusión en el bote. Un hombre intentó de nuevo que Mahmoud se soltara, pero él siguió agarrado.

—Por favor… —suplicó Mahmoud.

Una mujer se asomó por la borda del bote y extendió los brazos hacia la madre de Mahmoud para cargar a la bebé.

La madre de Mahmoud elevó la pequeña bola de mantas mojadas hacia la mujer.

—Se llama Hana —dijo con un esfuerzo para que la escucharan por encima del rugido del motor y los golpes de las olas.

Alguien consiguió por fin soltar del bote los dedos de Mahmoud, que cayó al agua y dio volteretas en la estela que dejaba la balsa. Cuando salió a la superficie, vio que su madre se había soltado también. Lloraba con unos gemidos terribles y se daba tirones de la ropa. Mahmoud nadó hasta ella y forcejeó con sus manos hasta que las dejó quietas; su madre apoyó la cabeza en su hombro y siguió sollozando.

La hermana de Mahmoud se había ido, y su padre y su hermano habían desaparecido.

JOSEF

JOSEF INTENTÓ AFERRARSE A LA SILLA, PERO su padre era aún lo bastante fuerte como para arrebatársela de las manos con un fuerte tirón. Papá la apiló en la torre de muebles que había amontonado contra la puerta.

—¡No podemos permitir que vuelvan a entrar! —gritó papá—. ¡Volverán por nosotros y nos llevarán!

Josef y su madre habían tardado una noche y un día en arreglar su camarote después de que Schiendick y sus compinches lo hubieran destrozado y, en el transcurso de quince minutos, su padre lo había vuelto a poner patas arriba, había agarrado todo lo que no estaba clavado al suelo y lo había apilado contra la puerta.

Ruthie estaba acurrucada en un rincón, llorando y abrazada a Bitsy. Lo primero que había hecho la madre de Josef era coserle la cabeza al conejo de peluche, antes de que Ruthie lo viera decapitado.

—¡Aaron! ¡Aaron! —decía ahora la madre de Josef—. ¡Tienes que tranquilizarte! ¡Estás asustando a tu hija!

Y también estaba asustando a Josef, que miraba fijamente a su padre. Aquel hombre esquelético, aquel fantasma desquiciado, ése no era su padre. Los nazis se habían llevado a su padre y lo habían sustituido por un loco.

—No lo entienden —dijo el padre de Josef—. No pueden saber lo que le han hecho a la gente. ¡Lo que nos harán a nosotros!

Papá lanzó una maleta abierta sobre la pila de cosas y desperdigó la ropa por el camarote. Cuando ya había puesto todo lo que podía en la barricada, se metió debajo de la mesa del fondo del camarote como si fuera un niño jugando a las escondidas.

Mamá tenía una expresión de terror en el rostro mientras trataba de averiguar qué hacer.

—Ruthie —dijo por fin—, ponte el traje de baño y ven a nadar.

—No quiero ir a nadar —dijo Ruthie, que aún lloraba en el rincón.

—Haz lo que te digo —dijo mamá.

Ruthie se apoyó para apartarse de la pared y revolvió entre la ropa que había en el suelo en busca de su traje.

—Josef —dijo mamá en una voz lo bastante baja para que sólo él lo oyera—, me voy a ver al médico del barco para que me dé un jarabe para dormir para tu padre. Algo que lo tranquilice. Me llevo a Ruthie a la piscina, y necesito que tú te quedes aquí y vigiles a tu padre.

Papá seguía hecho un ovillo bajo la mesa, balanceándose y murmurando para sí. La idea de quedarse allí solo con él llenó de temor a Josef.

—Pero si el médico se entera de que no está bien, quizá no nos permitan entrar en Cuba —susurró Josef, que estaba desesperado por encontrar una razón para que su madre siguiera allí con él.

—Le diré al médico que estoy inquieta y que no estoy durmiendo nada —dijo mamá—. Le diré que el jarabe es para mí.

La madre de Josef ayudó a Ruthie a terminar de ponerse el traje de baño, y entre todos pudieron apartar aquella pila irregular de muebles de la puerta lo suficiente para poder abrirla. El padre de Josef, que tan empeñado estaba en montar la barricada unos minutos antes, estaba ahora tan perdido en sus propios pensamientos que ni siquiera se percató.

Josef no sabía qué hacer allí solo, de manera que empezó a poner orden de nuevo en el camarote. Papá estaba quieto y silencioso debajo de la mesa. Josef esperaba que se hubiera quedado dormido. Mamá regresó en cuestión de minutos, y Josef tuvo una inmensa sensación de alivio. Hasta que vio la mirada de desánimo, de pánico, que había en los ojos de su madre, y entonces volvió a asustarse. Mamá se tambaleó al entrar en el camarote, como si no fuera capaz de recordar cómo se caminaba, y Josef corrió a ayudarla a llegar hasta una de las camas.

—¿Qué tienes, mamá? ¿Qué pasa? —preguntó Josef.

—Es que…, es que le dije al médico que el jarabe para dormir era para mí —dijo muy despacio—, y me obligó…, me obligó a tomármelo allí mismo.

—¿Te lo tomaste? —dijo Josef.

Su madre parpadeó.

—Tuve que hacerlo —dijo—. Después de decirle…, después de decirle… Es que no podía permitir que supiera que era Aaron quien de verdad…

A mamá se le cerraron los párpados, y se tambaleó.

A Josef le entró el pánico. Su madre no podía acostarse a dormir. Ahora no. ¿Cómo se suponía que él se iba a encargar de su padre? ¡No podía hacerlo solo!

—¡Mamá! ¡No te duermas!

Tambaleándose, volvió a abrir los ojos por un momento, pero su mirada había perdido la concentración.

—Tu hermana —dijo—. No te olvides… tu hermana… está en la piscina.

Volvió a parpadear y a cerrar los ojos, y cayó de espaldas en la cama.

—No. Nonononono —dijo Josef.

Probó dándole unas palmadas en las mejillas para despertarla, pero estaba fuera de combate.

Josef se levantó y se paseó por la habitación, tratando de pensar. Con su madre dormida, tenía que vigilar a su padre cada segundo. Josef se quedó mirándolo, allí, debajo de la mesa. Ahora estaba en silencio, pero lo más mínimo podría hacer que se alterara. De cualquier manera, Josef no podía ir a buscar ayuda. Si alguien se enteraba de que su padre no estaba bien, le prohibirían la entrada en Cuba. Pero Josef también tendría que ir a buscar a Ruthie en algún momento, asegurarse de que cenara y se metiera en la cama.

De repente, Josef era el hombre de la familia —el único *adulto* de la familia—, lo quisiera él o no.

—¿Has visto alguna vez a un hombre ahogarse? —le preguntó papá en un susurro, y Josef se sobresaltó.

No estaba seguro de si su padre le estaba hablando a él, o si hablaba sin más, pero le daba miedo responder, le daba miedo romper el hechizo de silencio bajo el que se encontraba su padre.

Y su padre siguió hablando.

—Después de pasar lista por la noche, escogían a alguien a quien ahogar. Uno cada noche. Le ataban los pies juntos y las manos a la espalda y le ponían una mordaza en la boca, y entonces lo colgaban boca abajo con la cabeza metida en un barril. Como un pez. Como un pez enorme en el muelle, colgado por la cola. Entonces llenaban el barril de agua. Despacio, para poder disfrutar del pánico, para poder reírse. Y, entonces, el agua ascendía lo suficiente para cubrirle la nariz, y el hombre respiraba agua, porque no podía hacer otra cosa. Respiraba agua como un pez.

Sólo que no era un pez, era un hombre. Se retorcía y respiraba agua hasta que se ahogaba. Ahogado boca abajo.

A Josef se le detuvo la respiración. Se sorprendió abrazado al conejo de peluche de Ruthie.

—Lo hacían todas las noches, y todos teníamos que quedarnos ahí, de pie, mirando —susurró su padre—. Teníamos que quedarnos mirando y no podíamos decir una palabra, no podíamos mover un músculo, o seríamos los siguientes.

Las lágrimas le rodaban a Josef por las mejillas. Pensaba en cómo había tratado a su padre durante el examen del médico cubano. Cómo le había hecho creer que estaba de vuelta en aquel lugar donde había visto tantas cosas horribles.

—No puedo volver allí —susurró su padre—. No puedo volver.

Su padre cerró los ojos y metió la cabeza entre las rodillas, y no tardó en quedarse dormido. Josef se quedó sentado con sus padres, ambos dormidos, hasta que en el camarote comenzó a oscurecer y no pudo posponer más el ir a buscar a Ruthie. Tendría que darse tanta prisa como pudiera.

Josef salió del camarote y se encontró a su hermana chapoteando en la piscina con los demás niños. Josef le pidió a un camarero que les llevaran la cena al camarote aquella noche y, mientras traía a su hermana de vuelta a su habitación, se congratuló por haber sobrevivido a su primer día de adulto.

Hasta que abrió la puerta y vio que su padre no estaba.

Josef soltó la mano de Ruthie y se puso a gatas para buscar debajo de las camas, pero su padre no estaba allí. No estaba en el camarote.

—No. ¡No! —exclamó Josef.

Sacudió a su madre, le rogó que se despertara, pero el jarabe para dormir era demasiado potente. Josef se puso a dar vueltas por el camarote tratando de averiguar qué hacer.

Agarró a Bitsy y le puso el conejo de peluche a su hermana en los brazos.

—Quédate aquí —le dijo a Ruthie—. Quédate aquí con mamá y no salgas de esta habitación. ¿Lo entiendes? Tengo que encontrar a papá.

Josef salió corriendo por la puerta, al pasillo. Y, ahora, ¿hacia dónde? ¿Adónde habría ido su padre? No había abandonado el camarote en todo el viaje, ¿y justo *ahora* se había decidido a salir?

Josef oyó un alboroto y echó a correr escaleras arriba hacia la cubierta A. Más adelante había un hombre ayudando a una mujer a ponerse de pie, y ambos miraban enfadados por encima del hombro, en la dirección en la que papá debía de haber huido.

Y fue entonces cuando Josef lo recordó: su padre sí había salido antes del camarote, para asistir al funeral del profesor Weiler en el mar.

Una mujer gritó en algún lugar más adelante, y Josef echó a correr. Se sentía como si estuviera fuera de sí, como si existiera fuera de su propia piel y se viera a sí mismo golpearse contra el barandal para mirar por la borda.

Alguien gritó.

—¡Hombre al agua!

Y aulló la sirena del barco.

El padre de Josef se había tirado al mar.

ISABEL

3 días lejos de casa

ISABEL SE DESPERTÓ CON EL CÁLIDO RES-plandor anaranjado en el horizonte y un mar plateado que se extendía ante ellos como un espejo. Era como si la tormenta hubiera sido una especie de pesadilla febril. El señor Castillo también se despertó de su pesadilla con la boca seca como si se hubiera perdido en el desierto. Se bebió de un largo trago casi la mitad de uno de los pocos bidones que les quedaban y se tumbó contra el costado de la barca.

Isabel estaba preocupada por su madre. Para Mami, la pesadilla sólo estaba empezando. Los mareos que había sentido al comienzo de la tormenta habían empeorado por la noche, y ahora tenía tal fiebre que ardía más que el sol del amanecer. Lito sumergió un jirón de una camisa en las aguas frescas del mar y se lo puso en la frente a su hija para que se refrescara, pero, sin las medicinas del botiquín que habían perdido, no tenían manera de hacer que le bajara la fiebre.

—El bebé —se quejó Mami agarrándose el vientre.

—El bebé estará perfectamente —le dijo Lito—. Será un niño bien fuerte y sano.

Lito y la señora Castillo se encargaron de cuidar de la madre de Isabel. Papi y Luis consiguieron que el motor volviera a arrancar, y lo remojaron con agua para refrigerarlo. Amara, al timón, los llevaba hacia el norte ahora que el sol estaba en el cielo. Parecía que todo el mundo tenía algo que hacer, excepto Isabel e Iván.

Tambaleándose, Isabel se abrió paso hacia Iván, en la proa de la barca, y fue dándose golpes hombro con hombro y pisando a la gente por el camino. Se sentó a su lado con un resoplido.

—Me siento inútil —le dijo a Iván.

—Lo sé —dijo él—. Yo también.

Permanecieron sentados en silencio durante un rato antes de que Iván dijera:

—¿Crees que tendremos que tomar Álgebra en nuestra nueva escuela en Estados Unidos?

Isabel se rio.

—Sí.

—¿Tendrán mítines políticos todos los días en la escuela? ¿Tendremos que trabajar toda la tarde en el campo? —Se le abrieron los ojos de par en par—. ¿Crees que tendremos que llevar armas para protegernos de los tiroteos?

—No lo sé —le dijo Isabel.

Sus profesores les habían hablado constantemente de cómo se morían de hambre los indigentes en las calles norteamericanas, de que las personas que no podían pagar un médico enfermaban y se morían, y de que todos los años morían miles de personas por disparos de armas de fuego. Con lo contenta que se había puesto por irse a Estados Unidos, a Isabel le preocupó de repente que no fuera un lugar tan mágico como creían todos los que iban en la barca.

—Sea como sea, me alegro de que hayas venido con nosotros —dijo Iván—. Ahora podremos vivir al lado el uno del otro para siempre.

Isabel se puso colorada y se miró los pies. A ella también le agradaba aquella idea.

El agua sobre la cara de Castro era más profunda ahora, lo cual significaba que tenían una filtración. Entre el petrolero y la tormenta, la barquita se había llevado una buena paliza, y, para empezar, tampoco había estado nunca en muy buenas condiciones para navegar. El señor Castillo había imaginado que la barca sólo pasaría un día en el agua, dos a lo sumo. ¿Cuánto tiempo más tardarían en llegar a Florida?

¿Y dónde estaban ahora, exactamente?

—Eh, ¿es eso tierra? —preguntó Iván.

Señaló por encima de la borda. Isabel y los demás se abalanzaron con tanta prisa que la barca se inclinó hacia un costado de manera peligrosa.

Sí…, ¡sí! Isabel pudo verla. Una línea verde, fina, alargada y oscura en el horizonte. ¡Tierra!

—¿Es Estados Unidos? —preguntó Iván.

—Está en el lado contrario de la barca para ser Estados Unidos —dijo Luis, que se volvió a mirar al sol—. A menos que el viento nos haya arrastrado al golfo de México durante la noche.

—Sea lo que sea, me dirigiré hacia allá —les dijo Amara.

Todos observaban en silencio mientras la línea verde se convertía en colinas y árboles y el agua se volvía más clara y menos profunda. Isabel contuvo la respiración, nunca había estado tan emocionada en toda su vida. ¿De verdad era Estados Unidos? ¿Lo habían logrado? Amara los acercó a la costa y después viró rumbo al sur a lo largo de ella. Isabel estudió la costa. ¡Allí! Señaló unas sombrillas de playa rojas y amarillas que tenían unas sillas debajo. Y en las sillas de playa había gente.

¡Personas de raza blanca!

Una mujer en bikini se levantó los lentes de sol negros y señaló hacia ellos, y el hombre que estaba a su lado se incorporó y se quedó mirando. Isabel vio más personas de piel blanca, y todas ellas miraban, señalaban y les saludaban con la mano.

—¡Sí! ¡Sí! ¡Lo hemos conseguido! —dijo Isabel mientras sacudía a Iván por los brazos.

Iván se puso a dar tales saltos que la barca soltó un quejido.

—¡Florida! —gritó.

Un hombre de raza negra con un traje blanco bajó corriendo por la playa hacia ellos agitando los brazos sobre la cabeza para llamar su atención. Les gritó algo en inglés y les hizo una señal para que se dirigieran más al sur.

Amara siguió la línea de la costa hasta que doblaron un cabo, donde el mar abierto daba paso a una pequeña bahía silenciosa con un largo embarcadero de madera en el que había mesas, sillas y un bar. Había unos elegantes barquitos de vela para dos personas varados en la playa junto a unas canchas de voleibol, y más sombrillas y sillas dispersas por la arena. A Isabel le dio un vuelco el corazón: ¡Estados Unidos era todavía más paradisíaco de lo que ella se había imaginado jamás!

Luis pulsó un interruptor, y cesó el ronroneo del motor. Las personas blancas se levantaron de las mesas del bar para ayudar a traerlos hasta el embarcadero, e Isabel y los demás estiraron los brazos para agarrarse a sus manos. Las yemas de los dedos estaban ya casi tan cerca como para tocarse cuando unos hombres negros con un uniforme blanco de manga corta se abrieron paso y se situaron entre los turistas del embarcadero y la barca.

Uno de ellos dijo algo en un idioma que Isabel no entendió.

—Creo que nos está preguntando si venimos de Haití —dijo Lito a los demás en la barca—. Venimos de Cuba —le dijo despacio en español al hombre de uniforme.

—¿Son de Cuba? —le preguntó el oficial en español.

—¡Sí! ¡Sí! —exclamaron ellos.

—¿Dónde estamos? —preguntó Papi.

—En las Bahamas —dijo el hombre.

¿Las Bahamas? A Isabel se le fue la mente al mapa del Caribe que había en la pared de su aula en el colegio. Las Bahamas eran unas islas que estaban al noreste de La Habana, justo sobre el centro de Cuba. Muy lejos al este de Miami. ¿De verdad la tormenta los había desviado tanto de su rumbo?

—Lo siento —dijo el oficial—, pero no tienen permiso para desembarcar. Las leyes británicas prohíben la entrada de inmigrantes ilegales en las Bahamas. Si ponen pie en suelo bahameño, serán puestos bajo custodia y se les devolverá a su país de origen.

Detrás de los oficiales, uno de los turistas, que sabía español, se lo estaba traduciendo a los demás. Varios de ellos parecían contrariados, y empezaron a discutir con las autoridades.

—Pero tenemos una mujer embarazada que está enferma —le dijo Lito al oficial.

El abuelo se apartó para que los hombres del embarcadero pudieran ver a la madre de Isabel, y los turistas que estaban detrás de los oficiales dejaron escapar un grito de preocupación.

Los oficiales consultaron entre sí, e Isabel contuvo el aliento.

—El comandante dice que, por motivos de salud, la mujer embarazada puede desembarcar y recibir atención médica —dijo el oficial que hablaba español. Isabel e Iván se aferraban el uno al otro llenos de esperanza—. Pero no puede tener aquí a su bebé —prosiguió el oficial—. En cuanto se encuentre bien, será deportada a Cuba.

Isabel e Iván se desinflaron, y todos los demás en la barca guardaron silencio. Isabel sintió que se le revolvía el estómago. Quería que su madre se pusiera bien, pero no quería que los enviaran de vuelta a Cuba. ¿Y no podían los de Bahamas dejar que se quedaran? ¿Qué daño iba a hacer otra familia cubana? Volvió a mirar al embarcadero y a aquel bar tan agradable. ¡Tenían sitio de sobra!

Le explicaron la situación a los turistas, que dieron un grito ahogado y esperaron.

—Muy bien —dijo Lito—. Mi hija está enferma. Necesita atención médica.

—¡No! —dijo Papi—. ¡Ya escuchaste a ese hombre! Si nos bajamos de esta barca, nos enviarán de vuelta a Cuba, y yo no voy a volver.

—Entonces, yo iré con ella —dijo Lito—. A mí me importa más la vida de Teresa que llegar a Estados Unidos.

A Isabel le caían las lágrimas por las mejillas. No. ¡No! ¡Esto no era lo que tenía que pasar! Se suponía que su familia iba a estar *unida*. Por eso había insistido ella tanto en que fueran todos a Estados Unidos. Y, si su madre volvía a Cuba y su padre se marchaba a Estados Unidos, ¿con cuál de los dos se iba a ir ella?

Lito fue a levantar a su hija, pero ella lo apartó.

—¡No! —dijo la madre de Isabel.

—Pero, Teresa... —dijo Lito.

—¡No! No quiero que mi hijo nazca en Cuba.

—¡Pero si estás enferma! No puedes hacer otro viaje por mar —le discutió Lito.

—No voy a volver —dijo Mami, que alzó los brazos y tomó la mano de su marido y de su hija—. Me quedaré con mi familia.

Aliviada, Isabel se lanzó a los brazos de su madre. Se quedó sorprendida al sentir que su padre se arrodillaba en la barca y las abrazaba a las dos.

—Bueno, todo indica que nos marchamos —le dijo Luis a todos los de la barca.

Antes de que pudieran volver a arrancar el motor, uno de los turistas le lanzó una botella de agua a la señora Castillo. El resto de los turistas no tardó en correr hasta el bar para comprar botellas de agua y bolsas de patatas y lanzarlas a las manos de los que estaban en la barca.

—¿Medicamentos? ¿Tiene alguien medicamentos? Son para mi madre —suplicó Isabel.

En el embarcadero, una señora mayor de raza blanca entendió lo que decía. Se puso a rebuscar enseguida en su bolso enorme y le lanzó a Isabel un bote lleno de pastillas.

—¡Gracias! ¡Gracias! —gritó Isabel.

Sentía tal gratitud hacia aquellas personas que le dolía el corazón. Un simple instante de amabilidad por parte de cada uno de ellos podía suponer la diferencia entre morir y sobrevivir para su madre y para el resto en aquella embarcación.

Cuando por fin volvieron a arrancar el motor y Amara viró en redondo para marcharse, tenían más comida y más agua de la que habían tomado para salir de Cuba. Pero se encontraban más lejos de Estados Unidos y de la libertad de lo que habían estado nunca.

MAHMOUD

—MI BEBÉ —LLORABA LA MADRE DE MAH-moud—. Mi Hana se ha ido.

El mar Mediterráneo seguía atacándolos, trataba de ahogarlos una ola tras otra, y Mahmoud se daba cuenta de que su madre no quería seguir luchando. Mahmoud tenía que hacer lo posible por mantenerle la cabeza fuera del agua.

—Yo sigo aquí —le dijo a su madre—. Y te necesito.

—Se la di a una desconocida —gemía la madre de Mahmoud—. ¡Ni siquiera sé quién era!

—Ahora está a salvo —le dijo Mahmoud—. Hana está fuera del agua. Va a sobrevivir.

Sin embargo, no había manera de consolar a la madre de Mahmoud. Se tumbó boca arriba en el agua, mirando al cielo, y sollozó.

Aquel bote inflable que pasó de largo había dado nuevas energías a Mahmoud, pero ya podía sentir cómo iba perdiendo esa sensación, sustituida por un agotamiento frío que le entumía los brazos y las piernas. El mar le pasó por encima, Mahmoud volvió a sumergirse y a salir resoplando agua. No podía mantenerse a flote y mantener a su madre. No por mucho tiempo.

Iban a morir allí.

Pero al menos Hana estaba a salvo. Sí, había sido él quien convenció a la desconocida para que se llevara a su hermana pequeña, y sí, quizá su madre no se perdonara nunca por haber dejado marchar a Hana, pero, al menos, ninguno de los dos tendría que vivir mucho con aquel remordimiento.

De nuevo empezó a caer la lluvia, aquella lluvia horrible que los acribillaba e insensibilizaba, y a Mahmoud le dio la sensación de que Alá lloraba por ellos. Con ellos.

Se estaban ahogando en lágrimas.

Bajo las cortinas de agua de la lluvia, Mahmoud oyó algo similar a un tamborileo, el agua que caía sobre algo que no era el mar. Buscó por el oleaje que se elevaba y descendía hasta que lo vio: la parte de atrás de un chaleco salvavidas que aún estaba atado a un hombre. Un hombre que flotaba boca abajo en el agua.

Mentalmente, Mahmoud le puso de inmediato al ahogado el rostro de su padre, y el corazón le golpeó con fuerza contra su propio e inútil salvavidas. Se agitó en el agua, a medio nadar y a medio tirar de su madre hacia el cuerpo.

¡Pero no! Aquel chaleco salvavidas era azul, y el de su padre era naranja, como el de Mahmoud. Y éste era un salvavidas de verdad, que funcionaba. Mahmoud soltó a su madre apenas por un instante mientras forcejeaba con el cuerpo para darle la vuelta. Era el hombre grandullón que se había sentado a su lado en el bote inflable. Tenía los ojos y la boca abiertos, pero no había vida en ninguno de ellos. Aquel hombre estaba muerto.

No era el primer cadáver que Mahmoud veía, no después de cuatro años de guerra civil, con su ciudad natal justo en el centro de los combates. Habían matado a un hombre justo a su lado en el coche de su familia. ¿Cuánto tiempo había pasado desde entonces? ¿Días? ¿Semanas? Parecía que hubiera pasado una vida entera, pero daba igual cuántas veces viera la muerte, aquello nunca dejaba de ser horrible. Mahmoud se estremeció y lo rehuyó.

Ahora bien, si el hombre estaba muerto, eso significaba que ya no le hacía falta su chaleco salvavidas.

Mahmoud combatió su temor y manipuló a tientas las cintas del chaleco del muerto. El chico movía los dedos, pero no podía sentirlos. Tenía las manos como dos témpanos de hielo. Sólo sabía que estaba tocando las cintas porque veía que así era. Por fin desabrochó una cinta, y otra, y cuando el cuerpo del hombre comenzó a moverse dentro del chaleco, Mahmoud se dio cuenta de que estaba condenándolo a irse al fondo del mar. No recibiría los baños rituales ni lo amortajarían con un kafan, no llorarían su pérdida sus seres queridos, no tendría a sus familiares y amigos para que rezaran por él, ni lo enterrarían mirando a La Meca. Mahmoud estaba entregando a un hombre a su tumba, y tenía un deber para con él.

En una vida tan breve, Mahmoud ya había oído en de masiadas ocasiones las oraciones funerarias, de manera más reciente por su primo Sayid, que murió al estallar una bomba de barril. Ahora, Mahmoud recitaba una de ellas en silencio.

—Oh, Señor, perdona a este hombre, ten misericordia de él, dale fuerza e indúltalo. Sé generoso con él y acógelo, y báñalo en agua, en nieve y en granizo. Límpialo de sus pecados así como un paño blanco queda limpio de manchas. Otórgale una morada mejor que su hogar, una familia mejor que la suya y una esposa mejor que la suya. Acéptalo en el paraíso y protégelo del castigo de la tumba y del castigo del fuego del infierno.

Cuando terminó, Mahmoud abrió la hebilla de la última cinta, y el hombre rodó fuera del chaleco y descendió a las opacas profundidades del Mediterráneo.

—Ten, mamá, ponte esto —dijo Mahmoud.

Tardó un tiempo en conseguir que se pusiera el chaleco salvavidas, y tuvo que hacer él la mayor parte del trabajo, pero por fin lo tenía puesto, y Mahmoud ya no tenía que luchar con tal de mantenerla a flote. Su madre se tumbó de espaldas con los ojos cerrados, mascullando algo sobre Hana, y Mahmoud se agarró al chaleco salvavidas. Aún tenía que patalear para no hundirse los dos juntos, pero mucho menos que antes, sin duda.

No sabía adónde irían ni cómo saldrían del agua. Quizá vieran tierra al llegar la luz del día y fueran capaces de nadar hasta ella.

Mientras tanto, tenían que sobrevivir a aquella noche.

JOSEF

EN LAS AGUAS FRENTE AL PUERTO DE LA HABANA

1939

18 días lejos de casa

—¡AYUDA! ¡MI PADRE SE AVENTÓ POR LA borda! ¡Auxilio! —gritó Josef.

Muy por debajo de él, ya a unos doscientos metros de distancia del barco, el padre de Josef se agitaba en el agua como un loco. Gritaba incoherencias, pero no estaba pidiendo que lo rescataran.

En las cubiertas inferiores, los pasajeros corrían a los barandales y señalaban. La sirena del barco seguía sonando, y los marineros corrían de aquí para allá, pero nadie estaba haciendo nada. Josef daba vueltas con impotencia. ¿Qué se suponía que debía hacer? ¿Saltar detrás de su padre? Era una caída desde muy alto, y él no sabía nadar…

Abajo, en la cubierta C, uno de los policías cubanos tiró a un lado su gorra y el cinturón de la pistola, se quitó los zapatos de un puntapié y se tiró de cabeza al agua verdosa. Impactó contra el mar con un golpe sonoro y un salpicón de agua, y, durante unos largos segundos, Josef contuvo la respiración como si fuera él mismo quien se hubiera arrojado. Tenía los pulmones a punto de reventar cuando el hombre salió a la superficie a unos metros de distancia del lugar donde había impactado, jadeando en busca de aire. El policía se retiró el pelo mojado de la cara, se dio la vuelta hasta que se orientó y empezó a nadar hacia Aaron Landau.

El corazón se le aceleró a Josef tanto como los pies al bajar volando por las escaleras. Se abrió paso entre la multitud y corrió hasta el barandal, pero el policía no había llegado aún hasta su padre. Una mujer gritó, y Josef miró en la dirección en que señalaba la gente: en el agua habían aparecido dos aletas de tiburón.

Josef se quedó paralizado de terror.

Se oyeron más gritos cuando su padre se hundió entre las olas, y Josef tuvo que agarrarse al barandal para no venirse abajo.

Uno de los botes salvavidas del St. Louis cayó al agua, y la sirena del barco atrajo a unas lanchas motoras de la costa, pero ninguna de ellas iba a llegar a tiempo. La única persona que estaba lo bastante cerca para salvar al padre de Josef era el policía cubano. A pesar de que los tiburones aún nadaban en círculo, el policía respiró hondo y se sumergió entre las olas.

Josef contó los largos segundos que transcurrieron antes de que el hombre volviera a aparecer en la superficie, esta vez con papá entre sus brazos.

Los pasajeros del barco lo celebraron, pero el padre de Josef no quería que lo rescataran. Se resistía en los brazos del hombre, le daba golpes y agitaba los brazos.

—¡Asesinos! —gritó—. ¡Jamás me atraparán!

Sin embargo, papá estaba débil, y el policía era fuerte. Una de las lanchas motoras de la costa llegó hasta ellos, y el policía ayudó a los otros hombres a subir al padre de Josef a la barca.

—¡Déjenme morir! ¡Déjenme morir! —chilló el padre de Josef.

Aquellas palabras golpearon a su hijo como una bofetada en la cara, y las lágrimas brotaron de sus ojos.

Su padre prefería morir a estar con su hijo. Con su hija. Con su mujer.

El estallido del disparo de una pistola hizo que Josef se sobresaltara. Uno de los hombres de la barca estaba de pie, apuntando una pistola hacia el agua, cerca del policía. ¡Pam! ¡Pam! Disparó dos veces más, y una de las aletas de tiburón se apartó del policía para atacar al otro escualo al que el hombre había herido con sus disparos.

Los hombres tumbaron al padre de Josef en el suelo de la lancha y ayudaron a subir a bordo al policía cansado. En el St. Louis se oyeron suspiros de alivio y oraciones entre susurros, pero a Josef le dio un vuelco el corazón al ver que su padre apartaba a patadas al hombre que trataba de ayudarlo. Papá se abalanzó hacia el costado de la pequeña lancha en un intento por volver a tirarse al agua.

—¡Déjenme morir! —volvió a gritar.

El policía lo agarró y tiró de él para devolverlo a la barca. Dos más de aquellos hombres lo sujetaron, y la lancha viró enseguida y se dirigió a gran velocidad hacia la costa.

La sirena del St. Louis dejó de sonar, y todo se había acabado de repente.

Alrededor de Josef, los pasajeros lloraban, pero él se sentía ahora más atónito que triste. Su padre se había ido. En muchos sentidos, su padre nunca volvió del campo de concentración, en realidad. No ese padre que Josef conocía y recordaba. No el padre al que quería. Había vuelto en cuerpo, pero no en alma.

El padre de Josef se había ido. Su madre estaba inconsciente. Su hermanita pequeña estaba sola. Y, ahora, jamás dejarían que la familia de Josef entrara en Cuba, no después de que su padre había enloquecido. A Josef y a su familia los enviarían de regreso a Alemania. De vuelta con los nazis.

El mundo de Josef se caía a pedazos, y él no veía la manera de recomponerlo.

ISABEL

EN ALGÚN LUGAR ENTRE LAS BAHAMAS Y FLORIDA

1994

4 días lejos de casa

LA PEQUEÑA BARCA SE CAÍA A PEDAZOS.

Las uniones entre los costados tenían grietas. El motor traqueteaba en su soporte y no dejaba de aflojar los tornillos que mantenían unidas todas las partes. Hasta los bancos se estaban soltando. Castro era el único que no se había agrietado. Miraba a Isabel, tan serio y confiado como siempre, y le daba la orden de "Luchar contra lo imposible y vencer".

Sin embargo, resultaba difícil luchar contra lo inevitable. El agua en la barca le llegaba a Isabel casi por las rodillas. Tanto ella como los demás trabajaban con lentitud bajo el ardiente sol del Caribe recogiendo el agua y echándola por la borda, recogiéndola y echándola, pero el agua se filtraba con tanta rapidez como ellos eran capaces de achicar. La balsa se estaba hundiendo. Había metido debajo de un banco todas las botellas de agua y los bidones de gasolina que estaban ya vacíos para que ayudaran a mantenerlos a flote, pero, si no llegaban a Estados Unidos pronto, todos ellos se iban a ahogar.

"Lucha contra lo imposible y vence", se dijo Isabel para sus adentros.

—¿Cuándo vamos a llegar? —se quejó Iván.

—Mañana —dijo Lito con voz de cansancio—. Mañana.

De repente, el abuelo de Isabel dejó de sacar agua. Se incorporó, como si tuviera la mirada puesta en algún lugar muy lejano.

—Mañana —susurró.

—¿Lito? —preguntó Isabel.

Su abuelo pestañeó, y sus ojos volvieron a encontrarla. Estaba llorando, ¿o no era más que sudor y agua del mar?

—No es nada, Chabela. Sólo... un recuerdo. Algo en lo que no pensaba desde hace mucho tiempo.

El abuelo de Isabel miró alrededor de la pequeña barca, y sus ojos se volvieron más tristes de repente, le pareció a Isabel. Se hubiera arrastrado hasta su abuelo para darle un abrazo, pero no había espacio para dárselo sin hacer que tres personas se levantaran y se movieran para que ella pudiera llegar.

—No dejen de sacar el agua —les dijo el señor Castillo desde el lugar donde estaba tumbado, en el fondo de la barca.

—A lo mejor podrías echar una mano —le dijo Papi.

—¡Me estoy recuperando! —replicó el señor Castillo—. ¡Apenas me puedo mover con este calor! Además, tampoco te veo achicar a ti.

—Estoy atendiendo a mi mujer —dijo Papi—, que está enferma de verdad.

Desde las Bahamas, algo le había pasado al padre de Isabel. Había estado más atento con Mami, más centrado en ella que en cualquier otra cosa. Nadie más se daba cuenta, pero Isabel sí. Había visto cómo le tomaba la mano a su madre, cómo le apartaba el pelo de la cara con delicadeza, le había oído susurrarle que la quería, que la necesitaba.

Cosas que ella nunca le había visto hacer ni le había oído decir.

—¿Estás diciendo que mi padre está fingiendo? —le espetó Luis.

—Lo único que estoy diciendo es que es muy cómodo para él que todos los demás estemos manteniendo a flote este ataúd de metal mientras él se tumba y se relaja —dijo Papi.

—¡Ni siquiera tendrían este ataúd de metal si yo no lo hubiera construido!

—No estoy segura de que *construir* sea el verbo apropiado —dijo la señora Castillo, que trataba de volver a unir dos de las piezas del costado—. Más bien *improvisar*.

Iván y el señor Castillo saltaron a la vez.

—¡Lo hicimos lo mejor que pudimos! —dijo Iván.

—Oh, ¿ahora resulta que *tú* nos vas a enseñar a construir cosas? —dijo el señor Castillo—. ¿Dónde estaban Luis y tú mientras nosotros nos quedábamos despiertos toda la noche armando esto? Pues estarías en tu despacho legal, haciendo Dios sabe qué.

Isabel se hundió en su asiento y se llevó las manos a los oídos. Odiaba cuando sus padres discutían de aquella manera, y, ahora, todos en la barca estaban enojados los unos con los otros.

—Estaba ayudando a la gente —le dijo la señora Castillo a su marido—. Tú nunca has valorado lo que hago…

—Y ¿qué se suponía que debía hacer yo? —intervino Luis—. ¿Decirle a mi comandante que tenía que quedarme en casa construyendo una balsa para poder huir?

—Todos ustedes, basta ya —gritó Amara desde la popa de la barca—. Paren de inmediato. Se están comportando como niños.

Todo el mundo guardó silencio con aspecto de sentirse reprendidos de manera justificada.

—Creo que ya es hora de un descanso para beber agua —les dijo Amara—. Isabel, ¿te importa repartir las botellas?

Era un poco pronto para uno de los descansos que habían establecido para racionar el agua, pero nadie se quejó. Aquella agua fresca y deliciosa era lo mejor que Isabel había probado jamás, y los tranquilizó a todos igual que la leche de una madre a su bebé.

—Estamos todos acalorados, cansados, y sí, nos estamos hundiendo —dijo Amara—, pero, si perdemos la cabeza, lo único que haremos es morir antes. Podemos resolver esto.

—Tiene razón —dijo el padre de Isabel—. Lo siento.

—Yo también lo siento —dijo el señor Castillo—. Debería estar echando una mano.

—Sólo si estás en condiciones —dijo Papi, y sonó como si fuera sincero.

—Pero la barca se está cayendo a pedazos —dijo Iván—. Está entrando demasiada agua.

—Tenemos mucho peso —dijo la señora Castillo.

Estaba en lo cierto, pero ¿de qué se podían desprender? No había más que el motor, el combustible, la comida y el agua y ellos nueve.

—¿Y si nos vamos fuera del bote por turnos uno o dos de nosotros? —sugirió Papi—. Podríamos ir agarrados a la barca. Ir flotando en el agua ayudaría a reducir un poco el peso.

—Pero eso tiraría de la barca. Nos ralentizaría —dijo Luis.

—Pero podría mantenernos a flote más tiempo —dijo el señor Castillo.

—Creo que deberíamos probarlo —dijo Amara—. Nos turnaremos en el agua. Eso también nos refrescará.

Y, en aquel preciso instante, tener la cabeza fría podía ser lo más importante de todo.

MAHMOUD

EN ALGÚN LUGAR DEL MEDITERRÁNEO

2015

11 días lejos de casa

MAHMOUD SE IBA DURMIENDO A RATOS y se despertaba cada pocos segundos, cuando las olas se le echaban encima. Pasaron los minutos —¿las horas?—, y soñó que un barco venía por ellos. Podía oír el motor por encima del sonido del golpeo de las olas.

Mahmoud se despertó de golpe. Se pasó la mano fría y húmeda por la cara, de arriba abajo, tratando de concentrarse, y lo volvió a oír: el ruido de un motor. ¡No estaba soñando! Pero ¿dónde estaba? Había dejado de llover, pero seguía estando oscuro. No podía ver el barco, pero sí oírlo.

—¡Aquí! —gritó—. ¡Aquí!

Sin embargo, de un modo frustrante y terrible, el motor seguía sonando muy lejos. Ojalá pudiera verlo cualquiera que fuera a bordo de aquel barco, pensó Mahmoud. Se había pasado toda su vida practicando el esconderse, el pasar desapercibido. Ahora, por fin, cuando más necesitaba que lo vieran, era de verdad invisible.

Mahmoud gritó de cansancio y de sufrimiento. Quería volver a hacerlo todo otra vez: deseaba volver atrás y defender al chico del callejón de Alepo que estaba recibiendo una paliza por el pan que llevaba; quería gritar, chillar y despertar a los vecinos dormidos de Esmirna para que lo vieran a él y a toda la gente que dormía en parques y portales; quería decirle a Basar al-Asad y a su ejército que se fueran al infierno; quería dejar de ser invisible, defenderse y luchar. Pero ahora ya no tendría nunca la oportunidad de hacer todo aquello. Era demasiado tarde. No había tiempo.

La hora. ¡El celular! ¡Mahmoud aún tenía el celular en el bolsillo! Lo sacó y pulsó el botón a través de la bolsa de plástico, y la pantalla de inicio bloqueada se iluminó como un faro en la noche. Mahmoud lo sostuvo por encima de la cabeza y lo agitó en la noche al tiempo que gritaba y chillaba pidiendo socorro.

El motor sonó más fuerte.

Mahmoud se echó a llorar de alegría cuando un barco surgió de la oscuridad, esta vez un barco de verdad, no un bote. Era un bote de motor grande con luces, antenas y unas rayas blancas y azules en el costado: los colores de la bandera griega.

Era un guardacostas griego, que venía a salvarlos.

Y, en la proa del barco, de rodillas y con las manos juntas en un gesto de agradecimiento, estaba el padre de Mahmoud.

Waleed también estaba allí, en la parte de atrás, metido debajo de una manta térmica de emergencia, y Mahmoud y su madre no tardaron en estar fuera del agua y envueltos también en mantas de emergencia que reflejaban sobre ellos el poco calor corporal que aún les quedaba. La madre de Mahmoud estaba demasiado ida para hablar, así que él le contó a su padre que habían entregado a Hana en lugar de verla ahogarse con ellos. El padre de Mahmoud lloró, pero atrajo a su hijo hacia sí y le dio un abrazo.

—Hana no está con nosotros, pero está viva. Lo sé —le dijo su padre—. Gracias a ti, hijo mío.

El barco guardacostas griego surcó las picadas aguas del mar Mediterráneo durante el resto de la noche, sacando del agua a más gente, y por fin desembarcó a la familia de Mahmoud y a todos los demás refugiados en la isla de Lesbos. Eran casi las seis de la mañana, y el cielo estaba empezando a clarear con el amanecer. Mahmoud no estaba seguro, pero pensaba que su madre y él habían pasado más de dos horas en el agua.

Cuando se bajaron del barco, el padre de Mahmoud se arrodilló, se inclinó con las manos en el suelo para besarlo y le dio las gracias a Alá. De todas formas, ya era la hora de la oración de la mañana, y Mahmoud se unió a él. Cuando terminaron, Mahmoud ascendió dando tumbos por la costa rocosa y gris y se quedó mirando con los ojos entornados a las colinas que se elevaban justo detrás de la playa. Entonces se percató: no eran colinas de verdad.

Eran montones y montones de chalecos salvavidas.

Había montañas de ellos, que se extendían por la costa hasta donde le alcanzaba a Mahmoud la vista. Así como Alepo tenía sus montones de escombros, Lesbos tenía sus montones de chalecos salvavidas, abandonados por los cientos de miles de refugiados que habían llegado antes que ellos, que se habían despojado de los chalecos que ya no necesitaban y habían seguido su camino hacia algún otro lugar.

También había cadáveres en la playa, gente que no había sobrevivido en el mar durante la noche, personas que el guardacostas no había encontrado a tiempo. Eran hombres, principalmente, pero también había algunas mujeres. Y una niña.

La madre de Mahmoud corrió hacia la pequeña, gritando el nombre de Hana. Mahmoud salió deprisa detrás de ella, horrorizado, pero aquella niña no era Hana. Era la hija, la bebé de otra persona, que tenía los pulmones llenos de agua del mar. La madre de Mahmoud se echó a llorar en el hombro de su hijo hasta que un señor griego de uniforme los apartó del cuerpo y registró a la niña en una pequeña libreta de notas. El recuento de los fallecidos del día. Mahmoud se alejó tambaleándose, tan insensibilizado como si estuviera de nuevo en el agua helada.

Mahmoud se dirigió a todos los demás refugiados que habían llegado por la noche y seguían allí, y les preguntó uno a uno si habían visto a la pequeña Hana, pero ninguno de ellos la había visto. El bote de la hermana pequeña de Mahmoud había desaparecido: o bien había llegado a la isla y sus pasajeros ya se habían marchado, o bien había naufragado contra las rocas.

La madre de Mahmoud cayó de rodillas al suelo rocoso y se puso a llorar, y su marido la abrazó y la dejó que derramara las lágrimas.

Mahmoud se sentía hecho trizas. Todo era culpa suya. Hana podría estar aún con ellos si él no hubiera convencido a alguien de aquel bote para que se la llevara. O su hermana podría haber muerto durante aquellas dos horas que estuvieron en el agua.

De cualquier forma, la habían perdido.

—Mahmoud —le dijo su padre en susurros sobre los sollozos de su madre—, comprueba el resto de los cuerpos a ver si tienen zapatos que nos queden.

JOSEF

EN LAS AGUAS FRENTE AL PUERTO DE LA HABANA

1939

19 días lejos de casa

JOSEF DESEABA SER INVISIBLE, QUE NADIE notara su presencia.

Cuando los demás pasajeros descubrieron quién se había tirado por la borda el día antes, todos se detenían para decirle cuánto lo sentían, para decirle que todo estaría bien.

Pero ¿cómo podría salir todo bien? ¿Cómo iba a estar todo bien?

Josef se encontraba de pie ante el barandal de la cubierta A desde donde había saltado su padre. Allá abajo, el mar ya no estaba vacío, sino salpicado de pequeñas lanchas motoras y barcas de remos. Algunas traían a periodistas que gritaban preguntas y trataban de conseguir fotografías del barco. Otras barcas les ofrecían manojos de plátanos frescos y bolsas de cocos y naranjas. Los pasajeros de la cubierta C les lanzaban dinero, y los policías cubanos que hacían guardia arriba y abajo pasaban la fruta por la escalera. Sin embargo, últimamente, las barcas llegaban repletas de familiares de los pasajeros del barco. La mayoría eran hombres que se habían adelantado a Cuba para conseguir un empleo y un lugar para vivir con sus familias.

Un hombre traía todos los días al mismo perrito blanco y lo sostenía en alto para que su mujer lo saludara.

Las barcas con los parientes se acercaban lo suficiente para que los familiares se hablaran a gritos, pero no se podían aproximar más. Gracias al padre de Josef, el St. Louis estaba ahora rodeado por unos cuantos barcos de la policía cubana que mantenían las barcas de rescate a una cierta distancia y vigilaban por si alguien más trataba de saltar hacia la libertad.

O hacia la muerte.

Por la noche, los barcos de la policía cubana barrían el casco con unos focos, y la tripulación del St. Louis, por orden del capitán, patrullaba las cubiertas para vigilar los suicidios.

—¡Evelyne, ahí está! ¡Ahí está papá! —gritó Renata.

Se encontraba a unos pasos de distancia de Josef, por el barandal, señalando hacia uno de los pequeños botes de remos tratando de que lo viera su hermana.

—¿Dónde? ¡No lo veo! —se quejó Evelyne.

A Josef le interesaba más el pequeño barco de la policía que había atravesado la flotilla y se estaba acercando al St.

Louis. Ahora, cada vez que tenían alguna visita, ésta se convertía en motivo de conversación, y no tardó en propagarse por todo el barco la noticia de que la embarcación había traído al policía cubano que le había salvado la vida a Aaron Landau.

Josef bajó corriendo a buscar a su madre y a su hermana, y se apresuraron juntos hacia el salón social, donde un pequeño grupo de pasajeros y la tripulación se había reunido para darle al policía cubano la bienvenida de un héroe. Se apartaron para dejar pasar al agente entre porras, palmadas en la espalda y estrechándole la mano conforme pasaba. Era la primera vez que volvía al barco desde que se lanzó al agua para salvar al padre de Josef, y tanto Josef como su familia se estiraban ahora para tratar de verlo por encima de la cabeza de los demás pasajeros. La madre de Josef dejó escapar un grito y se llevó la mano a la boca, y su hijo sintió una oleada de afecto hacia aquel policía. Ése era el hombre que le había salvado la vida a su padre.

El policía parecía sinceramente halagado y sorprendido por aquellas atenciones. Era un hombre bajo y fornido de piel morena, con el rostro ancho y un bigote espeso. Llevaba unos pantalones azules, una camisa gris con charreteras en los hombros y una boina gris a juego. En la cintura lucía un cinturón de cuero con una macana y la funda de una pistola.

Según les contaron, se llamaba Mariano Padrón.

El capitán Schroeder llegó para darle las gracias al agente Padrón en nombre de los pasajeros y los tripulantes. Josef sintió un aumento de la tensión en la sala. Conforme se alargaban los días de calor y de espera allí anclados, Josef había visto cada vez menos al capitán, y no era el único pasajero que se había percatado. No obstante, estaban allí para felicitar al agente Padrón, no para darle la lata al capitán acerca de los motivos por los que continuaban en el barco. El ambiente se volvió a animar cuando el policía recibió un obsequio de ciento cincuenta marcos imperiales que habían recolectado entre los pasajeros agradecidos. El agente Padrón estaba impresionado, y Josef también: ciento cincuenta marcos imperiales era mucho dinero, en especial para unas personas que lo podrían necesitar más adelante para pagar los visados y las cuotas de entrada. Padrón intentó rechazar el dinero, pero los pasajeros no querían ni oír hablar de ello.

—Yo sólo estaba haciendo mi trabajo —le dijo el agente Padrón a los asistentes por medio de un intérprete—. Pero nunca olvidaré esto. Nunca olvidaré a ninguno de ustedes. Gracias.

Los pasajeros le aplaudieron, y, mientras muchos de ellos centraban su atención en el capitán para pedirle información actualizada, Josef, su madre y su hermana se abrieron paso para hablar con el policía.

Al agente Padrón se le iluminó la cara al ver a la madre de Josef. Dijo algo en español, y el pasajero que había hablado por él delante del gentío sonrió y tradujo sus palabras.

—¡Ah, señora! Su padre era un ladrón, ¿verdad?

La madre de Josef frunció el ceño.

—¿Un ladrón? ¿Mi padre? No..., no lo comprendo.

—Su padre tuvo que ser un ladrón —dijo el agente Padrón a través del intérprete—, porque robó las estrellas del firmamento para ponerlas en sus ojos.

Josef por fin lo entendió: era una especie de cumplido por lo guapa que era. Su madre sonrió con cortesía, pero también con impaciencia.

—Agente Padrón, ¿qué pasa con mi marido? —le preguntó—. ¿Se encuentra bien? No me dejan ir a tierra a verlo.

El policía se quitó la boina.

—Cuánto lo siento. Lo siento muchísimo. Es usted la señora Landau, ¿verdad? Su marido está vivo —dijo a través del intérprete—. Se encuentra en el hospital. Lo han... —el agente Padrón dijo algo más, pero el intérprete frunció el ceño.

Era algo que se escapaba a sus limitados conocimientos de español. El policía pudo ver su confusión y representó con gestos lo que quería decir, giró las muñecas para ponerlas boca arriba, cerró los ojos y echó la cabeza hacia atrás como si estuviera dormido.

—Sedado —dijo mamá con voz de dolor.

Josef sabía que su madre se culpaba por lo sucedido. Todo el motivo de que su marido ya no estuviera allí era que ella había estado sedada y no había sido capaz de detenerlo.

El agente Padrón le dijo que sí con la cabeza.

—No es bueno —dijo por medio del intérprete—, pero sobrevivirá.

La madre de Josef tomó ambas manos del policía entre las suyas y las besó.

—Gracias, agente Padrón —le habló en alemán, pero el policía pareció entender.

El policía se ruborizó y asintió con la cabeza. Vio a Ruthie medio escondida detrás de las faldas de su madre y se arrodilló junto a ella. Le puso en la cabeza su boina de policía y le dijo algo en español, y Ruthie sonrió.

—Dice que ahora eres una agente de policía —dijo el intérprete—. Él será el delincuente. ¡Tienes que atraparlo!

El agente Padrón se llevó a Ruthie en una alegre persecución por la sala entre las voces y las risas de los dos. La madre de Josef se rio con un sollozo. Era la primera vez en varios meses que su hijo la oía reír o la veía sonreír.

El agente Padrón dejó que Ruthie lo atrapara, le quitó la boina de la cabeza y se la puso a Josef al tiempo que decía algo más en español.

—Dice que te toca a ti —dijo el intérprete.

—Oh, no —dijo Josef.

Hizo un gesto con la mano para asegurarse de que el policía lo entendía. No estaba de humor para juegos y diversiones y, además, ya era muy mayor para ese tipo de cosas.

El agente Padrón dio un toque a Josef en el pecho con el reverso de la mano para empujarle a jugar.

—Dice que él es el pasajero —dijo el intérprete. El policía se irguió fingiendo estar enfadado y habló en español—. ¡Usted! ¡Señor policía! —dijo el intérprete—. ¿Cuándo abandonaremos el barco?

El ambiente alegre se desvaneció de pronto, y Josef, su familia y el intérprete cruzaron miradas de incomodidad. El agente Padrón sólo pretendía imitar lo que todo el mundo le preguntaba constantemente, pero aquella pregunta había hecho que Josef se desanimara. Parecía que nunca iban a poder bajarse del barco. El policía se percató inmediatamente de su error, y puso cara de angustia por haber sacado aquel tema. Asintió con la cabeza en un gesto comprensivo. Después, al unísono, Josef y él pronunciaron la respuesta que todos los policías cubanos daban siempre:

—Mañana.

ISABEL

EN ALGÚN LUGAR ENTRE LAS BAHAMAS Y FLORIDA

1994

5 días lejos de casa

ISABEL SE DESLIZÓ AL MAR POR EL COSTADO de la barca y suspiró. El agua estaba caliente, pero estaba mucho más fresca que si estuviera en la barca. El sol se estaba poniendo en el horizonte del oeste justo en aquel momento y convertía el mundo en una fotografía de tonos dorados y sepias, pero aún debían de estar a unos cuarenta grados fuera del agua. Si no fuera porque anegaría la barca y los ahogaría a todos definitivamente, Isabel habría rezado por que cayera una lluvia que acabara con aquel bochorno.

El padre de Isabel había utilizado su camisa para hacer una sombrilla improvisada para Mami, que ahora parecía estar mejor. Las medicinas le habían bajado la fiebre, y aunque aún estaba agotada y a punto de reventar con el hermanito de Isabel, cualquiera diría que se sentía en paz. Acalorada pero en paz.

Si el resto de ellos deseaba aliviarse de aquel calor, tendrían que esperar a que les tocara su turno en el agua.

Isabel volvió a pensar en su viaje como en una canción. Si los disturbios y el trueque de la gasolina habían sido la primera estrofa, y el petrolero y la tormenta la segunda, esta parte del viaje —el largo y ardiente día y medio de inactividad que llevaban de viaje desde las Bahamas hacia Florida— era el interludio del puente musical, una tercera estrofa que era distinta de las demás. Aquella estrofa era una muerte a base de compases lentos, era una calma de tempo pausado que precedía a la excitación del clímax de la última estrofa y la coda.

Aquello era el limbo. No podían hacer nada sino esperar.

El último rayo de sol desapareció por fin bajo las olas, y Luis apagó el motor. El mundo se quedó en silencio salvo por el suave golpeteo de las olas contra el casco y los crujidos de aquella barca que se desintegraba.

—Se acabó —dijo Luis—. Sin el sol no podremos navegar igual.

—¿Y no podemos guiarnos por las estrellas? —preguntó Isabel. Recordó haber leído que los marineros habían usado por siglos las estrellas para navegar.

—¿Cuál constelación? —preguntó Luis. Nadie conocía ninguna.

Amara levantó uno de los bidones de gasolina y agitó el poco líquido que quedaba en él.

—Y, además, ahorramos gasolina —dijo—. Este cacharro la ha estado engullendo. Tendremos suerte si nos queda algo para llegar a la costa cuando avistemos tierra.

—¿Cuándo llegaremos? —preguntó Iván, que flotaba en el agua justo por delante de Isabel, agarrado al casco de la barca igual que ella.

—Mañana, con un poco de suerte —dijo el señor Castillo desde la barca.

Era lo mismo que había dicho ayer, y el día de antes de ayer.

—Mañana —susurró el abuelo de Isabel.

Lito estaba metido en el agua con la señora Castillo en el otro costado de la barca, con la cabeza erguida, que apenas era visible por encima de la borda. Había estado susurrando aquella palabra de forma intermitente desde el día anterior, y aún parecía en cierto modo afectado. Isabel no sabía por qué.

—Veremos las luces de Miami en algún momento del día de mañana, e iremos directos hacia ahí —dijo Mami, que cambió de postura e hizo un gesto de dolor como si se sintiera incómoda.

—¿Qué pasa? ¿Estás bien? —le preguntó Papi.

La madre de Isabel se llevó la mano al vientre.

—Creo que ya ha empezado.

—¿Qué ha empezado? —preguntó Papi. Se le abrieron los ojos de par en par—. ¿Te refieres…, te refieres a que ya viene el niño? ¿Aquí? ¿Ahora?

En la barca, todos levantaron la cabeza, e Isabel e Iván se asomaron para ver por encima de la borda de la barca. Isabel sentía un torbellino de emociones. Estaba entusiasmada por ver nacer a su hermano después de esperar tanto tiempo, pero de repente tuvo miedo también. Le dio miedo que su madre tuviera al niño allí mismo, en aquella balsa tan frágil en medio del océano. Y también estaba preocupada, por primera vez, por los cambios que su hermano recién nacido generaría en su frágil familia.

—Sí, creo que ya comenzó el trabajo de parto —dijo con calma la madre de Isabel—, pero no, no voy a tener el niño aquí y ahora. Las contracciones sólo están empezando. Isabel tardó otras diez horas en nacer después de que iniciaran las contracciones, ¿te acuerdas?

Isabel nunca había oído a su madre hablar sobre su nacimiento, y aquello la dejó al mismo tiempo tan perpleja como llena de curiosidad.

—¿Qué nombre le van a poner? —preguntó Iván.

Mami y Papi se miraron el uno al otro.

—No lo hemos decidido aún —dijo ella.

—Pues yo tengo algunas ideas muy buenas, si las quieren —dijo Iván.

—No le vamos a poner el nombre de un jugador del Industriales —le dijo Isabel, e Iván le sacó la lengua.

Todos guardaron silencio durante un momento, e Isabel se quedó observando cómo el horizonte cambiaba del naranja al morado y al azul marino. ¿Nacería su hermano en el mar, o en Estados Unidos? ¿De verdad sería una nueva vida en Miami el final de su canción? ¿O terminaría para todos ellos en una tragedia, a la deriva, sin gasolina, muriendo de sed en el gran desierto de agua salada que era el Atlántico?

—Oye, no le pusimos un nombre a nuestra barca —dijo Iván.

Todos se quejaron y se echaron a reír.

—¿Qué pasa? —dijo Iván, sonriente—. Todo buen barco necesita un nombre.

—Creo que todos estamos de acuerdo en que esto no es un buen barco —le dijo el señor Castillo.

—¡Pero es el barco que nos está llevando a Estados Unidos! ¡Hacia la libertad! —dijo Iván—. Se merece un nombre.

—¿Qué tal Fidel? —bromeó Luis, que salpicó con un puntapié sobre la cara de Castro en el suelo de la barca.

—No, no, no —dijo Papi—. ¡El Ataúd Flotante!

Isabel hizo una mueca al oír aquel nombre. No tenía gracia, no con su madre a punto de tener un niño en la barca.

—Casi, casi —reconoció la señora Castillo—. ¿Qué tal Me Piro? —que era una expresión coloquial cubana que se usaba cuando alguien se iba de un lugar.

—¡Chao, Pescao! —dijo Mami, y todos se echaron a reír, ya que era una expresión que todos usaban en Cuba para despedirse los unos de los otros.

—El St. Louis —dijo en voz baja el abuelo de Isabel.

Todos se quedaron callados un instante tratando de entender el chiste, pero nadie lo comprendió.

—¿Qué tal el Camello? —dijo Luis.

En La Habana llamaban "camellos" a unos autobuses muy feos con una joroba que consistían en un remolque tirado por un camión.

—No, no... ¡Ya lo tengo! —exclamó Amara—. ¡El Botero!

Era un nombre perfecto, porque era el término coloquial con que se conocía a los taxis en La Habana a pesar de que significaba "el patrón del bote". Todos los adultos se rieron y aplaudieron.

—No, no —dijo Iván frustrado—. Tiene que tener un nombre que suene bonito, como El...

Iván se sobresaltó en el agua, y los ojos se le abrieron de par en par.

—¿El qué? —le preguntó Isabel.

Entonces ella también se sobresaltó, cuando algo duro con tacto de cuero le golpeó en la pierna.

—¡Un tiburón! —gritó el abuelo de Isabel desde el otro lado de la barca—. ¡Un tiburón!

Alrededor de Iván, el agua se convirtió en una nube de color rojo oscuro, e Isabel dio un grito. Algo le volvió a golpear en la pierna, e Isabel se apresuró a subir a la barca con los brazos y las piernas temblando y el pánico que le latía atronador en el pecho. Su padre la agarró por la cintura, y ambos cayeron de espaldas dentro de la barca con una voltereta. Junto a ellos, Amara y Mami ayudaban a jalar a la señora Castillo para subirla a bordo mientras Lito empujaba desde abajo para levantarla y sacarla del agua. Isabel y su padre se incorporaron de rodillas a toda prisa y tiraron del abuelo detrás de la mujer.

En el otro lado de la barca, Luis y el señor Castillo gritaban el nombre de Iván mientras arrastraban su cuerpo inerte por la borda.

Iván tenía la pierna derecha toda ensangrentada. Tenía pequeñas mordeduras por toda la extremidad, como si le hubiera atacado a la vez un grupo entero de tiburones. Le faltaban porciones en la pierna, tenía unas heridas abiertas y rojas que dejaban a la vista el músculo bajo su piel.

Horrorizada, Isabel se cayó de espaldas contra el costado de la barca. Jamás había visto nada tan espantoso. Sintió que estaba a punto de vomitar.

La señora Castillo empezó a gemir. Iván estaba tan aturdido que ni siquiera gritaba, ni hablaba. Había una mirada vidriosa en sus ojos y tenía la boca abierta. Una de las heridas más altas, cerca del muslo, bombeaba sangre como una manguera, e Isabel vio que Iván tenía la cara cada vez más pálida. Ella era incapaz de decir nada.

—¡Un torniquete! —gritó Lito—. ¡Tenemos que rodearle la pierna con algo para detener la hemorragia!

El padre de Isabel se quitó de golpe el cinturón, y Lito se lo puso a Iván en la pierna tan arriba como pudo, pero la sangre seguía manando y tiñendo el agua a su alrededor de un escalofriante rojo oscuro.

—¡No!... ¡No! —gritó el señor Castillo al ver que la vida abandonaba los ojos de Iván.

Isabel también quería chillar, pero estaba petrificada. No había nada que ella pudiera hacer. No había nada que ninguno de ellos pudiera hacer.

Iván estaba muerto.

Luis soltó un aullido de ira y sacó su pistola de policía de la cartuchera. ¡BANG! ¡BANG! ¡BANG! Disparó una, dos, tres veces hacia la aleta que nadaba en círculos alrededor de la barca.

—¡No! —dijo Lito, que sujetó la mano de Luis antes de que pudiera seguir disparando—. ¡Atraerás a más tiburones con la sangre en el agua!

Demasiado tarde. Apareció otra aleta, y otra más, y aquella barquita sin nombre no tardó en verse rodeada.

Estaban atrapados en su propia prisión, una cárcel que se hundía.

MAHMOUD

EN GRECIA, DE LESBOS A ATENAS

2015

12 días lejos de casa

MAHMOUD ESTABA EN OTRO POBLADO DE tiendas de campaña. El estacionamiento pavimentado del muelle de Lesbos estaba lleno de esas tiendas de campaña que venden en los comercios de deporte: tiendas para una familia, con el techo redondeado, azules y verdes, blancas, amarillas y rojas, todas ellas proporcionadas por los voluntarios griegos, trabajadores de ayuda humanitaria que sabían que los refugiados no tenían dónde quedarse mientras llegaba el ferri de Atenas. Las prendas mojadas estaban tendidas de unos soportes para bicicletas y de las señales de tráfico, y los refugiados se congregaban alrededor de estufas de campamento y los platos calientes.

Tendría que ser un lugar animado, lleno de canciones y de risas igual que el campamento de refugiados de Kilis, pero, en cambio, la profunda tristeza del leve murmullo de las conversaciones envolvía el poblado de tiendas como un manto de niebla. Mahmoud no estaba sorprendido; su familia se sentía exactamente igual. Todos ellos deberían estar emocionados por hallarse por fin en Grecia, por poder comprar boletos de verdad para viajar en un verdadero ferri al territorio continental de Europa, pero eran demasiados los que habían perdido a alguien en la travesía en el mar como para estar felices.

La madre de Mahmoud había ido de tienda en tienda preguntando por Hana, y su hijo la había ayudado. Al fin y al cabo, era culpa suya que su hermana no estuviera con ellos. Sin embargo, nadie en el muelle la tenía, ni nadie había ido en el bote inflable que la había recogido.

Los refugiados iban y venían, pero las tiendas permanecían allí, y la madre de Mahmoud insistió en que no tomaran el ferri de aquel día hacia Atenas, ni el siguiente, para poder preguntar a cada nueva ronda de refugiados por si tenían noticia de su hija. Pero nadie sabía nada de ella.

Mahmoud tenía el estómago tan revuelto como cuando estaba en el bote inflable. No podía mirar a su madre, que tenía que estar culpándolo a él por haber perdido a Hana. Él se echaba la culpa, sin duda. No podía dormir por las noches. No dejaba de imaginarse que el bote inflable en el que iba su hermana reventaba contra las rocas; que Hana se caía al agua. Y ninguno de ellos estaba allí para ayudarla.

La madre de Mahmoud quería quedarse más tiempo en el muelle, no quería partir sin saber lo que le había sucedido a su hija, pero papá le dijo que tenían que continuar. No había manera de saber si la línea del ferri decidiría de repente dejar de vender boletos a los refugiados, o si Grecia podría decidir que los enviaría a todos a casa. Tenían que seguir en marcha o morirían. Hana tenía que ir por delante de ellos y haber tomado el ferri de la mañana que ellos perdieron aquel primer día. Porque si no...

Nadie quería pensar en aquel "si no".

El enorme ferri de Atenas volvió a llegar aquella mañana. Era tan largo como un campo de futbol y tan alto, por lo menos, como un edificio de cinco pisos. La mitad inferior del barco estaba pintada de azul, y en el costado decía "Blue Star Ferries" con letras muy grandes. La barra de un radar giraba cerca del puente de control, y del techo salían antenas y parabólicas de satélite. Se parecía a los cruceros que Mahmoud había visto en fotos. Sus botes salvavidas ya eran más grandes que la balsa en la que salieron de Turquía. Mahmoud intentó despertar el interés de Waleed en el gran navío, que se emocionara con su primer viaje a bordo de un barco tan grande, pero a su hermano pequeño le daba lo mismo. No parecía que nada le importara.

Descendió una gran rampa de la parte trasera, y los refugiados comenzaron a subir al ferri. La madre de Mahmoud lloraba mientras abordaba con el resto de los pasajeros. No dejaba de mirar atrás al poblado de tiendas con la esperanza —Mahmoud estaba seguro— de ver a alguien con un bebé en brazos que pudiera ser Hana. Pero eso no ocurrió.

El interior del ferri era como el vestíbulo de un hotel elegante. Cada piso tenía unos pequeños grupos de mesas de cristal y asientos tapizados de blanco. Había bares que vendían papas fritas, refrescos y dulces, y las televisiones retransmitían un partido de futbol griego. Los refugiados que aún tenían pertenencias metían sus mochilas y sus bolsas de basura debajo de las mesas y en los compartimentos superiores. Mahmoud y su familia se acomodaron en uno de los reservados, y su padre buscó un enchufe para cargar el celular.

—Mahmoud, ¿por qué no te llevas a tu hermano y exploran el barco? —le dijo papá.

Mahmoud agradeció mucho la oportunidad de dejar de ver el rostro descompuesto de su madre, tomó de la mano a Waleed y se lo llevó a la cubierta de paseo que bordeaba el barco por el exterior.

Los dos hermanos miraban en silencio cómo el ferri se apartaba del muelle con el rugido de los enormes motores muy por debajo de ellos. Aquel mar espantoso que había intentado engullirlos se encontraba ahora en calma y tenía un color azul zafiro. La verdad es que la isla griega de Lesbos era bonita cuando la veías desde el mar. Unos pequeños edificios blancos con tejados de terracota ascendían por unas colinas cubiertas de árboles, y sobre aquellas colinas había un antiguo castillo de color gris. Mahmoud podía entender que la gente fuera a visitar aquello en vacaciones.

Además de los refugiados, había una buena cantidad de turistas a bordo. Mahmoud sabía que no eran refugiados porque llevaban la ropa limpia y tomaban fotos con sus cámaras en lugar de estar buscando rutas para llegar por tierra desde Atenas a Macedonia.

Otro refugiado había extendido un mapa en la cubierta, y estaba rezando. Con todo el ajetreo de esperar en la fila y subir a bordo, Mahmoud había perdido la noción de la hora que era, así que tiró de su hermano para que se arrodillara con él a rezar junto a aquel hombre. Al arrodillarse y ponerse de pie, arrodillarse de nuevo y volver a ponerse de pie, se suponía que Mahmoud debía estar concentrado únicamente en sus oraciones, pero no podía evitar percatarse de las incómodas miradas que les lanzaban los turistas, los ceños fruncidos en gestos de desagrado, como si Mahmoud, Waleed y aquel hombre estuvieran haciendo algo malo.

Los turistas bajaban la voz, y, aunque Mahmoud no podía entender lo que estaban diciendo, sí podía notar la repulsión en sus palabras. No era aquello por lo que los turistas habían pagado. Se suponía que estaban de vacaciones, visitando ruinas antiguas y las bellas playas griegas, no pasando por encima de unos refugiados andrajosos que estaban rezando.

"Sólo nos ven cuando hacemos algo que no quieren que hagamos", se percató Mahmoud. Aquella idea le vino a la cabeza como un relámpago. Cuando se quedaban donde se suponía que tenían que estar —en las ruinas de Alepo o tras la verja de un campamento de refugiados—, la gente se podía olvidar de ellos. Sin embargo, cuando los refugiados hacían algo que ellos no querían que hicieran —cuando intentaban cruzar la frontera para entrar en su país, cuando dormían en la puerta de sus comercios, saltaban delante de sus coches o rezaban en la cubierta de un ferri—, entonces la gente ya no podía seguir ignorándolos.

El primer instinto de Mahmoud fue el de desaparecer bajo cubierta. Hacerse invisible. Ser invisible en Siria lo había mantenido con vida, pero ahora Mahmoud comenzaba a preguntarse si ser invisible en Europa podría significar su muerte y la de su familia. Si no los veía nadie, nadie podría ayudarlos. Y quizá el mundo tenía que ver lo que estaba sucediendo allí en realidad.

Fue difícil no ver a los refugiados en Atenas cuando Mahmoud llegó. Había sirios por todas partes, en las calles, en los hoteles y en los mercados, la mayoría de ellos —como la familia de Mahmoud— con la idea de seguir su recorrido lo antes posible. El padre de Mahmoud pensaba que tenía los documentos en regla para moverse libremente por Grecia, pero una mujer de la oficina de inmigración le dijo que tendría que ir primero a una comisaría de policía para conseguir un documento oficial, y la policía le dijo que tendría que esperar una semana.

—No podemos esperar una semana —le dijo papá a su familia.

Habían encontrado un hotel por diez euros la noche, por persona, y la gente en Atenas era muy amable y servicial. Sin embargo, Mahmoud sabía que sus padres no tenían mucho dinero, y aún tenían que cruzar cuatro países antes de llegar a Alemania. Su madre se habría quedado una semana o quizá más, para seguir preguntando a la gente que se encontraba si habían visto a un bebé que se llamaba Hana. Pero la decisión estaba tomada: tomarían un tren hasta la frontera con Macedonia e intentarían cruzarla a escondidas durante la noche.

JOSEF

EN LAS AGUAS FRENTE AL PUERTO DE LA HABANA

1939

21 días lejos de casa

JOSEF OBSERVABA DESDE LA CUBIERTA Y VIO que una pequeña barca atravesaba la flotilla de periodistas, vendedores de fruta y policías cubanos que rodeaba el St. Louis. Aquella barca traía a un pasajero de aspecto familiar, y Josef se sobresaltó al darse cuenta de que era el doctor Aber, el padre de Renata y Evelyne, que ya vivía en Cuba. Josef echó a correr por el barco hasta que localizó a las hermanas en la sala de cine, viendo unos seriales.

—¡Su padre viene al barco! —les dijo Josef.

Renata y Evelyne se apresuraron detrás de él. Cuando llegaron de nuevo ante la escalera de la cubierta C, se llevaron una sorpresa aún mayor: ¡el doctor Aber había subido a bordo del St. Louis! El agente Padrón estaba revisando unos papeles que el doctor Aber había traído consigo, y una pequeña multitud se había congregado para ver qué estaba pasando.

Renata y Evelyne corrieron hacia su padre, y él las levantó en sus brazos.

—¡Mis preciosas hijas! —dijo mientras las besaba—. ¡Nunca pensé que volvería a verlas!

El agente Padrón asintió con la cabeza y le dijo algo en español al doctor Aber, que sonrió a sus hijas.

—¡Vamos! Ya va siendo hora de que vengan conmigo a Cuba.

—Pero ¿y nuestras cosas? ¿Nuestra ropa? —preguntó Renata.

—Olvídense de ella. Compraremos ropa nueva en Cuba —dijo el doctor Aber.

La mirada del padre se desplazó veloz hacia los policías, y Josef lo comprendió. De alguna manera, el doctor Aber había conseguido que algún funcionario le permitiera venir al barco a buscar a sus hijas, pero no quería quedarse por allí esperando más tiempo del necesario por si acaso los policías cambiaban de opinión. Se llevó a Renata y a Evelyne hacia la escalera, y Renata apenas tuvo tiempo de gritarle un "¡Adiós!" a Josef y despedirse con la mano antes de desaparecer por la borda.

Josef se había quedado sin palabras, pero no así el resto del gentío. Los pasajeros airados rodearon al agente Padrón y a los demás policías y les exigieron respuestas.

—¿Cómo es posible que ellos sí puedan abandonar el barco y nosotros no?

—¿Pueden ayudarnos?

—¿Cómo lo consiguieron?

—¡Déjennos salir del barco!

—¡Mi marido está en Cuba!

—¡Tienen documentos! ¡Documentos en regla! —trató de explicarles el agente Padrón en un alemán rudimentario, pero eso sólo sirvió para enojar aún más a la muchedumbre.

—¡Nosotros tenemos papeles! ¡Visados! ¡Pagamos por ellos!

Josef temía por el agente Padrón, pero compartía las frustraciones de los pasajeros. ¿Por qué el doctor Aber sí había podido llevarse a Renata y a Evelyne, y ninguno de los demás podía desembarcar? ¡No era justo! Josef apretó los puños y empezó a temblar. Entonces se dio cuenta de que no era él quien generaba el temblor. Era la cubierta metálica del navío.

Los motores del barco habían cobrado vida con un ruido sordo por primera vez desde que echaron el ancla, y eso sólo podía significar una cosa: el St. Louis iba a volver a casa, a Alemania, y todos ellos volverían con él.

Sin que nadie dijera una palabra, los pasajeros se abalanzaron al mismo tiempo hacia la escalera.

El agente Padrón desenfundó su pistola, y Josef dejó escapar un grito ahogado.

—¡Paren! —gritó el policía—. ¡Alto!

Hizo un barrido con la pistola y la apuntó aquí y allá, y los demás policías sacaron las suyas e hicieron lo mismo. Los pasajeros, furiosos, retrocedieron, pero no huyeron. Josef sentía el corazón en la garganta. La turba podía atacar a los policías en cualquier momento, Josef lo sabía. Preferían morir antes que permitir que los enviaran de regreso a Alemania. De vuelta con Hitler.

Llegaron el primer oficial y el sobrecargo del barco y se interpusieron entre los policías y el gentío enfurecido. Le rogaron a todo el mundo que mantuviera la calma, pero nadie les prestó atención. Cuanto más ruidosas y más insistentes se volvían las vibraciones de los motores allá abajo, más gente corría a la escalera para exigir que les permitieran desembarcar. Josef estaba ahora atrapado en el medio. Si la turba empujaba hacia delante, contra las pistolas de los policías, Josef no tendría más elección que empujar con ellos.

Hacía mucho calor —que ya pasaba de los cuarenta grados en cubierta—, y la temperatura del gentío no dejaba de aumentar. Josef estaba envuelto en sudor, y aquella muchedumbre tan apretada sólo empeoraba las cosas. La situación estaba a punto de saltar por los aires cuando un hombre bajito de raza blanca con un traje gris ascendió por la escalera a la espalda de los policías. ¡Era el capitán Schroeder! Y Josef se preguntó por qué no lucía su uniforme. Y ¿por qué había desembarcado?

Por un instante, la turba se quedó tan sorprendida que dejó de empujar. El capitán Schroeder también se quedó sorprendido. En cuanto vio al gentío furioso y las armas desenfundadas, perdió los estribos. Gritó a los policías que bajaran las armas o les daría la orden de abandonar su barco, y por fin le obedecieron.

—¿Por qué han arrancado los motores? —gritó un pasajero.

—¡Díganos qué está pasando!

El capitán Schroeder levantó las manos en el aire y pidió calma para poder darles una explicación. Se quitó el sombrero y se secó la frente con un pañuelo.

—Acabo de ir a ver al presidente Brú, para solicitarle en persona que les permitan desembarcar —dijo el capitán—. Pero no ha querido verme.

Hubo comentarios ominosos entre los pasajeros, que refunfuñaban, y el propio Josef sintió que se enfadaba. ¿Qué estaba pasando? ¿Por qué los cubanos habían prometido a los pasajeros que les iban a dejar entrar para rechazarlos ahora?

—Peor aún —dijo el capitán Schroeder—. El Gobierno cubano nos ha dado la orden de abandonar las aguas del puerto antes de mañana por la mañana.

"¿Antes de mañana?", pensó Josef. "¿Para ir adónde? ¿Y su padre? ¿Se marcharía con ellos?".

Surgieron gritos de enojo entre los pasajeros, y Josef se unió a ellos. El primer oficial se había ausentado unos instantes, y ahora regresaba con más marineros por si acaso se producía algún tipo de violencia.

Josef se preguntó si debía ir a buscar a su madre para que oyera aquellas noticias, pero sabía que estaba en su camarote, llorando en la cama probablemente. La mujer se culpaba del intento de suicidio de su marido, y en los últimos dos días se había convertido, en cierto modo, en una madre tan ausente como el padre de Josef.

No, era él quien tenía que estar allí en aquel momento. Por su madre y por Ruthie.

El capitán Schroeder volvió a pedir silencio.

—No vamos a volver a casa. Recorreremos la costa de Estados Unidos y haremos una solicitud al presidente Roosevelt. Si alguno de ustedes tiene familiares o amigos en Estados Unidos, les ruego que les pidan que ejerzan toda la influencia que puedan. Sea como sea, se los aseguro: voy a hacer todo cuanto esté en mis manos para conseguir que desembarquen fuera de Alemania. No debemos perder nunca las esperanzas. Ahora, por favor, regresen a sus camarotes. Tengo que volver al puente de mando para preparar el barco para zarpar.

El gentío asedió al capitán, que trataba de abandonar la cubierta C, y los pasajeros se daban golpes y se empujaban alrededor de Josef, que se abrió paso con esfuerzo hasta llegar al pasajero que había traducido las palabras del agente Padrón el otro día. Tiró de él hacia el lugar donde se encontraba el policía cubano.

—¿Qué pasa con mi padre? —preguntó Josef al policía a través del intérprete.

—Lo vi en el hospital —le dijo el policía a Josef—. No se encuentra lo suficientemente bien como para volver al barco.

—Entonces, ¿podemos ir nosotros a verlo? —preguntó Josef.

El policía parecía apenado.

—Lo siento, hombrecito. No pueden abandonar el barco.

—Pero el barco está por zarpar —dijo Josef, que podía sentir los latidos de los motores bajo sus pies—. No podemos dejar a mi padre.

—Deseo con todo mi corazón que desembarquen pronto, hombrecito —le volvió a decir el agente Padrón—. Lo siento. Yo sólo estoy haciendo mi trabajo.

Josef lanzó una profunda mirada a los ojos del policía en busca de alguna señal de ayuda, algún signo de comprensión. El agente se limitó a desviar la mirada.

Josef seguía allí de pie, bajo el ardiente sol cubano, cuando, justo antes de la hora de comer, los policías se marcharon en una lancha de motor. El agente Padrón seguía sin mirarle. Cuando la pequeña lancha se alejó lo suficiente, el St. Louis hizo sonar la sirena, levó el ancla y partió de las aguas del puerto de La Habana con rumbo desconocido.

Allí, ante el barandal con el resto de los pasajeros que se despedían entre lágrimas del único lugar que había prometido darles refugio, Josef se despidió también de su padre. Se agarró el cuello de la camisa con ambas manos y lo arrancó por la costura, se rasgó las vestiduras igual que había hecho en el funeral del profesor Weiler en el mar.

Josef sabía que papá estaba vivo, pero daba igual. Su padre estaba muerto para su familia. Igual —se percató Josef— que su sueño de encontrarse con él en Cuba.

ISABEL

EN ALGÚN LUGAR ENTRE LAS BAHAMAS Y FLORIDA

1994

5 días lejos de casa

EL CIELO NOCTURNO ESTABA TAN DES-pejado que Isabel podía ver la Vía Láctea.

Tenía la mirada en las estrellas, pero en realidad no las estaba viendo. Lo cierto es que no veía nada en absoluto. Tenía la vista borrosa con los ojos llenos de lágrimas. A su lado, la señora Castillo sollozaba en brazos de su marido con convulsiones en los hombros. Igual que Isabel, la mujer no había dejado de llorar desde que murió Iván. El señor Castillo tenía la mirada perdida por encima de la cabeza de su mujer, con una expresión ausente en los ojos. Luis le daba puntapiés al motor, ahora silencioso, y sacudía los tornillos que lo mantenían sujeto. Hundió el rostro entre las manos, y Amara lo abrazó con fuerza.

Iván estaba muerto. Isabel era incapaz de asimilarlo. Un momento antes estaba vivo, charlando con ellos, riéndose con ellos, y un minuto después estaba muerto. Sin vida. Como todos los demás cubanos que habían intentado llegar a Estados Unidos por mar. Pero Iván no era una persona sin un nombre y sin un rostro. Era Iván. *Su* Iván. Era su amigo.

Y estaba muerto.

Los ojos de Isabel fueron descendiendo hacia el lugar donde yacía el cuerpo de Iván, pero seguía sin mirarlo de manera directa. No podía. Aunque Papi había quitado la camisa que había colocado sobre Mami para darle sombra y la había puesto sobre el rostro de Iván, Isabel no podía soportar mirarlo.

Ella conocía su cara, su sonrisa. Quería pensar en él de aquel modo.

Lito entonó una canción suave y triste, e Isabel se retrajo en los brazos de sus padres. Los tres se acurrucaron juntos, como si lo que le pasó a Iván les pudiera suceder a ellos si se acercaban mucho a su cuerpo. Sin embargo, la verdadera amenaza era la barca que se hundía y los tiburones que nadaban en círculos a su alrededor siguiendo el rastro del agua ensangrentada que partía de los pies de Isabel.

Fidel Castro estaba cubierto por la sangre de Iván.

Isabel recordó el velorio de su abuela. Había sido una ocasión sombría y silenciosa. Ni siquiera había un cuerpo que enterrar. Los que vinieron se pasaron la mayor parte del tiempo consolando a Lito, a Mami y a Isabel, dándoles abrazos y besos y compartiendo su dolor. Isabel sabía que ella debería hacer lo mismo ahora por los Castillo, pero no se veía con fuerzas. ¿Cómo iba a consolar a los

Castillo cuando ella misma necesitaba que alguien la consolara? Iván era un hijo para ellos, un hermano, pero también era el mejor amigo de Isabel. En algunos sentidos, ella lo conocía mejor que su propia familia. Había jugado futbol con él en el callejón, había nadado con él en el mar, se había sentado a su lado en la escuela. Había cenado con él en su casa, y él en la de ella, tantas veces que podían haber sido hermanos perfectamente. Isabel e Iván habían crecido juntos. Era incapaz de imaginarse un mundo en el que ella saliera corriendo a la puerta de al lado y él no estuviera allí.

Iván ya no vendría a casa nunca más.

Iván estaba muerto.

Su pérdida le dolía como si de repente le faltara una parte de su ser, como si le hubieran arrancado el corazón del pecho y todo lo que quedara fuera un enorme agujero abierto. Volvió a agitarse cuando su cuerpo se vio embargado por los sollozos, y Mami la jaló hacia ella.

Pasado un tiempo, por fin habló el abuelo de Isabel.

—Tenemos que hacer algo —dijo—. Con el cuerpo.

La señora Castillo lloraba, pero el señor Castillo asintió con la cabeza.

¿Hacer algo con el cuerpo? Isabel miró a su alrededor. Pero ¿qué iban a hacer con el cuerpo de Iván en aquella balsa tan pequeña? Y entonces lo comprendió. Sólo había un lugar donde podía ir el cuerpo de Iván: al mar. La idea hizo que se contrajera horrorizada.

—¡No! ¡No, no podemos dejarlo aquí! —exclamó Isabel—. ¡Se quedará solo! A Iván jamás le gustó estar solo.

Lito hizo un gesto con la barbilla al padre de Isabel, y ambos se levantaron para alzar el cuerpo de Iván fuera de la pequeña barca.

Isabel forcejeó para liberarse de los brazos de su madre, pero Mami la sujetó con fuerza.

—Esperen —dijo la señora Castillo. Se apartó de su marido con la cara marcada por las lágrimas—. Tenemos que decir algo. Una oración. La que sea. Quiero que Dios sepa que Iván va para allá.

Isabel nunca había estado en la iglesia. Cuando Castro y los comunistas se hicieron con el poder, prohibieron la práctica de la religión. No obstante, los españoles, que eran católicos, habían conquistado la isla mucho antes que Castro, e Isabel sabía que su religión seguía allí, en lo más profundo, igual que Lito le decía a ella que la clave estaba enterrada bajo los ritmos audibles de una canción.

Lito era el más viejo y quien había asistido a más funerales, así que él se encargó. Hizo la señal de la cruz sobre el cuerpo de Iván y dijo:

—Oh, Señor, concédele el descanso eterno y que la luz perpetua brille sobre él. Descanse en paz. Amén.

La señora Castillo asintió, y Lito y Papi recogieron el cuerpo de Iván.

—No... ¡No! —exclamó Isabel.

Estiró los brazos como si quisiera detenerlos, pero retiró las manos y las juntó sobre su pecho. Sabía que tenían que hacerlo, que no podían dejar a Iván en la balsa con ellos. No así. Pero, cuando vio a Lito y a Papi levantar el cuerpo de Iván, el vacío de su interior se hizo más y más grande, hasta que se sintió más vacía que llena. Ojalá ella también estuviera muerta, pensó. Y deseó estar muerta para que también la echaran a ella al mar con Iván. Para poder hacerle compañía en las profundidades.

La señora Castillo estiró el brazo y agarró la mano de su hijo por última vez, y Luis se levantó y le puso a Iván la mano en el pecho: un último contacto con su hermano antes de que se fuera para siempre. Isabel quería hacer algo, decir algo, pero estaba demasiado embargada por el dolor.

—Esperen —dijo Luis.

Sacó su pistola de la cartuchera. Puso cara de odio al apuntar por encima de la borda de la barca a una de las aletas que rasgaban la superficie. Esta vez, Isabel estaba preparada para los disparos, pero aun así la sobresaltaron. ¡PAM! ¡PAM! ¡PAM!

El tiburón murió agitándose en unos espasmos sangrientos, y los demás tiburones que iban siguiendo a la barca se echaron sobre él enloquecidos. Luis hizo un gesto a Lito y al padre de Isabel, y la señora Castillo apartó la mirada mientras ellos dejaban caer el cuerpo de Iván por la borda de la barca, lejos de los tiburones, donde se hundió en las negras aguas del mar.

Nadie dijo nada. Isabel se echó a llorar, y lloró unas lágrimas interminables que manaban de aquel hueco que sentía en el pecho y que amenazaba con consumirla. Iván se había ido, para siempre.

De repente, Isabel se acordó de la gorra de los Industriales de Iván. ¿Dónde estaba? ¿Qué había sido de ella? No la llevaba puesta cuando lo devolvieron al agua, e Isabel quería encontrarla. Tenía que encontrarla. Eso era algo que sí podía hacer, un fragmento de él que podía guardar consigo. Se apartó de su madre y empezó a buscarla por la pequeña barca. Tenía que estar en alguna parte... ¡Sí! ¡Allí! Flotando boca abajo en el agua ensangrentada, debajo de uno de los bancos. La recogió y se la llevó al pecho, la única parte de Iván que le quedaba.

—Quería abrir un restaurante —dijo el señor Castillo. Se encontraba justo al lado de Isabel, y el sonido de su voz, casi un susurro, la sobresaltó—. Cuando hablamos aquella primera noche, todo el mundo le contaba a los demás lo que quería hacer cuando llegáramos a Estados Unidos —continuó el señor Castillo—, pero yo no dije nada. Quería abrir un restaurante con mis hijos.

Algo centelleó en el horizonte oscuro, y, al principio, Isabel lo interpretó como una de las estrellas que forman el cinturón blanco de la Vía Láctea que titilaba en sus ojos húmedos. Pero no, era demasiado brillante. Demasiado naranja. Y había otras exactamente iguales formando una línea horizontal, separando las aguas negras del cielo negro.

Era Miami, por fin. Iván se había perdido ver Miami por muy poco.

MAHMOUD

De 14 a 15 días lejos de casa

MAHMOUD SE SINTIÓ COMO SI ESTUVIERA de vuelta en Siria. Policías armados custodiaban la frontera entre Grecia y Macedonia, y de nuevo se sintió sucio. Indeseado. Ilegal.

Incluso sin documentación, Mahmoud y su familia habían podido cambiar las libras sirias por euros y comprar boletos de tren desde Atenas a Tesalónica, y desde ahí hasta un pequeño pueblo griego cerca de la frontera con Macedonia. Ahora se dirigían hacia el pueblo macedonio de Gevgelija, donde esperaban tomar un tren hacia el norte, a Serbia, y de ahí a Hungría. Pero primero tenían que encontrar la manera de cruzar la frontera a escondidas.

Mahmoud señaló una pequeña maraña de tiendas de campaña y tendederos de ropa justo al salir de la carretera asfaltada, y el padre de Mahmoud los llevó a aquel campamento para organizar su siguiente trayecto. Era otro pequeño poblado de refugiados, uno de aquellos asentamientos improvisados que Mahmoud había visto una y otra vez en el camino al salir de Siria. Mahmoud y su padre se agacharon detrás de un bote de basura y observaron el paso fronterizo. La policía macedonia no estaba rechazando a la gente, pero era posible que revisaran su documentación, y la familia de Mahmoud no había esperado en Atenas a que les dieran su visado en regla.

El padre de Mahmoud sacó su iPhone y consultó el mapa.

—Toda esta zona son tierras de cultivo —dijo su padre—. Terreno llano. Es muy fácil que nos atrapen aquí. —Desplazó el mapa hacia un lado, y Mahmoud se acercó más—. Parece que hay un bosque, hacia el oeste —dijo papá—. No pueden tener vigilado cada metro de la frontera. Nos colaremos por la noche. Cuando lleguemos a Macedonia, estaremos bien. ¿Dónde está tu madre?

Mahmoud alzó la mirada. Mamá estaba donde siempre, abriéndose paso entre las tiendas. Buscando a Hana.

Pero Hana no estaba allí, ni tampoco en ninguno de los pequeños grupos de tiendas de refugiados por los que pasaron al adentrarse caminando por el campo. En un lugar concreto que había escogido en el mapa de su iPhone, el padre de Mahmoud los guio fuera de un camino de tierra y se metieron en un bosque oscuro. Era tarde, muy pasada la medianoche, y Mahmoud estaba cansado de andar, pero aún tenían que caminar dos horas más hasta la frontera de Macedonia.

Waleed levantó las manos para que lo llevaran en brazos, y papá lo levantó y lo apoyó sobre su hombro.

Mahmoud se irritó. Waleed se estaba portando como un niño pequeño, y ya era demasiado mayor para que lo llevaran en brazos. Mahmoud también estaba cansado, pero a él no lo llevaría nadie.

Siguieron caminando en silencio, y la única iluminación durante su recorrido era el ocasional brillo de la pantalla del celular cuando papá comprobaba su posición. El bosque estaba lleno de unos pinos muy altos que no dejaban sitio prácticamente para nada más, y el suelo estaba cubierto de las agujas cafés que caían de los árboles y desprendían un olor húmedo a pino, como los aromatizantes de auto. En algún lugar del bosque ululó un búho, y Mahmoud oyó el corraleo de algún animal pequeño. Cada roce de los arbustos sobresaltaba a Mahmoud, cada corraleo le ponía la piel de gallina. Era un chico de ciudad, acostumbrado a las luces y a los ruidos del tráfico. Aquí, cada sonido era como un disparo en aquel silencio y aquella oscuridad sobrenaturales. A Mahmoud le aterrorizaba.

Por fin salieron de la oscuridad del bosque y encontraron la estación del tren. Era un edificio pequeño, de dos pisos, pintado de color mostaza con el tejado en guinda y las tejas redondeadas.

También estaba lleno de gente.

Cientos de personas dormían a la intemperie con las mochilas y las bolsas de basura como almohadas. Abarrotaban los andenes y las aceras frente a la estación, y algunos dormían incluso entre las vías. Botellas de plástico, bolsas vacías y envoltorios tirados llenaban cada centímetro del resto del suelo.

Mahmoud vio cómo a su padre se le hundían los hombros. Él se sentía igual. Sin embargo, su padre se irguió y recolocó a Waleed más alto sobre su hombro.

—Eh, por lo menos ya sabemos que seguimos la vía correcta —dijo y sonrió a Mahmoud—. La vía correcta. ¿Entiendes?

Sí, Mahmoud lo había entendido. Era sólo que nada de aquello le parecía gracioso.

—¿No? ¿Nada? —dijo su padre—. Yo sólo quería *entren-tenerte* un poco.

Mahmoud seguía sin reírse. Estaba demasiado cansado.

Su madre ya se había separado de ellos y se desplazaba con cuidado entre los refugiados que dormían, como si fuera un fantasma. Buscando a Hana.

—Parece que la estación de tren está cerrada —le dijo a Mahmoud su padre—. Tendremos que buscar un sitio donde dormir. Volveremos por la mañana a ver si podemos comprar los boletos.

Encontraron un hotel cercano en una lista de TripAdvisor, recogieron a la madre de Mahmoud y se dirigieron a pie hacia la posada. Mahmoud se moría de ganas por meterse en una cama de verdad. Tenía la sensación de que podría tirarse varios días durmiendo.

Llegó un coche por detrás de ellos, y esta vez Mahmoud no saltó delante de él. No obstante, el vehículo frenó y se detuvo junto a ellos de todas formas.

—¿Necesitan un taxi? —dijo el hombre en un árabe rudimentario.

—No —dijo el padre de Mahmoud—. Sólo vamos hasta el hotel.

—Hotel mucho dinero —dijo el hombre—. ¿Van a Serbia? Yo llevo en taxi. Veinticinco euros cada uno.

Mahmoud hizo las cuentas. Cien euros era muchísimo dinero: casi veinticuatro mil libras sirias. Ahora bien, ¿un taxi directo a Serbia, sin pasar la noche —o más tiempo— en Macedonia? Los padres de Mahmoud se acercaron a hablar, y Mahmoud escuchó con atención. Era probable que los boletos de tren fueran más baratos, y a mamá le preocupaba subirse en el coche de un extraño en un país desconocido para ellos, pero papá argumentó que no habría otro tren por lo menos hasta mañana, y que había muchísima gente en la estación esperando para tomarlo.

—Todos estamos cansados, y el taxi nos acercará más a Alemania. Dormir en el suelo no lo hará —intervino Mahmoud.

—Ése es el voto que inclina la balanza, entonces —dijo papá—. Tomaremos el coche.

Fue una buena decisión. Dos horas y cien euros más tarde se encontraban ante la frontera serbia. Aún estaba oscuro, pero no había policía fronteriza en el lugar donde los había dejado el conductor. Tampoco había ningún camino. Mahmoud había dormido un poco en el coche, pero se sentía como un zombi mientras arrastraba los pies con su familia por las vías del ferrocarril que los llevarían al otro lado de la frontera de Macedonia, hasta el pueblo serbio más cercano. Los únicos descansos que se tomaron fueron para detenerse a rezar hacia las cinco de la madrugada y, de nuevo, al amanecer.

Entraron en un pueblo dando tumbos justo después de que saliera el sol. Mahmoud pensó que si no se acostaba a dormir en algún sitio, caería al suelo, desmayado. Pero en esa estación de tren había más refugiados que en la de Macedonia, y allí no había tiendas ni habitaciones de hotel. La gente dormía en los andenes de la estación o fuera, en el campo. Tampoco había baños, ni tiendas o restaurantes. Lo poco que tenían los habitantes locales serbios lo vendían por una fortuna. Un hombre vendía botellas de agua por cinco euros cada una.

Un grupo de hombres estaba sentado alrededor de una toma de corriente, cargando sus celulares, como si estuvieran acurrucados en torno a una fogata. Mahmoud había visto varias veces la misma escena en el trayecto de Atenas a Alemania. Él y su familia se detuvieron el tiempo necesario para recargar sus celulares, y luego se pusieron en marcha una vez más.

Mahmoud estaba tan cansado que tenía ganas de llorar. Su padre encontró un autobús que los llevaría a Belgrado, y Mahmoud agradeció aquellas pocas horas de sueño, por incómodos que estuvieran. Ya estaba casi anocheciendo cuando llegaron a la capital serbia, pero no se podían detener aún. La policía estaba registrando los hoteles en busca de refugiados ilegales, así que papá encontró otro taxista que prometió llevarlos hasta la frontera húngara, otras dos horas más allá.

Los taxis eran caros, pero también lo era intentar quedarse a dormir en una ciudad que no te quería.

Al volante del Volkswagen plateado de cuatro puertas iba un serbio de mediana edad, de piel morena, con una barba negra y bien arreglada. Había prometido llevarlos a Hungría y mantenerlos lejos de la policía por treinta euros por cabeza, más de lo que les había costado cruzar Macedonia entera.

Iban apretados en el coche, con Mahmoud y sus padres metidos en el asiento de atrás y Waleed en el regazo de su padre. Este segundo conductor parecía dar con cada grieta y cada bache de la carretera, y los hacía salir volando unos contra otros. Sin embargo, nada de eso le importaba a Mahmoud. Se quedó dormido en cuanto cerró los ojos, y no se volvió a despertar hasta que se percató de que el coche no se movía. ¿De verdad habían pasado ya dos horas? Tenía la sensación de que acababa de quedarse dormido.

Mahmoud parpadeó varias veces y miró por la ventanilla. Esperaba ver las luces del pueblo serbio fronterizo. Otro poblado de tiendas de campaña. En cambio, estaban detenidos en plena recta de una carretera rodeada de campos oscuros y desiertos.

Y el conductor del taxi estaba inclinado hacia el asiento de atrás y los apuntaba con una pistola.

JOSEF

FRENTE A LA COSTA NORTEAMERICANA

1939

21 días lejos de casa

¡MIAMI! NO HABÍA PASADO NI UN DÍA DES-
de que salieron de La Habana, y el St. Louis ya pasaba
frente a aquella ciudad estadounidense. Estaba tan cerca
que se podía ver desde el barco sin binoculares. Josef y
Ruthie estaban asomados por encima del barandal como
el resto de la gente, señalando los hoteles, las casas y los
parques. Josef vio autopistas y unos edificios cuadrados
de oficinas —¡rascacielos!—, y cientos de barcos pequeños
amarrados. ¿Por qué no podían acercarse sin más a Miami
y atracar allí? ¿Por qué no podía Estados Unidos permitirles
entrar? Había muchísimo terreno sin edificar. Kilómetros
y kilómetros de palmeras y pantanos. Josef lo aceptaría,
viviría allí. Viviría en cualquier parte con tal de estar lejos
de los nazis.

Un avión volaba en círculos sobre el barco, y su hélice
zumbaba como un avispón. Fotógrafos de los periódicos,
se imaginó en voz alta uno de los pasajeros. Por entonces,
Josef ya sabía que el St. Louis estaba en las primeras

planas de las noticias por todo el mundo. Camarógrafos de los noticiarios cinematográficos en pequeñas barcas habían estado siguiendo al navío al zarpar de La Habana y gritando las mismas preguntas que hacían los propios pasajeros: ¿dónde iban a desembarcar? ¿Quién iba a aceptar a los refugiados judíos?

¿Acabarían volviendo a Alemania?

Aquella tarde, un barco guardacostas estadounidense había navegado en paralelo al St. Louis, y sus oficiales los observaron con binoculares. Un niño se imaginó que la Guardia Costera estaba allí para protegerlos, para recoger a cualquiera que se tirara por la borda.

Josef pensó que era para asegurarse de que el St. Louis no viraba rumbo a Miami.

Algunos de los niños, como Ruthie, aún se dedicaban a jugar y nadaban en la piscina, y estaban pasando tan cerca de Estados Unidos como para que algunos de los adolescentes del barco captaran un partido de los Yankees de Nueva York en sus receptores de radio. La mayoría de los adultos, sin embargo, se paseaba como si estuviera en un funeral. El ambiente alegre del viaje a Cuba se había desvanecido para siempre. La gente hablaba poco, y hacía menos vida social aún. La sala de cine estaba desierta. El salón de baile estaba vacío.

A excepción de la madre de Josef.

Había estado llorando por el padre de Josef durante días, se había *convertido* en el padre de Josef al encerrarse en el camarote, pero con el anuncio de que el St. Louis iba a partir de Cuba —que iba a zarpar sin su marido— algo cambió en ella como quien pulsa un interruptor de la luz. Se aseó. Se maquilló. Se peinó. Vació sobre la cama el contenido de su maleta, se puso su vestido de fiesta preferido y se marchó directa al salón de baile.

No había salido de allí desde entonces.

La madre de Josef estaba bailando sola cuando su hijo fue a buscarla. Del techo todavía colgaban una luna y unas estrellas de papel, la decoración que quedaba de la fiesta que celebraron cuando todos creían que iban a desembarcar en Cuba. La madre de Josef vio a su hijo en la puerta, fue corriendo hacia él y se lo llevó a la pista de baile.

—Baila conmigo, Josef —le dijo. Lo tomó de las manos y lo guio en un vals—. No pagamos todas esas clases de baile para nada.

Las lecciones de baile habían sido hacía una eternidad, antes de Hitler, cuando sus padres pensaban que Josef se pasaría su adolescencia asistiendo a bailes, y no huyendo de los nazis.

—No —dijo Josef. Ya era muy mayor para bailar con su madre, le avergonzaba demasiado. Y había cosas más importantes en las que pensar en ese momento—. ¿Qué sucede, mamá? ¿Por qué haces esto? Es como si te alegraras de que papá ya no esté.

Su madre giró en sus brazos.

—¿Te conté alguna vez por qué te llamas Josef? —le preguntó.

—Eh…, no.

—Te pusimos el nombre de mi hermano mayor.

—No sabía que tenías un hermano.

La madre de Josef bailaba como si su vida dependiera de ello.

—Josef murió en la Gran Guerra. Mi hermano Josef. En la batalla del Somme, en Francia.

Josef no sabía qué decir. Su madre nunca había hablado antes sobre su hermano. El tío de Josef. Había tenido un tío.

—Puedes vivir como un fantasma, esperando a que llegue la muerte, o puedes ponerte a bailar —le dijo su madre—. ¿Lo comprendes?

—No —dijo Josef.

Terminó la canción, y la madre de Josef tomó el rostro de su hijo entre sus manos.

—Eres exactamente igual que él —dijo.

Josef no supo qué decir ante aquello.

—Lamento la interrupción —dijo el músico que encabezaba la banda—, pero me acaban de decir que se va a hacer un anuncio especial en el salón social de la cubierta A.

La madre de Josef hizo una mueca de descontento porque la música había dejado de sonar, pero Josef sabía que se trataba de algo peor que eso. No habría sido capaz de decir por qué, pero, en lo más hondo de sus estómago, estaba seguro de que aquello sólo serían malas noticias.

Las peores.

Su madre le agarró la mano y la apretó.

—Vamos —le dijo con una sonrisa triste.

El salón social ya estaba abarrotado cuando llegaron. En la parte frontal de la sala, bajo el retrato gigante de Adolf Hitler, había un comité de pasajeros que habían estado trabajando con el capitán para encontrar una solución para su problema. Por la mirada que había en sus rostros, no se les había ocurrido ninguna. Cuando intervino el líder del comité, confirmó los peores temores de Josef.

—Estados Unidos nos rechazó. Nos dirigimos de vuelta a Europa.

El estallido fue instantáneo. Gritos ahogados, chillidos, llantos. Josef dijo algo malsonante, la primera vez que decía algo así delante de su madre, que no reaccionó en absoluto, y eso hizo que Josef se sintiera un poco avergonzado y un poco envalentonado al mismo tiempo.

—¡Está diciendo que volvemos a Alemania! —vociferó alguien.

—No necesariamente —dijo un miembro del comité—. Debemos conservar la calma.

¿La calma?, pensó Josef. ¿Estaba loco aquel hombre?

—¿Calma? ¿Cómo vamos a mantener la calma? —preguntó un hombre que dio voz a los pensamientos de Josef. Aquel hombre se llamaba Pozner. Josef ya lo había visto antes por el barco—. Muchos de nosotros estuvimos en campos de concentración —prosiguió Pozner, que tenía una expresión de furia en el rostro y escupía las palabras—. ¡Nos liberaron con la única condición de que abandonáramos Alemania de inmediato! Para nosotros, regresar sólo significa una cosa: volver a esos campos. ¡Ése podría ser el futuro de todos los hombres, mujeres y niños de este barco!

—No moriremos. No volveremos. No moriremos —entonó el gentío.

Con el rabillo del ojo, Josef vio a Otto Schiendick apoyado en la puerta de entrada. Estaba sonriendo al ver el pánico en la sala, y Josef sintió que empezaba a hervirle la sangre.

—Damas y caballeros —dijo el líder del comité—, son malas noticias, todos nos damos cuenta de eso, pero Europa está aún a muchos días de distancia de aquí. Eso nos proporciona tiempo, a nosotros y a todos nuestros amigos, para hacer nuevos intentos que nos sirvan de ayuda.

La madre de Josef se llevó a su hijo aparte.

—Vamos, Josef. A alguien se le ocurrirá algo. Vamos a bailar.

Josef no entendía por qué su madre no estaba contrariada, por qué de repente parecía que todo le daba igual. Estaban a punto de ver cómo los llevaban de vuelta a Alemania. De vuelta hacia la muerte. Josef dejó que su madre lo llevara hasta la puerta, y entonces se apartó.

—No, mamá. No puedo.

Su madre le sonrió triste y se agachó al pasar por delante de Otto Schiendick, que estaba apoyado en el marco de la puerta.

—Deberías hacer lo que te dice tu madre, muchacho —dijo Schiendick—. Éstos son tus últimos días en libertad. Disfrútalos. Cuando vuelvas a Hamburgo, nadie volverá a saber de ti nunca más.

Josef regresó al griterío de los pasajeros cuya furia subía como la marea. Tenía que haber algo que pudieran hacer. Algo que él pudiera hacer.

Pozner, el pasajero que había intervenido, se lo llevó aparte.

—Tú eres Josef, el hijo de Aaron Landau, ¿verdad? Lamento lo de tu padre —le dijo.

Josef ya estaba harto de oír las condolencias de la gente.

—Sí, gracias —dijo en un intento por pasar página.

El hombre lo tomó del brazo.

—Estabas entre los niños que fueron a la sala de máquinas y al puente, ¿verdad?

Josef frunció el ceño. ¿De qué se trataba aquello?

—Y ahora eres un hombre. Tuviste tu bar mitzvá aquel primer *sabbat* a bordo del barco.

Josef se irguió, y el hombre le soltó el brazo.

—¿Y qué? —le preguntó Josef.

El hombre miró a su alrededor para asegurarse de que no había nadie más escuchando.

—Unos cuantos de nosotros vamos a intentar asaltar el puente y tomar rehenes —susurró—. Queremos obligar al capitán a encallar el barco en la costa norteamericana.

Josef no podía creer lo que estaba oyendo. Hizo un gesto negativo con la cabeza.

—Eso nunca funcionará —dijo Josef.

Había visto la cantidad de tripulantes que había en aquel barco y también lo que de verdad pensaban de los judíos muchos de los marineros de abajo. No se iban a rendir sin dar batalla, y conocían aquel barco mejor que cualquier pasajero.

Pozner se encogió de hombros.

—¿Qué otra elección tenemos? No podemos volver. Tu padre lo sabía, por eso hizo lo que hizo. Si lo conseguimos, seremos libres. Si fracasamos, al menos el mundo se dará cuenta de cuán desesperados que estamos.

Josef bajó la mirada al suelo. Si fracasaban —cuando fracasaran—, el capitán llevaría el barco de vuelta a Alemania sin duda alguna, y entonces enviarían a un campo de concentración a Pozner y al resto de los secuestradores, con seguridad.

—¿Por qué me está contando esto? —le preguntó Josef.

—Porque necesitamos que estés con nosotros —le dijo Pozner—. Necesitamos que nos muestres el camino para subir al puente de mando.

ISABEL

5 días lejos de casa

MIAMI.

Era como un sueño. Como una resplandeciente visión del cielo, como si Iván les hubiera abierto las puertas. Todos miraban absortos, atónitos, como si jamás hubieran pensado que llegarían a verlo de verdad. Cuando las luces del horizonte se convirtieron en las tenues siluetas de edificios, carreteras y árboles y supieron con seguridad que estaban viendo Miami, se echaron a llorar de nuevo y se abrazaron.

Isabel volvió a llorar por Iván. Lloró porque había estado muy cerca y no lo había conseguido. Sin embargo, sus lágrimas se mezclaban con el alivio de llegar a Estados Unidos, y eso la hizo sentir culpable y llorar con más fuerza aún. ¿Cómo podía estar triste por Iván y al mismo tiempo alegrarse por sí misma?

Crac. Algo se dobló y se rompió debajo del pie de Papi, y la barca se sacudió. El agua fluía por una nueva grieta en el casco, y de repente se acabó toda sensación de alivio.

La barca se estaba hundiendo.

—¡No! —gritó Papi.

Se agachó y trató de apuntalar el agujero, pero no había nada que se pudiera hacer. El peso de la embarcación y de los pasajeros estaba haciéndola pedazos al fin. Todos se abalanzaron hacia la proa, pero la popa se hundía más y más con el gran peso del motor. El borde superior del casco ya estaba casi a la altura del agua en la parte de atrás. Cuando se encontraran, el mar entraría por la borda y no habría marcha atrás. Se hundirían.

O acabarían como Iván.

El terror ascendía por el interior de Isabel igual que el agua llenaba la barca. No se podía ahogar. No podía desaparecer bajo las olas igual que Lita. Igual que Iván. No. ¡No!

—¡Saquen el agua! —gritó su abuelo.

Mami estaba tumbada en la proa de la barca, tan lejos del ascenso del agua como podía, con una respiración cada vez más trabajosa y más entrecortada. Todos los demás se lanzaron por sus tazas y sus bidones. Pero eso no iba a ser suficiente. Isabel podía darse cuenta. Había demasiada agua, demasiado peso.

El motor. De repente, Isabel se acordó de que se había estado soltando de su sujeción. Se abalanzó hacia él y trató de soltarlo a golpes. Cuando vio que no podía arrancarlo con las manos, se metió entre el motor y el siguiente banco, debajo del agua, y se puso a darle patadas con los pies.

—¡Chabela! ¡Deja en paz el motor y ayúdanos a sacar el agua! —le gritó su padre.

Isabel no le hizo caso y siguió dando patadas. Si pudiera quitar el motor...

Otro pie se unió a los suyos. ¡Amara! ¡Ella lo había entendido! Juntas le dieron patadas al motor hasta que por fin sintieron que cedía la madera húmeda alrededor de los tornillos. El motor cayó rodando al fondo de la barca y tapó la orden que les daba Fidel Castro.

"Luchen contra lo imposible y venzan", pensó Isabel.

—¡Uno, dos, tres! —dijo Amara.

Juntas, Isabel y ella hicieron rodar el motor hasta el costado de la barca y casi lo tiraron por la borda... hasta que Isabel se resbaló, y el motor volvió a rodar al fondo de la barca con un salpicón de agua.

—¡Otra vez! —le dijo Amara—. Uno, dos, ¡tres!

Arriba, arriba y más arriba hicieron rodar el motor hasta colocarlo sobre el borde de la barca, donde empujó el casco por debajo de la superficie del mar. El agua entró, e Isabel sintió que la barca se hundía bajo sus pies y tiraba de ella hacia las oscuras profundidades, allá abajo, con Iván y con los tiburones...

—No... ¡Esperen! —gritó el señor Castillo.

... Y con un último y buen empujón, Isabel y Amara volcaron el motor por la borda. Cayó al agua, que sonó como si lo succionara, se hundió a plomo, y la parte de atrás de la barca volvió a emerger del agua disparada ahora que el peso del motor no tiraba de ella hacia abajo.

—¿Qué hicieron? —exclamó el señor Castillo—. ¡Ahora jamás llegaremos a la costa!

—¡Tampoco íbamos a llegar si nos hundíamos! —le dijo Amara.

—Remaremos —dijo Lito—. Cuando nos hayamos acercado lo suficiente, la marea nos llevará el resto del camino. O nadaremos.

"¿Nadar? ¿Con los tiburones?", se preocupó Isabel.

—¡Ayuden a sacar el agua o no haremos nada! —gritó Luis—. ¡Rápido!

¡MOC, MOC!

Una sirena electrónica les hizo dar un salto a todos, y apareció una luz roja giratoria a unos cientos de metros a su izquierda.

Una persona les dijo algo en inglés por un megáfono. Isabel no lo entendió. Por las caras de confusión del resto en la barca, ellos tampoco lo habían entendido. Entonces, la misma voz repitió el mensaje en español.

—¡Alto! Aquí la Guardia Costera de los Estados Unidos. Están violando las aguas jurisdiccionales norteamericanas. Permanezcan donde están y prepárense para ser abordados.

MAHMOUD

DE SERBIA A HUNGRÍA

2015

De 15 a 16 días lejos de casa

MAHMOUD MIRABA FIJAMENTE AL ARMA que le estaba apuntando. ¿Era real todo aquello, o seguía dormido y estaba teniendo una pesadilla?

El taxista serbio agitaba la pistola delante de la familia de Mahmoud.

—¡Tú pagar trescientos euros! —exigió.

Aquello no era un sueño. Era real. Mahmoud estaba aturdido apenas unos segundos antes, pero ahora estaba bien despierto y el corazón le martilleaba en el pecho. Notaba los ojos secos a pesar de tener la camisa pegada aún al cuerpo por el sudor durante el sueño, y parpadeó rápidamente al mirar a sus padres. Ya estaban despiertos, y su padre protegía con un abrazo a su hermano Waleed, todavía dormido.

—No dispare… ¡Por favor! —dijo el padre de Mahmoud, que lanzó un brazo sobre Mahmoud y su madre en un gesto de protección.

—¡Trescientos euros! —dijo el taxista.

¡Trescientos euros! ¡Eso era más del doble de lo que habían acordado pagar al conductor!

—Por favor… —suplicó el padre de Mahmoud.

—¡Tú no morir, tú pagar trescientos euros! —gritó el taxista, que sacudió el brazo, y la pistola se balanceó entre los dos asientos delanteros.

La madre de Mahmoud cerró los ojos y se encogió.

Papá levantó una mano enseguida.

—¡Pagaremos! ¡Pagaremos!

Los estaban amenazando a punta de pistola en medio de la nada en un país extranjero. ¿Qué otra cosa podía hacer? A Mahmoud le retumbaba el corazón en el pecho mientras su padre pasaba a Waleed a los brazos de su madre y manejaba a tientas el dinero que llevaba escondido en la camisa, por dentro del cinturón. Mahmoud quería hacer algo. Obligar a aquel hombre a dejar de amenazar a su familia. Pero ¿qué podía hacer? Estaba indefenso, y eso lo enfadaba aún más.

Con las manos temblorosas, el padre de Mahmoud contó trescientos euros y se los soltó al taxista. Lo que Mahmoud no alcanzaba a entender era por qué aquel hombre no le exigía todo el fajo de dinero.

—Ustedes fuera. ¡Fuera! —dijo el taxista.

A Mahmoud y a su familia no se lo tuvieron que decir dos veces. Abrieron de golpe las puertas del coche y se bajaron a toda prisa, y, antes de que las puertas se hubieran vuelto a cerrar del todo, el Volkswagen salió disparado por la carretera oscura, y sus luces rojas traseras desaparecieron a la vuelta de una curva.

Mahmoud temblaba de ira y de miedo, y su madre se sacudía con unos sollozos silenciosos. Papá los atrajo hacia él en un abrazo.

—Bueno —dijo por fin el padre de Mahmoud—, desde luego que no le voy a poner cinco estrellas a ese señor en Uber.

Las temblorosas piernas de Mahmoud cedieron, y se hundió en el suelo. Por la cara le rodaban ríos de lágrimas, como si una presa las hubiera estado conteniendo y ahora se hubieran abierto las compuertas de repente. Ese hombre le estaba apuntando a la cara con una pistola. Mahmoud jamás olvidaría en toda su vida aquella sensación de terror paralizante, de impotencia.

Su madre se sentó en la carretera con él y lo abrazó. Las lágrimas de Mahmoud se recrudecieron alimentadas por todo lo que había sucedido antes: el bombardeo de su casa, el ataque al coche de su familia, la lucha por sobrevivir en Esmirna, las largas horas en el mar, y, por supuesto, Hana. Principalmente Hana.

—Lo siento mucho, mamá —lloró Mahmoud a moco tendido—. Siento mucho haberte obligado a entregar a Hana.

Su madre le acarició el pelo e hizo un gesto negativo con la cabeza.

—No, mi niño precioso. Si ese bote no hubiera aparecido cuando lo hizo, si tú no los hubieras convencido para que se la llevaran, Hana se habría ahogado. Yo no podía mantenernos a las dos a flote. Tú la salvaste. Sé que lo hiciste. Hana está por ahí en alguna parte. Sólo tenemos que encontrarla.

Mahmoud asintió con la cabeza en el hombro de su madre.

—La encontraré, mamá. Te lo prometo.

Mahmoud y su madre lloraron juntos y se abrazaron hasta que él recordó que así no se estaban acercando lo más mínimo a Hana ni a Alemania. Se pasó la manga por la boca y la nariz húmedas, y su madre lo besó en la frente.

—Por lo menos, ese ladrón nos ha llevado la mitad del camino hasta Hungría —dijo el padre de Mahmoud mirando la pantalla de su celular—. Estamos en una carretera secundaria, a una hora de coche de la frontera. Me parece que tenemos cerca una parada de autobús. De todas formas, eso significa que tenemos que volver a caminar.

Mahmoud ayudó a su madre a levantarse, y su padre levantó a Waleed un poco más alto sobre su hombro.

El hermano pequeño de Mahmoud no se había despertado en todo el rato que había durado aquello.

Mahmoud volvió a preocuparse por él. Ataques aéreos, tiroteos, atracos en taxis…, nada parecía alterarlo ya. ¿Estaría su hermano conteniendo las lágrimas y los gritos dentro de sí, o se estaba acostumbrando tanto a aquellas cosas tan horribles que sucedían a su alrededor que ya no se daba ni cuenta? ¿No le importaba? ¿Volvería de nuevo a la vida cuando llegaran a Alemania?

Si es que llegaban a Alemania.

Alcanzaron la parada a tiempo para tomar el último autobús a Subotica, una ciudad serbia en la frontera con Hungría. Allí se habían congregado más refugiados sirios aún, pero ninguno de ellos estaba cruzando la frontera. Ni por carretera ni en tren, ni siquiera a campo traviesa, como Mahmoud y su familia habían entrado en Macedonia y en Serbia.

Los húngaros tenían una valla.

No estaba terminada aún, pero incluso ahora, de noche, los soldados húngaros estaban trabajando duro, clavando en el suelo unos postes metálicos de cuatro metros de alto a lo largo de la frontera y extendiendo una valla de tela metálica entre aquellos postes. Una vez sujeta la valla, otro grupo de soldados llegaba detrás y añadía tres hileras de espirales de alambre con cuchillas para evitar que la gente trepara.

Los húngaros estaban cerrando su frontera.

—Pero si nosotros no queremos quedarnos en Hungría —dijo Mahmoud—. Sólo queremos cruzar a Austria.

—Supongo que a los húngaros les da igual —dijo papá—. No nos quieren en su país, vayamos o vengamos.

De repente, un grupo de refugiados se abalanzó contra una zona de la valla que estaba sin terminar en un intento por atravesarla antes de que la cerraran.

—¡No somos terroristas! —gritó alguien—. ¡Somos refugiados!

—¡Sólo queremos cruzar a Alemania! ¡Ellos nos acogerán! —gritó alguien más.

Se oyeron más voces y más gritos, pero, antes de que Mahmoud se diera cuenta de lo que estaba sucediendo, su familia y él estaban atrapados en medio de la presión que ejercían los refugiados que trataban de cruzar la frontera. Mahmoud recibía empujones por todas partes. Se agarró a la espalda de la camisa de su padre, aferrado como si papá fuera un salvavidas y estuvieran a punto de caer por una catarata.

Por aterradora que fuera la estampida, Mahmoud también estaba emocionado: los refugiados por fin estaban haciendo algo y no se limitaban a desaparecer en los poblados de tiendas de campaña. Se estaban levantando y diciendo: "¡Estamos aquí! ¡Mírennos! ¡Ayúdennos!".

Sin embargo, los soldados húngaros no tenían ningún interés en ayudarlos. Cuando los refugiados se abalanzaron en la frontera, unos soldados de uniforme azul, con boinas rojas y bandas rojas en el brazo, se apresuraron a detenerlos lanzando latas de gas lacrimógeno a la multitud. Una de las latas estalló cerca de Mahmoud con un pam, y la gente empezó a chillar cuando surgió entre ellos un humo blanco grisáceo.

A Mahmoud le ardían los ojos como si alguien se los hubiera rociado con pimienta picante y empezó a moquear por la nariz. Se atragantaba con el gas, y los pulmones se le agarrotaron. No podía respirar. Era como ahogarse en tierra firme. Cayó de rodillas, agarrándose el pecho y jadeando de forma inútil en busca de aire.

"Voy a morir", pensó Mahmoud. "Voy a morir. Voy a morir. Voy a morir".

JOSEF

EN ALGÚN LUGAR DEL ATLÁNTICO
1939

22 días lejos de casa

JOSEF VEÍA A SU HERMANA CHAPOTEAR alegremente en la piscina de la cubierta A. Otros niños se perseguían los unos a los otros por la cubierta de paseo. Veían películas de cine. Jugaban al *shuffleboard*. Con las ganas de crecer que Josef tenía, ahora pensaba que ojalá pudiera unirse a ellos, volver a ser un niño, felizmente ajeno a lo que estaba sucediendo a su alrededor.

Pero él ya no era un niño. Tenía responsabilidades, como la de mantener a salvo a su madre y a su hermana. Papá le había contado cómo eran los campos de concentración. No podía permitir que eso le sucediera a Ruthie y a su madre.

—¿Estás listo?

Era Pozner. Se encontraba a la sombra de una chimenea, mirando nervioso a su alrededor.

Josef asintió. Había accedido a ayudarlos a tomar el control del barco. Tenía que hacer algo, y aquello era lo único que podía hacer.

—¿Y qué pasa con Schiendick y sus bomberos? —preguntó Josef mientras caminaban.

—Les preparamos una distracción en la cubierta D, pero tenemos que movernos con rapidez.

El resto del grupo se reunió cerca del salón social. Eran diez hombres, incluido Josef, y todos llevaban trozos de tubos y candelabros de metal. Algunos de los hombres eran de la edad de papá, como Pozner, y otros rondaban los veinte años. Josef era el más joven, por mucho.

"Diez hombres", pensó Josef. "Un *minyan*".

Diez judíos que no se congregaban para orar, sino para amotinarse.

Pozner puso un trozo pequeño de tubo en las manos de Josef, y, de repente, el peso de lo que Josef estaba a punto de hacer se volvió muy real.

—Guíanos —dijo Pozner.

Josef respiró hondo. Ya no había vuelta atrás. Condujo a sus compañeros amotinados por el laberinto de los pasillos de la tripulación.

Justo ante la puerta del puente de mando, en la sala de mapas donde se guardaban todas las cartas náuticas, se cruzaron con Ostermeyer, el primer oficial. El hombre alzó la vista del armario de mapas con un gesto de sorpresa, pero, antes de que pudiera hacer nada, Pozner y otro de los hombres lo sujetaron y lo empujaron a través de la puerta que daba paso al puente. Josef se quedó sorprendido con la rudeza que estaban empleando en Ostermeyer, pero intentó tragarse sus temores. Tomar el control del barco no iba a ser tarea fácil, y aquello no era más que el principio.

En el puente de mando no había tanta gente como el día en que lo visitó Josef: sólo un oficial y tres marineros. El marinero que estaba al timón fue el primero que los vio, y soltó los mandos para abalanzarse hacia una alarma. Uno de los pasajeros llegó antes hasta él, golpeó al timonel y lo envió al suelo rodando. Los amotinados rodearon enseguida a los demás marineros y los amenazaron con aquellas macanas improvisadas.

Y lo consiguieron. Así, sin más, habían tomado el puente.

Josef sentía el pulso acelerado al mirar a su alrededor preguntándose qué vendría a continuación. Ante ellos se extendía el verde azulado del vasto océano Atlántico, y más allá, aún a varios días de distancia, Alemania y los nazis. En lo alto de la pequeña plataforma del fondo de la sala, el timón giraba irregular de un lado a otro, y Josef se preguntó de forma disparatada si debía saltar allí arriba y hacer virar él mismo el barco en redondo.

—Haga venir al capitán —le dijo Pozner al primer oficial.

Con recelo, Ostermeyer se dirigió al intercomunicador del barco y llamó al capitán Schroeder al puente de mando.

En el momento en que puso el pie en el puente, el capitán Schroeder comprendió lo que estaba pasando. Se dio la vuelta para marcharse, pero Josef y uno de los otros hombres le bloquearon el paso.

—¿Quién está aquí al mando? —preguntó Schroeder—. ¿Qué pretenden con esto?

Pozner dio un paso al frente.

—Pretendemos salvar nuestras vidas tomando el control del barco —dijo— y poniendo rumbo a cualquier país que no sea Alemania.

El capitán Schroeder se llevó las manos a la espalda y se paseó por el centro del puente de mando. Miraba hacia el mar, no a Pozner.

—No tendrán el apoyo de los demás pasajeros, y mi tripulación podrá con ustedes —le dijo con total naturalidad—. Lo único que están haciendo todos ustedes es exponerse a una acusación de piratería.

Pozner y los demás se miraron nerviosos los unos a los otros. Josef no podía creer que fueran a perder la determinación con aquella facilidad.

—¡Los retendremos como rehenes! —dijo Josef—. ¡Tendrán que hacer lo que nosotros digamos!

El propio Josef se quedó sorprendido de haber hablado en voz alta, pero fue como si sus palabras sirvieran para volver a hacer más férrea la determinación de los amotinados.

El capitán Schroeder se volvió para mirar a Josef.

—La tripulación sólo me obedecerá a mí —dijo con calma—, y, hagan ustedes lo que hagan, yo no daré ninguna orden que desvíe esta nave de su rumbo establecido. Y sin esa orden no pueden ustedes hacer nada. ¿Qué harán, gobernar el barco ustedes mismos?

Josef se ruborizó y miró al suelo al recordar su alocado impulso de ponerse al timón cuando él ni siquiera sabía cómo funcionaba ni sabía adónde ir.

El capitán Schroeder ayudó a su timonel a ponerse de nuevo en pie y lo acompañó hasta el timón. El hombre aún estaba temblando por el ataque, pero agarró el timón y enderezó el rumbo del barco.

—Ya han hecho lo suficiente para que formule una acusación contra ustedes —dijo Schroeder, cuyo aplomo resultaba frustrante—. Si lo hago, les puedo asegurar que los llevarán de regreso a Alemania, con toda certeza. Y ustedes ya saben lo que significa eso.

Josef estaba indignado. Él sí que sabía lo que significaba eso, pero ¿lo sabía el capitán Schroeder? ¿Lo sabía de verdad? ¿Cuántos alemanes comprendían realmente lo que estaba sucediendo en los campos de concentración? Josef lo sabía porque su padre se lo había contado, se lo había demostrado cuando se tiró por la borda y trató de suicidarse.

Josef no tenía la intención de dejar que su madre y su hermana acabaran en uno de esos campos.

—¿Nos haría usted eso? —preguntó uno de los hombres.

—Se lo están haciendo ustedes mismos —dijo Schroeder—. Escuchen: comprendo su desesperación, y me compadezco de ustedes por ello.

Pozner resopló.

—No tiene usted ni idea de lo que hemos pasado. Cualquiera de nosotros.

El capitán Schroeder asintió.

—Tiene usted razón, no la tengo, pero sea lo que sea que les hayan hecho, lo que ustedes están haciendo ahora es un acto criminal de verdad. Conforme a la ley, debería meterlos a todos en el calabozo. Sin embargo, estoy dispuesto a pasar por alto todo esto si abandonan el puente ahora mismo y me dan su palabra de que no van a hacer nada más.

Josef estudió los rostros de sus compañeros conspiradores y sólo vio pánico. Temor.

Rendición.

—No —les dijo Josef—. ¡No! —le dijo al capitán Schroeder—. Mi padre me contó lo que le pasó en esos campos. No puedo permitir que eso le suceda a mi madre y a mi hermana pequeña. ¡No podemos volver a Alemania!

El primer oficial aprovechó aquel instante para intentar liberarse de los hombres que lo sujetaban. Se produjo un forcejeo. Los demás marineros se movieron para prestarle ayuda, y los amotinados se pusieron en guardia, listos para pelear.

—¡Ostermeyer! ¡No! —ordenó el capitán Schroeder—. No se resista. Es una orden.

El primer oficial se quedó paralizado, y Pozner también, con el tubo de plomo aún levantado en una amenaza.

Nadie se movió.

El capitán alzó las manos.

—Les prometo —dijo con voz reposada, casi en un susurro—, les prometo por mi honor como capitán de la Marina que haré todo lo posible por que desembarquen en Inglaterra. Encallaré el barco allí si tengo que hacerlo. Pero deben retirarse y prometerme que no causarán más problemas.

Pozner bajó el tubo.

—De acuerdo —dijo.

No. ¡No! Josef quería discutirlo, pero todos los demás accedieron.

Josef tiró al suelo su trozo de tubo y se marchó sin los demás hombres. Iban a regresar a Europa, y no había nada que él pudiera hacer al respecto.

ISABEL

5 días lejos de casa

IBAN A REGRESAR A CUBA, Y NO HABÍA nada que ninguno de ellos pudiera hacer al respecto.

De manera que ésta era la última estrofa, pensó Isabel. Después de todo por lo que habían pasado, después de todo lo que habían perdido, su clímax final no iba a ser tal clímax, al fin y al cabo. Su canción no era un son cubano, con su final triunfal; lo suyo era una fuga, un tema musical que se repetía una y otra vez sin llegar a resolverse. Su coda era quedarse para siempre sin un hogar, aun cuando regresaran a su propia casa. Eternos refugiados en su propia tierra.

El guardacostas estadounidense los había encontrado.

—Geraldo —dijo la madre de Isabel, pero Papi no respondió.

Se había quedado petrificado en el banco con todos los demás cuando se encendió un foco de una luz blanca y resplandeciente. Un motor de barco —un motor de verdad con su hélice de verdad— se puso en marcha con un rugido.

—Geraldo —dijo Mami de nuevo—. Ya empezó.

—No —dijo él—. Se acabó. Para todos nosotros. Van a llevarnos a Guantánamo.

La luz del foco giró hacia ellos.

—No —dijo Mami con las manos sobre su voluminoso vientre y una voz teñida de alarma—. No, quiero decir que *ya empezó*. ¡Que ya viene el bebé!

Todas y cada una de las cabezas de la barca se giraron en un gesto de sorpresa. Isabel se sentó con un salpicón de agua. No sabía qué pensar, qué sentir. Estaba extenuada: la euforia de marcharse de Cuba, el agotamiento de la tormenta, el horror de la muerte de Iván, el alivio al ver las luces de Miami, la desesperación al toparse con el guardacostas y saber que jamás llegarían a Estados Unidos. Y, ahora, su madre se ponía a dar a luz a un bebé, el hermano pequeño de Isabel. Sólo fue capaz de quedarse allí sentada inerte y con la mirada perdida. No le quedaba nada más que pudiera dar.

—No me quedaré en un campo de refugiados en Guantánamo, detrás de una valla de alambre de púas —dijo Lito—. Eso sólo es ir de una prisión a otra. Regresaré a Cuba, a mi casa. Castro dijo que no iba a castigar a los que intentaran irse.

—A menos que haya cambiado de idea otra vez —dijo Amara.

Luis fue el único que vio que el foco del guardacostas hacía un barrido que pasó de largo sobre el agua y apuntó hacia otro sitio.

—Tal vez ninguno de nosotros tenga que ir a Guantánamo —dijo Luis— ¡Miren, el guardacostas no nos habla a nosotros. Va detrás de alguien más.

Isabel vio que el foco había localizado a otra embarcación en el agua a varios centenares de metros. ¡Era una balsa llena de refugiados, exactamente igual que ellos!

—¿Más cubanos? —preguntó Amara.

—¡Eso da igual! —dijo el señor Castillo—. ¡Es nuestra oportunidad! ¡Remen hacia la costa! ¡Rápido!

Isabel se detuvo un instante a mirar a su madre, acto seguido agarró un bidón de agua recortado con forma de pala y se puso a remar tan fuerte como pudo. Lo mismo hicieron Lito, Amara y los Castillo.

—Pero guarden silencio —susurró Lito—. El sonido llega muy lejos por el agua.

—¡Ooooh! —gritó la madre de Isabel.

—Shhh, Teresa —dijo Papi, que le sostenía la mano—. No tengas al niño aún, ¡espera a que lleguemos a Estados Unidos!

La madre de Isabel apretó los dientes y asintió con la cabeza; se le salían las lágrimas.

Las luces de Miami se acercaban, pero aún estaban muy lejos. Isabel miró a su espalda. En la oscuridad, podía distinguir las luces del barco guardacostas junto a otra embarcación oscura. Unas figuras sombrías se desplazaban entre ambas.

Estaban llevando a bordo a los refugiados para enviarlos de regreso a Cuba.

—¡Ooooh! —gritó la madre de Isabel, y su voz sonó como el disparo de un cañón en aquel silencio.

—Remen, remen —susurró el señor Castillo.

¡Qué cerca estaban! Isabel alcanzaba a ver qué habitaciones tenían la luz encendida en los hoteles y cuáles la tenían apagada, podía oír el sonido rítmico de unos bongos en el agua. Una rumba.

—La corriente nos está llevando hacia el norte —susurró Luis—. ¡Nos va a desviar!

—¡No importa: mientras toquemos tierra, estaremos a salvo! —dijo Lito en un hilo de voz por el esfuerzo—. ¡No nos deben atrapar en el agua, sólo eso! ¡Remen!

—¡OOOOH! —chilló la madre de Isabel, y su voz retumbó por el agua.

¡MOC, MOC!

El barco guardacostas emitió el mismo sonido de antes, y el foco iluminó la pequeña barca del grupo. ¡Los habían encontrado!

—¡No! —sollozó la madre de Isabel—. ¡No! ¡Quiero que mi hijo nazca en Estados Unidos!

—¡REMEN! —vociferó el señor Castillo, que se olvidó por completo de ser silencioso.

Detrás de ellos, el motor del guardacostas comenzó a rugir.

Isabel removía el agua y, en su desesperación, doblaba aquel bidón-remo tan endeble. Las lágrimas le rodaban por la cara, y no sabía si eran de pena, de miedo o de agotamiento.

Lo único que sabía era que aún estaban demasiado lejos de la costa.

El guardacostas iba a alcanzarlos antes de que llegaran a Miami.

MAHMOUD

16 días lejos de casa

SIRENAS. SOLDADOS QUE GRITABAN CON AL-tavoces. Chillidos. Explosiones. Mahmoud apenas era consciente de todo cuanto estaba sucediendo a su alrededor. Se echó al suelo y se hizo un ovillo en un desesperado intento por recobrar un aliento que no llegaba. Sentía los ojos como si le hubieran picado unas avispas, y la nariz como si fuera un caldero de sustancias químicas ardientes. Emitió un sonido de asfixia, un gorgoteo ahogado entre un chillido y un gemido.

Al final, iba a acabar muriendo allí, en la frontera entre Serbia y Hungría.

Unas manos toscas levantaron a Mahmoud del suelo y lo sacaron de allí a rastras. Sus tenis daban vueltas y raspaban contra el camino de tierra. No podía ver nada aún, era incapaz de forzar los ojos para abrirlos, pero sentía que el pecho le volvía a funcionar y le llegaban a los pulmones unos hilillos de aire de lo más leve. Engulló el aire a bocanadas de ansia. Entonces lo lanzaron al suelo, alguien le puso las manos a la espalda y se las ató con una correa fina de plástico tan apretada que resultaba dolorosa. Volvieron a levantar a Mahmoud y lo hicieron rodar por el suelo plano y metálico de una furgoneta. Allí se quedó tumbado, jadeando aún en busca de aire, con la hostil sensación de la correa de plástico que le cortaba en las muñecas, y entonces metieron a más gente en el vehículo, a su lado. Acto seguido, Mahmoud oyó que cerraban de golpe las puertas de la furgoneta y que arrancaba el motor, y estaban en movimiento.

La respiración de Mahmoud regresó por fin a algo parecido a la normalidad, y entonces pudo sentarse y abrir los ojos con la vista borrosa. No había ventanillas en aquella camioneta, y estaba oscuro, pero pudo ver a otros nueve hombres con él, todos ellos con los ojos rojos, llorosos, y tosiendo por el gas lacrimógeno, y todos ellos esposados con correas de plástico. Incluido su padre.

—¡Papá! —exclamó Mahmoud.

De rodillas, se abrió paso por el suelo de la furgoneta, que no paraba de dar saltos, y cayó contra su padre. Juntaron la cabeza el uno con el otro.

—¿Dónde están mamá y Waleed? —le preguntó Mahmoud.

—No lo sé. Los perdí en medio del caos —dijo papá, que tenía los ojos enrojecidos y la cara húmeda de las lágrimas y los mocos.

Tenía un aspecto terrible, y Mahmoud se dio cuenta de que él debía de estar igual de mal.

Él pensaba que la furgoneta se detendría pronto, pero el vehículo continuaba avanzando más y más.

—¿Adónde crees que vamos? —preguntó Mahmoud.

—No lo sé. No puedo alcanzar mi teléfono —dijo papá—. Pero llevamos mucho tiempo metidos en esta furgoneta. ¡A lo mejor nos están llevando a Austria!

—No —dijo otro de los hombres—. Nos llevan a la cárcel.

"¿A la cárcel? ¿Por qué?", se preguntó Mahmoud. "¡Sólo somos refugiados! ¡No hemos hecho nada malo!".

La furgoneta se detuvo, e hicieron salir de ella a Mahmoud y a los demás refugiados en un edificio que uno de los soldados llamó "centro de estancia temporal de inmigrantes". Sin embargo, Mahmoud se daba cuenta de que en realidad era una cárcel. Era un edificio largo, de una sola planta y con una valla de alambre de púas alrededor, custodiado por soldados húngaros con fusiles automáticos.

Un soldado cortó la correa de plástico de las muñecas de Mahmoud, que esperaba que el alivio fuera instantáneo, pero, en cambio, sus manos pasaron del entumecimiento al ardor, como el cosquilleo que sentía en la pierna cuando se le quedaba dormida, pero mil veces peor. Soltó un grito de dolor con las manos temblando cuando los empujaron tanto a él como a su padre para que se apresuraran a meterse en una celda con paredes de concreto ligero por tres lados y unos barrotes de metal al frente. Allí, también metieron a empujones a otros ocho hombres con ellos, y había más celdas pasillo arriba y pasillo abajo que estaban llenando con refugiados.

Un soldado cerró de golpe la puerta de barrotes y la aseguró con un pestillo electrónico.

—¡No somos delincuentes! —le chilló uno de los otros hombres de la celda.

—¡Nosotros no pedimos la guerra civil! ¡No queríamos marcharnos de nuestros hogares! —gritó otro hombre.

—¡Somos refugiados! —gritó Mahmoud, incapaz de seguir guardando silencio por más tiempo—. ¡Necesitamos ayuda!

El soldado no prestó atención a ninguno de ellos y se marchó. Mahmoud volvió a sentirse indefenso, una vez más, y le dio una patada a los barrotes en un gesto de ira. Del resto de las celdas surgían gritos similares de indignación, gritos de inocencia, pero no tardaron en verse superados por las voces de las familias divididas que trataban de encontrarse a pesar de no verse de una celda a otra.

—¿Fatima? ¿Waleed? —dijo papá a voces, y Mahmoud se puso a gritar sus nombres con él.

No obstante, si su madre y su hermano estaban allí, no respondían.

—Los encontraremos —aseguró el padre a su hijo, pero Mahmoud no sabía cómo podía tener aquella seguridad.

No habían encontrado a Hana, así que, ¿qué le hacía pensar que sí encontrarían a mamá y a Waleed? ¿Y si los habían perdido para siempre? Mahmoud estaba angustiado. Aquel viaje, aquella odisea, estaba desarmando su familia, que iba perdiendo miembros igual que las hojas caen de los árboles en otoño. Hizo lo que pudo por controlar el pánico. Se le aceleró la respiración, y el corazón le golpeaba en el pecho como un martillo.

—No puedo creerlo. Nos trajeron casi hasta Austria —dijo el padre de Mahmoud, que por fin lo estaba comprobando en su celular—. Estamos a una hora en coche. Estamos a las afueras de una pequeña ciudad del norte de Hungría que se llama Györ.

"Casi hasta Austria", pensó Mahmoud. Sin embargo, en lugar de ayudarlos, los húngaros los habían encarcelado.

Pasaron las horas, y Mahmoud pasó del pánico a la frustración, y de ahí a la desesperación. Se quedaron sentados en la celda sin comida ni agua y con un único retrete de metal unido a la pared. Su madre y Waleed eran lo único en lo que Mahmoud podía pensar. Ellos también estarían en una cárcel húngara, en algún lugar, ¿o los habrían rechazado en la frontera con Serbia? ¿Cómo iban a encontrarlos alguna vez papá y él? Se reclinó contra la pared.

—Tengo que decir que éste es el peor hotel en el que he estado en mi vida —dijo papá.

De nuevo intentaba ponerse a hacer bromas. Su padre siempre estaba bromeando, pero a Mahmoud no le parecía que nada de aquello fuera en absoluto gracioso.

Por fin, unos soldados armados con macanas llegaron a su celda y les dijeron que formaran en fila para ser procesados.

—No queremos que nos procesen —dijo papá—. Sólo queremos llegar a Austria. ¿Por qué no nos llevan hasta la frontera? ¡Si nosotros no queríamos quedarnos en Hungría!

Un soldado le pegó con la macana en la espalda, y el padre de Mahmoud cayó al suelo.

—¡Nosotros tampoco queremos aquí su inmundicia! —gritó el guardia—. ¡Son todos unos parásitos!

Le propinó una patada en la espalda al padre de Mahmoud, y otro soldado le pegó con la macana una y otra vez.

—¡No! —gritó Mahmoud—. ¡No! ¡No lo hagan! ¡Basta! —suplicó. No podía soportar ver cómo pegaban a su padre pero ¿qué podía hacer él?—. ¡Lo haremos! ¡Dejaremos que nos procesen! —le dijo a los guardias.

Eso era todo lo que hacía falta: rendirse. Los guardias dejaron de golpear a su padre y ordenaron a todos que formaran en fila.

Mahmoud ayudó a su padre a levantarse, y papá se apoyó con fuerza en él; necesitaba la ayuda de su hijo. Fueron juntos arrastrando los pies en fila por el extremo del pasillo, lejos de las celdas, y mientras pasaban, hombres, mujeres y niños los miraban con cara de esperanza, buscando a sus hijos, maridos y hermanos.

Y entonces los vio Mahmoud, a su madre y a Waleed. ¡Estaban en otra celda con más mujeres y niños!

—¡Youssef! ¡Mahmoud! —gritó su madre.

—¡Fatima! —exclamó aliviado su padre, que dio un paso hacia ella.

¡Zas! Un soldado le asestó otro golpe con la macana al padre de Mahmoud, que volvió a caer al suelo. Mahmoud y su madre gritaron al mismo tiempo.

—¡No te salgas de la fila! —gritó un soldado.

La madre de Mahmoud alargó el brazo hacia ellos entre los barrotes.

—¡Youssef! —gritó.

—No, mamá... ¡No lo hagas! —gritó Mahmoud.

Un soldado hizo sonar la macana contra los barrotes metálicos, y la madre de Mahmoud se retiró hacia el interior de la celda.

Mahmoud volvió a levantar a su padre y le ayudó a entrar en lo que los soldados llamaban Centro de Identificación. Allí, unos funcionarios sentados detrás de unas mesas largas tomaban nota de la información de los refugiados. Cuando Mahmoud y su padre llegaron al frente de su fila, un hombre de uniforme azul les preguntó si querían pedir asilo en Hungría.

—¿Quedarnos aquí? ¿En Hungría? ¿Después de cómo me han pegado? ¿Después de haber encerrado a mi familia como a unos vulgares delincuentes? —preguntó el padre de Mahmoud con un temblor en los puños apretados.

Mahmoud aún tenía que ayudarle a mantenerse en pie—. ¿Está bromeando? ¿Por qué no nos dejan seguir nuestro camino hacia Austria? ¿Por qué nos tienen que "procesar"? ¡No queremos quedarnos aquí ni un segundo más de lo necesario!

El policía se encogió de hombros.

—Yo sólo estoy haciendo mi trabajo —dijo.

El padre de Mahmoud estampó la palma de la mano contra la mesa, y Mahmoud se sobresaltó.

—¡No viviría yo en este horrible país ni aunque estuviera hecho de oro!

El policía rellenó una respuesta en el formulario.

—Entonces serán enviados de vuelta a Serbia —dijo sin levantar la vista para mirarlos—. Y si vuelven a Hungría, serán detenidos.

El padre de Mahmoud no volvió a decir una palabra, ni siquiera para hacer un chiste. Mahmoud respondió el resto de las preguntas del funcionario sobre sus nombres, sus fechas y lugares de nacimiento y después ayudó a su padre a regresar a su celda con el resto de los detenidos. La madre de Mahmoud gritó sus nombres al verlos pasar, pero su padre no la miró, y Mahmoud no respondió. Sabía que eso sólo serviría para volver a provocar la ira de los soldados.

La cabeza baja, la capucha puesta y la mirada en el suelo. Vuélvete insignificante. No llames la atención.

Desaparece.

Ésa era la manera de evitar a los abusones.

JOSEF

AMBERES, BÉLGICA
1939

36 días lejos de casa

SE CELEBRABA UNA FIESTA A BORDO DEL St. Louis, y era una fiesta mayor aún que la que se celebró el día antes de llegar a Cuba. Ésta contaba con la euforia de más de novecientas personas que habían estado a las puertas de la muerte y, de repente, de manera milagrosa, se salvaban.

Bélgica, Holanda, Francia e Inglaterra habían acordado dividirse los refugiados entre ellas. Ninguno de los pasajeros iba a regresar a Alemania.

La madre de Josef ya no estaba sola en la pista de baile. Se le unieron docenas de parejas que bailaban en un alocado desenfreno. Incluso Josef se había paseado por la pista de baile con su madre. Los pasajeros se pusieron a cantar canciones y a tocar el piano con la orquesta, y un hombre que sabía hacer trucos de magia entretenía a Ruthie y a los demás niños en el rincón del salón social. En otro rincón, Josef se reía mientras los pasajeros se turnaban contando chistes. La mayoría iban sobre hacer cruceros de vacaciones a Cuba, pero lo mejor fue cuando uno de los pasajeros se levantó y leyó el folleto publicitario del St. Louis.

—El St. Louis es un barco en el que todo el mundo viaja seguro y se aloja cómodamente —leyó. Apenas se le podía oír por encima del escándalo—. Tiene todo cuanto uno puede desear —siguió leyendo el hombre entre jadeos— ¡y eso hace que la vida a bordo sea un placer! ¡Esperamos que desee viajar en el St. Louis una y otra vez!

Josef se rio tanto que se le salieron las lágrimas. Si no volvía a ver el St. Louis en toda su vida, moriría feliz.

A la mañana siguiente, el barco atracó en un muelle de Amberes, en Bélgica. Las negociaciones entre el capitán Schroeder y los cuatro países aún llevaron su tiempo, y transcurrió un día entero hasta que Josef y su familia se volvieron a reunir con los demás pasajeros bajo el adusto retrato de Adolf Hitler en el salón social para averiguar adónde irían.

Los representantes de los cuatro países estaban sentados a una mesa larga en la parte frontal del salón y discutían sobre qué pasajeros aceptaría cada uno. Todos los países querían sólo a aquellos pasajeros que tenían las mayores posibilidades de ser aceptados en Estados Unidos para así volver a enviar fuera a sus refugiados lo antes posible.

Josef esperaba que les tocara Inglaterra, porque era la más apartada de la Alemania nazi, a salvo al otro lado del canal de La Mancha. Sin embargo, cuando todo quedó resuelto, su familia y él fueron asignados a Francia. Formarían parte del tercer grupo en desembarcar, después de que abandonaran el barco los refugiados judíos que irían a Bélgica y a Holanda, pero antes de que el último grupo zarpara rumbo a Inglaterra.

El primer grupo se marchó aquella tarde.

Con la mayoría del resto de los pasajeros, Josef observó cómo desembarcaban los refugiados que se quedaban en Bélgica. Él no quería quedarse allí, pero aun así estaba celoso. Igual que los demás, estaba más que dispuesto a abandonar aquel barco.

—Piénsenlo: hemos recorrido más de quince mil kilómetros a bordo del St. Louis —le contaba uno de los hombres que se quedaban en Bélgica a los demás pasajeros al entrar en la pasarela— ¡para acabar a sólo trescientos kilómetros del lugar de donde partimos!

La frase arrancó alguna risa, aunque triste. Igual que todos los demás, Josef era demasiado consciente de la alargada sombra que proyectaba la Alemania nazi. Aun así, mientras los nazis se quedaran en Alemania, todos ellos estarían a salvo. ¿Verdad que sí?

Al día siguiente, 181 pasajeros desembarcaron en la ciudad de Róterdam, aunque Holanda no se mostró dispuesta a que el St. Louis atracara en sus muelles, igual que sucedió en La Habana. Fue otro barco, escoltado por barcas de la policía, el que llevó a los refugiados a la ciudad.

Josef se paseaba por las cubiertas mientras navegaban rumbo a Francia. El barco tenía un aire extraño y vacío. Ya se habían ido la mitad de los pasajeros. La mañana que llegaron a Boulogne, en Francia, los 288 pasajeros que viajaban hasta Inglaterra se congregaron en la cubierta C para despedirse de Josef y de los demás que desembarcaban.

—Llegaremos a Inglaterra mañana —oyó decir Josef a uno de ellos—. El 21 de junio. Eso son exactamente cuarenta días y cuarenta noches en un barco. A ver, ¿dónde habré oído yo antes esa historia?

Josef sonrió al recordar la historia de la Torá sobre Noé, aunque él no se sentía como Noé, sino más bien como Moisés, que vagó por el desierto durante cuarenta años antes de llegar a la Tierra Prometida. ¿Eso era Francia? ¿Por fin, la Tierra Prometida? Josef sólo podía rezar por que lo fuera. Recogió su maleta con una mano, tomó la mano de Ruthie en la otra y las condujo a ella y a su madre en su descenso por la pasarela, hacia Boulogne.

—¿Lo ves? —dijo mamá—. Ya te dije que a alguien se le ocurriría algo. Ahora no se separen, y no pierdan los abrigos.

Al llegar al fondo de la rampa, Josef vio que otro de los pasajeros se agachaba sobre las rodillas y las manos y besaba el suelo. De no haber tenido las manos ocupadas, quizá Josef hubiera hecho lo mismo.

El secretario general del Comité Francés de Ayuda a los Refugiados les dio la bienvenida a Francia de manera oficial; los mozos del puerto se apresuraron a llevarles el equipaje a los viajeros y se negaron a aceptar cualquier tipo de propina.

Quizá aquella sí fuera la Tierra Prometida, al fin y al cabo.

....

Josef, su madre y su hermana pasaron la noche en un hotel de Boulogne, y después los llevaron en tren a Le Mans, donde los acomodaron en una casa barata de inquilinos. Pasaron los días, y la vida continuó su curso. La madre de Josef consiguió un trabajo lavándole la ropa a otras personas. Ruthie fue por fin al jardín de niños, y Josef fue a la escuela por primera vez en meses, pero, como no sabía hablar francés, lo inscribieron en primaria. Con trece años —¡un hombre!— ¡y lo metieron en una clase con niños de siete años! Era humillante. Josef se prometió que aprendería a hablar francés durante el verano, o moriría en el intento.

Nunca llegó a tener la oportunidad. Dos meses más tarde, Alemania invadió Polonia y desencadenó una nueva guerra mundial.

....

Ocho meses después de eso, Alemania invadió Francia, y Josef, su madre y su hermana volvían a encontrarse huyendo.

ISABEL

FRENTE A LA COSTA DE FLORIDA
1994
5 días lejos de casa

—¡YA VIENE!... ¡YA VIENE! —GRITÓ LA MADRE de Isabel.

Isabel no sabía si se refería al bebé o al guardacostas.

O a ambos.

—¡Remen! —chilló Amara.

Isabel se puso a remar con más intensidad. Podía ver la costa. Podía ver las sombrillas de playa, plegadas durante la noche pero aún clavadas en la arena. Hileras de luces. Palmeras. Más música: ahora salsa. ¡Qué cerca estaban!

Pero también estaba cerca el guardacostas. Se abalanzó sobre ellos, con su luz roja parpadeante y su potente motor, y el agua empujada por la fuerza.

El corazón de Isabel latía con fuerza. Iban a atraparlos. ¡No lo iban a lograr!

Lito se quedó paralizado.

—Está pasando de nuevo —dijo.

—¿Qué? ¿A qué te refieres? —le preguntó Isabel entre jadeos.

—De joven, yo era policía —dijo Lito con la mirada perdida—. Había un barco..., un barco lleno de judíos que venían de Europa, y los enviamos de vuelta. ¡*Yo* los envié de vuelta! ¡De regreso a la muerte cuando los podríamos haber acogido fácilmente! Todo fue una cuestión política, pero eran personas. Personas de verdad. Yo los conocí, por su nombre.

—No lo entiendo —dijo Isabel.

¿Qué tenía que ver la historia de su abuelo con todo aquello?

—¡Remen! —gritó el padre de Isabel.

El guardacostas ya estaba casi encima de ellos.

—¿No lo ves? —dijo Lito—. Los judíos de aquel barco estaban pidiendo asilo, exactamente igual que nosotros. Necesitaban un lugar para ocultarse de Hitler, de los nazis. *Mañana*, les decíamos nosotros. Los dejaremos entrar mañana. Pero jamás lo hicimos. —Lito estaba llorando ahora, consternado—. Los enviamos de vuelta a Europa, a Hitler y al Holocausto. De vuelta a la muerte. ¿Cuántos de ellos murieron porque nosotros los rechazamos, porque yo me limité a hacer mi trabajo?

Isabel no sabía de qué barco estaba hablando su abuelo, pero sí conocía el Holocausto por el colegio: los millones de judíos a los que asesinaron los nazis. Y, ahora, ¿su abuelo le estaba contando que un barco lleno de refugiados judíos había llegado a Cuba cuando él era joven? ¿Que él había ayudado a rechazarlos?

Mañana. De repente, Isabel comprendió por qué su abuelo había estado susurrando aquella palabra una y otra vez durante días. Por qué lo tenía obsesionado.

¿Cuándo dejarían entrar en Cuba a los judíos? Mañana.

¿Cuándo llegaría su balsa a Estados Unidos? Mañana.

Isabel se dio cuenta de que aquel mañana nunca llegó para los judíos del barco. ¿Acaso llegaría para Isabel y su familia?

Una sensación de calma se apoderó de Lito, como si hubiera llegado a comprender algo, como si hubiera tomado una decisión.

—Ahora lo veo, Chabela. Lo veo todo. El pasado, el presente, el futuro. Me he pasado toda la vida esperando que las cosas mejoraran, esperando la deslumbrante promesa de ese mañana. Pero lo curioso, Chabela, es lo que ha pasado mientras yo esperaba: que las cosas no cambiaron, porque yo no las cambié. No voy a cometer el mismo error dos veces. Cuida de tu madre y de tu hermano pequeño por mí.

—Lito, ¿que estás…?

—¡No dejen de remar hacia la costa! —gritó el abuelo de Isabel a todos los demás.

Sorprendió a Isabel con un beso en la mejilla y, acto seguido, se puso de pie y se tiró al mar.

—¡Lito! —gritó Isabel—. ¡Lito!

—¡Papá! —gritó la madre de Isabel—. ¿Qué hace?

El abuelo de Isabel volvió a emerger a unos metros de distancia, su cabeza aparecía y desaparecía entre las olas.

—¡Lito! —gritó Isabel.

—¡Socorro! —gritó el abuelo haciendo aspavientos con los brazos hacia el guardacostas al tiempo que nadaba para alejarse de él—. ¡Ayúdenme!

—¡Se arrojó al agua para distraerlos! —se percató el padre de Isabel.

—¡Vendrán por nosotros primero! —dijo el señor Castillo.

—No, él corre el peligro de ahogarse. ¡Tienen que rescatarlo! —exclamó Amara—. Ésta es nuestra oportunidad. ¡Remen!... ¡Remen!

Las lágrimas rodaban por la mejilla de Isabel, por el mismo lugar donde su abuelo le acababa de dar un beso de despedida.

—¡Lito! —volvió a gritar con los brazos extendidos sobre las olas.

—¡No te preocupes por mí, Chabela! Si hay algo que se me da bien es mantener la cabeza fuera del agua —contestó Lito a gritos—. ¡Ahora rema! El mañana es tuyo, mi bonito ruiseñor. ¡Ve a Estados Unidos y sé libre!

Isabel sollozaba. No podía remar. Era incapaz. No podía hacer nada salvo quedarse mirando al guardacostas, que viraba para apartarse de su pequeña barca y ponía rumbo hacia su abuelo. Iba a rescatarlo y a enviarlo de regreso a Cuba.

MAHMOUD

HUNGRÍA

2015

17 días lejos de casa

VINIERON A BUSCAR A MAHMOUD Y A SU padre a la mañana siguiente, esta vez para llevarlos a un campo abarrotado de refugiados en unos terrenos gélidos y lodosos rodeados de una valla de tela metálica. Unas tiendas de campaña multicolor se alzaban entre los montones de basura y las prendas de ropa desechada, y unos soldados húngaros de uniforme azul con mascarillas quirúrgicas blancas protegían las entradas y las salidas. Sólo había un edificio de verdad, un almacén de concreto ligero, sin ventanas, lleno de una hilera tras otra de catres metálicos.

Mahmoud y su padre encontraron a su madre y a Waleed entre los refugiados que acababan de llegar, y se reunieron entre lágrimas. Cada uno recibió una manta y una botella de agua, y se buscaron unos catres para dormir. No obstante, se perdieron la comida cuando la repartieron. Los soldados húngaros se colocaron en un extremo de la sala y se pusieron a lanzar sándwiches como si fueran cuidadores del zoológico que arrojan comida a los animales enjaulados, y Mahmoud y su familia no estuvieron atentos para ir corriendo a atrapar su almuerzo.

Mahmoud esperaba que su padre dijera alguna gracia, pero ya había dejado de hacer chistes. En cambio, papá se quedó sentado en su catre con la cara y los brazos amoratados por los golpes, con la mirada perdida. Que los húngaros lo hubieran golpeado y lo hubieran metido a empujones en la cárcel había acabado por quebrarle el ánimo.

Aquello asustaba a Mahmoud. De los cuatro miembros de su familia que quedaban, él era el único que no estaba destrozado. Su madre se quebró en el instante en que entregó a su hija, y ahora deambulaba por el laberinto de colchones y mantas del centro de detención preguntándole a la misma gente a la que había preguntado antes si habían visto u oído hablar de una bebé llamada Hana.

El hermano de Mahmoud, Waleed, también estaba deshecho, pero, al contrario que su madre, él se había ido desmoronando trocito a trocito, con el tiempo, como quien le va quitando pedacitos a una barra de chocolate hasta que no queda nada. Estaba tumbado en un colchón de hule espuma, apático, sin el menor interés por las partidas de cartas ni por el futbol al que jugaban los demás niños. Le habían ido succionando cualquier alegría infantil que hubiera habido en él alguna vez, hasta que no quedó nada.

Y ahora su padre también estaba muerto por dentro.

Mahmoud sentía que echaba humo. No entendía por qué estaban allí. ¿Qué más les daba a los húngaros si ellos sólo cruzaban el país? ¿Por qué los habían llevado prácticamente hasta la frontera con Austria para meterlos en un centro de detención? En cierto modo, parecía algo personal, como si todo el país estuviera conspirando para impedir que encontraran un verdadero hogar. Había policías armados en cada puerta. Parecían más prisioneros que refugiados, y cuando salieran de allí, lo harían sólo para regresar a Serbia, para volver a otro país que tampoco los quería.

Después de todo por lo que habían pasado, al final no iban a llegar a Alemania.

Pero Mahmoud no estaba dispuesto a rendirse aún. Quería que la vida fuera como era antes de que llegara la guerra. No podían regresar a Siria. Ahora no, Mahmoud lo sabía. Pero no había ningún motivo por el que no pudieran labrarse una nueva vida en algún otro lugar. Volver a empezar. Ser felices otra vez. Y Mahmoud quería hacer lo que fuera necesario para lograr que pasara. O al menos intentarlo.

Pero hacer que algo sucediera implicaba llamar la atención. Ser visible. Y era mucho más fácil ser invisible. Y también era útil, como en Alepo, o en Serbia, o aquí, en Hungría. Pero a veces era igual de útil ser visible, como en Turquía y en Grecia. Pero lo contrario también era cierto: ser invisibles les había hecho tanto daño como ser visibles.

Mahmoud frunció el ceño. Ésa era la verdad de todo aquello, ¿no? Fueras visible o invisible, todo consistía en la reacción que tuviera la gente ante ti.

De las dos maneras te pasaban cosas buenas y cosas malas. Si eras invisible, la gente mala no te podía hacer daño, eso era cierto, pero la gente buena tampoco te podía ayudar. Si te mantenías invisible allí, si hacías todo cuanto se suponía que tenías que hacer y nunca causabas problemas, desaparecías de la vista y del pensamiento de todas las buenas personas que hay por ahí y que te podían ayudar a recuperar tu vida.

Era mejor ser visible. Levantarse. Destacar.

Mahmoud vio cómo se abría una puerta en una pared cercana y entraba un grupo de hombres y mujeres con gorras y chalecos de color celeste con las letras "UN", escoltados por unos militares húngaros de aspecto importante. Mahmoud sabía que "UN" significaba "United Nations", Naciones Unidas, el mismo grupo que estaba ayudando a la gente en el campamento de refugiados de Kilis. Aquellas personas de Naciones Unidas llevaban portapapeles y teléfonos celulares, y tomaban notas y sacaban fotos de las condiciones de vida. Aquel lugar lo dirigían los húngaros, no Naciones Unidas, así que Mahmoud se imaginó que estarían allí como observadores, para documentar las condiciones de vida de los refugiados.

En aquel preciso lugar y en aquel preciso instante, Mahmoud decidió asegurarse de que los observadores le veían.

Mahmoud se levantó de su catre y se dirigió hacia la puerta. Todo cuanto tenía que hacer era empujar la puerta y cruzarla, y estaría fuera. Sin embargo, una mujer soldado húngara de raza blanca hacía guardia junto a la puerta. Lucía un uniforme azul, una gorra roja y un grueso cinturón de cuero negro donde llevaba una macana y todo tipo de compartimentos. Llevaba colgado al hombro un pequeño fusil automático con una cinta, apuntando al suelo del gimnasio.

La soldado de guardia hizo caso omiso de Mahmoud, que se colocó delante de ella, pero la mujer miraba por encima de él, más allá de él. Mahmoud era invisible mientras hiciera lo que se suponía que debía hacer, y, mientras fuera invisible, él estaba a salvo y la soldado se sentía cómoda.

Había llegado el momento de que cambiaran ambas cosas.

Mahmoud respiró hondo y empujó la puerta para abrirla. Clic-clac. Aquel sonido retumbó ruidoso por el pabellón, y, de repente, todos los niños dejaron de jugar y los adultos alzaron la mirada hacia él desde sus colchones. Fuera era todo verde, hacía sol, y, al principio, Mahmoud tuvo que entornar los ojos para ver bien.

—¡Eh! —gritó la soldado. Ahora sí le veía, ¿verdad? También los observadores de Naciones Unidas—. ¡No! ¡Alto! ¡No permiso! —dijo la soldado en un árabe muy malo.

A la mujer le costaba encontrar las palabras adecuadas, y dijo algo en húngaro que Mahmoud no entendió. La soldado empezó a levantar el arma hacia él, alzó la mirada y vio la expresión de extrañeza en las caras de los observadores de Naciones Unidas.

Mahmoud salió al exterior. La mujer miró a los demás guardias que tenía a su alrededor y les dijo algo a gritos, como si les preguntara qué debía hacer. Mahmoud dio otro paso, y otro más, y no tardó en alejarse del edificio, camino a la carretera.

Waleed salió corriendo por la puerta detrás de su hermano, seguido del resto de los niños. Los guardias húngaros los persiguieron vociferando, pero no hicieron nada para detenerlos.

—¡Mahmoud! —dijo Waleed entre jadeos mientras corría al lado de su hermano mayor. Si mal no recordaba Mahmoud, aquella era la primera vez que veía un brillo de vida en los ojos de Waleed—. ¡Mahmoud! ¿Qué estás haciendo?

—Yo no me quedo en este lugar a esperar a que esa gente me envíe de vuelta a Serbia. Vamos —dijo Mahmoud—. Caminaremos hasta Austria.

JOSEF

VORNAY, FRANCIA
1940

1 año, 1 mes y 10 días lejos de casa

SE ESCUCHABAN LOS DISPAROS DE LOS fusiles. El silbido de un proyectil de artillería pasó por encima de ellos e impactó en algún lugar cercano con un pum estremecedor. Ruthie lloraba, y su madre la estrechó con fuerza entre sus brazos.

Josef se asomó a la ventana. Estaban escondidos en una escuela muy pequeña en una aldea llamada Vornay, en algún lugar al sur de Bourges, en Francia. Los pupitres formaban filas perfectas, y en el pizarrón aún había un ejercicio que había quedado olvidado mucho tiempo atrás. Afuera estaba oscuro, y los árboles que rodeaban la escuela lo hacían más oscuro aún. Eso era bueno: los ayudaba a ocultarse. Pero también hacía que fuera más difícil ver a los soldados de asalto alemanes.

Josef volvió a agacharse bajo la ventana, y su mirada se detuvo sobre un mapa de Europa en la pared, con los diversos países sombreados en distintos colores. Qué desfasado estaba ya ese mapa, justo un año después de que

Josef y su familia hubieran llegado a Francia como refugiados. Alemania había absorbido Austria y había invadido Polonia y Checoslovaquia poco después. Holanda, Bélgica y Dinamarca habían sucumbido ante Hitler, y los nazis ocupaban la mitad norte de Francia, incluida la ciudad de París. Toda Francia se había rendido, pero aún quedaban reductos de las Fuerzas de la Francia Libre que se resistían a los nazis por toda la campiña. Esa misma campiña en la que se encontraban ahora Josef y su familia.

Los únicos refugiados del St. Louis que quedaban a salvo, se percató Josef, eran los que llegaron a Gran Bretaña, aunque se rumoraba que Hitler iba a tratar de cruzar el canal de La Mancha en cualquier momento.

Josef, su madre y su hermana trataban de llegar a Suiza con la esperanza de que allí les dieran refugio. Habían llegado hasta donde estaban a base de viajar de noche y dormir en graneros y en los campos, a la intemperie bajo las estrellas, pero los nazis habían acabado alcanzándolos.

Una luz entró por la ventana por encima de Josef, y él volvió a asomarse. ¡Soldados alemanes! ¡Dirigiéndose a la escuela!

—¡Ya vienen! —le dijo Josef a su madre—. ¡Tenemos que irnos!

Su madre tomó a Ruthie en brazos y se dirigió hacia la puerta, pero Josef la detuvo. Sólo había una puerta en aquella escuela, y por ella entrarían los nazis.

—No… ¡Por aquí! —dijo él.

Josef siguió agachado mientras corría hacia el fondo del aula. Allí había una ventana. Podían salir por allí y huir hacia el bosque.

Intentó abrir la manija. ¡Estaba bloqueado! Josef miró hacia atrás por encima del hombro. Podía ver el haz de luz de la linterna en el pasillo de fuera, ya oía hablar en ese alemán tan familiar de su tierra. ¡Tenían que salir de allí!

Josef lanzó el codo contra el cristal, que se hizo añicos. Aquello provocó un grito en el pasillo. Presa del pánico, Josef derribó el resto del vidrio de la ventana. Notó que se le había rasgado la manga del abrigo, y sintió algo frío y afilado contra su piel, pero no tenía tiempo para detenerse a pensar en aquello. Ayudó a su madre a salir primero, después le pasó a Ruthie a través de la ventana.

—¡Vamos, vamos! —dijo Josef cuando él ni siquiera había terminado de salir por la ventana, y su madre tomó a Ruthie en brazos y echó a correr hacia la oscuridad del bosque. Ninguno de ellos cargaba ya con maletas —las habían perdido mucho tiempo atrás— pero aún llevaban puestos los abrigos, aunque estuvieran en pleno verano. Su madre había insistido.

Lo único que llevaban era a Bitsy, el conejito de peluche del que Ruthie jamás se había separado. La niña lo llevaba metido debajo del brazo.

Josef saltó desde la ventana, se tropezó, volvió a levantarse y echó a correr.

—¡Allí! ¡Allí!

El haz de luz lo había localizado. Se escuchó el disparo de una pistola, y una bala voló la corteza de un árbol a menos de un metro de él. Josef volvió a tropezarse, se enderezó y siguió corriendo. Detrás de él, los soldados alemanes se gritaban los unos a los otros, ladrando como perros que persiguieran a un zorro.

Ya habían localizado el rastro, y no iban a cejar en su empeño, no hasta que atraparan a Josef y a su familia.

—¡Hay una casa ahí delante! —gritó la madre de Josef por encima del hombro.

Giró por un pequeño sendero de tierra, y Josef la rebasó y llegó a la puerta antes que ella. Era una pequeña casa de campo, con dos ventanas a cada lado de una puerta doble en el centro, y una chimenea en un extremo.

Josef percibió el leve aroma del humo del fuego de la cocina, y vio unas cortinas que se movieron en la ventana.

¡Había alguien dentro!

Josef golpeó la puerta. Miró a su espalda. Las luces de tres linternas venían dando saltos por el camino, hacia ellos.

—Socorro. Por favor, ayúdennos —susurró Josef desesperado sin dejar de golpear la puerta.

No respondió nadie, y no se encendió ninguna luz en el interior.

—¡Alto! —se oyó la voz de un joven.

Josef se dio la vuelta de golpe. Había cuatro soldados alemanes detrás de ellos. Tres de los soldados los iluminaban con linternas y obligaban a Josef a entornar los párpados. Aun así, veía lo suficiente para saber que dos de ellos los apuntaban con fusiles. Un tercero llevaba una pistola.

—Manos arriba. Deja a la niña en el suelo —le dijo el soldado a la madre de Josef.

Ruthie trató de aferrarse a ella, pero su madre hizo lo que le habían dicho.

A Josef le pareció que había perdido algo de sensibilidad en el brazo derecho, y vio que tenía la manga ensangrentada. Se había cortado con el cristal de la ventana. Era grave. Se apretó en el lugar donde el brazo se había rozado con el cristal, y el dolor fue tan cegador que casi se desmaya.

Ruthie tenía la cabeza baja y lloraba, pero levantó el brazo derecho de su conejo y dijo:

—*Heil Hitler!*

Uno de los soldados se echó a reír, y Josef, mientras trataba de apartar el dolor de su brazo, pensó que quizá aquellos soldados los dejarían marcharse. Sin embargo, uno de ellos dijo:

—Documentación.

Ahora sí que estaban metidos en un lío, sin duda. Sus documentos tenían unas jotas grandes estampadas por todas partes, *J* de judío.

—No… No tenemos documentos —dijo mamá.

Uno de los soldados la señaló con un gesto, y otro que llevaba un fusil se acercó a ellos y le registró los bolsillos del abrigo a su madre. Enseguida encontró los documentos que llevaba para ella y para Ruthie, con la misma facilidad con que encontró los que Josef llevaba encima.

El soldado se los llevó a un hombre con una linterna, que los desplegó.

—Judíos —dijo el hombre—. ¡De Berlín! Han llegado muy lejos de casa.

"Ni te lo imaginas", pensó Josef.

—Vamos a Suiza —dijo Ruthie.

—¡Calla, Ruthie! —dijo Josef entre dientes.

—¿A Suiza? ¿De verdad? Bueno, me temo que no podemos permitirlo —dijo el soldado—. Serán llevados a un campo de concentración, igual que al resto de los judíos.

"¿Por qué?", pensó Josef. "¿Por qué se molestan en perseguirnos y en enviarnos de nuevo a la cárcel? Si los nazis quieren que lo pasemos tan mal los judíos, ¿por qué no sólo nos dejan seguir adelante?".

Uno de los soldados se acercó a ellos con un arma.

—¡No! ¡Esperen! —exclamó la madre de Josef—. Tengo dinero. Marcos imperiales. Francos franceses.

Se metió la mano en la falda, donde ocultaba el dinero, y tanteó a ciegas. Los billetes cayeron lentamente al suelo.

El soldado desplazó con los pies los billetes a un lado y a otro y chasqueó la lengua.

—No es suficiente, me temo.

A Josef se le fue el alma a los pies.

Ante la oportunidad de poder comprar realmente su libertad, la madre de Josef se puso histérica.

—¡Esperen! ¡Esperen! Tengo joyas. ¡Diamantes!

Tiró del abrigo de Ruthie y se lo quitó por encima de la cabeza.

—¡Mamá! ¿Qué haces? —exclamó Ruthie.

La madre de Josef arrancó las costuras igual que había hecho su padre cuando se rasgó las vestiduras por el viejo profesor Weiler en el barco. Del abrigo de Ruthie, sacó algo que brillaba bajo la luz de las linternas.

Unos pendientes. Los pendientes de diamantes que el padre de Josef le había comprado un año por su aniversario. Josef se acordó de cuando papá se los regaló. Recordó la sonrisa en el rostro de mamá, la luz de su mirada, ambas desaparecidas mucho tiempo atrás. ¡Mamá había cosido los pendientes en el forro del abrigo de Ruthie! Por eso nunca dejaba que Ruthie se lo quitara.

El soldado agarró los pendientes de la madre de Josef y los examinó a la luz. Josef contuvo la respiración. Quizá dejarían que su madre comprara su libertad, al fin y al cabo.

—Es todo lo que he podido conservar —dijo su madre—, es todo suyo. Sólo, por favor..., déjennos marchar.

—Son muy bonitos —dijo el soldado—, pero creo que aquí sólo hay suficiente para comprar la libertad de uno de tus hijos.

—Pero..., pero si eso es todo lo que me queda —dijo mamá.

El soldado se quedó mirándola, expectante. Al principio, Josef no entendió lo que quería: no tenían nada más que darle. Pero entonces el nazi agarró a Josef y a Ruthie, los atrajo hacia sí y les dio la vuelta para que mamá los viera, y entonces fue cuando Josef lo comprendió. Al nazi le daba igual cuánto dinero tenían, cuántas joyas. No se trataba de eso. Estaba jugando con ellos. Aquello era otro juego, como el de un gato que juguetea con un ratón antes de comérselo.

Creo que aquí sólo hay suficiente para comprar la libertad de uno de tus hijos.

Uno de los hijos de Rachel Landau quedaría libre, y el otro iría a un campo de concentración.

El soldado nazi sonrió a la madre de Josef.

—Tú eliges.

ISABEL

MIAMI BEACH, FLORIDA

1994

5 días lejos de casa

ALLÍ, EN AQUELLA BARCA QUE HABÍA SIDO su hogar durante cuatro días y cuatro noches, fue donde nació el hermano pequeño de Isabel.

No fue de inmediato. Primero vinieron los frenéticos pujos y más pujos de la madre de Isabel, para traer al niño al mundo mientras los demás remaban, remaban y remaban. Todos menos la señora Castillo, que estaba sentada en el banco junto a Mami, sujetándole la mano y hablando con ella durante el proceso. Detrás, el guardacostas ya había recogido al abuelo de Isabel y se dirigía hacia ellos con las luces encendidas.

Su pequeña balsa de color azul ya estaba cerca de la costa: las olas rompían a su alrededor transformándose en espuma blanca. Isabel veía gente que bailaba en la playa, pero no estaban lo suficientemente cerca. No lo iban a conseguir. En ese momento fue cuando los chillidos de su madre se mezclaron con el grito de Amara, que dijo:

—¡Vamos nadando!

Luis y ella saltaron por la borda y avanzaron hacia la costa nadando y dando tumbos a partes iguales.

—¡No, esperen! —gritó Isabel.

Su madre no podía ir andando a la playa. No así. Tenían que seguir remando en la barca, o su madre jamás llegaría a Estados Unidos.

Isabel, Papi y el señor Castillo remaban con todas sus fuerzas, pero el guardacostas era más rápido. Iban a alcanzarlos.

—¡Vete! —le dijo la madre de Isabel a su padre entre jadeos—. Si te atrapan, te enviarán de vuelta.

—No —dijo Papi.

—¡Vete! —volvió a decir Mami—. Si me atrapan a mí, sólo…, sólo me enviarán de vuelta a Cuba. Tú vete, y llévate a Isabel. Puedes…, puedes enviar dinero, ¡como siempre planeaste!

—¡No! —exclamó Isabel, y, sorprendentemente, su padre se mostró de acuerdo.

—Nunca —dijo él—. Te necesito, Tere. A ti, a Isabel y al pequeño Mariano.

Mami sollozó al oír el nombre, y a Isabel también se le salieron las lágrimas. Igual que con la barca, no se habían decidido por un nombre para el niño. No hasta ahora. Ponerle al niño el nombre de Lito era la manera perfecta de recordarlo, estuvieran donde estuvieran.

—Pero nos enviarán de vuelta —sollozó Mami.

—Entonces volveremos —dijo Papi—. Juntos.

Apoyó la frente en la sien de su mujer y le sostuvo la mano para ocupar el lugar de la señora Castillo mientras Mami daba el último empujón.

El guardacostas cabeceaba en las olas. Ya lo tenían casi encima.

—¡Ya es el momento! —dijo el señor Castillo—. Tenemos que seguir a nado. ¡Ahora!

—No, por favor —suplicó Isabel, que remaba con impotencia contra la corriente con las lágrimas que le rodaban por la cara.

Qué cerca se encontraban, pero el señor Castillo ya estaba ayudando a su mujer a saltar por la borda para lanzarse al agua.

Estaban abandonando el barco.

La madre de Isabel gritó más fuerte que antes, pero Papi estaba con ella. Él cuidaría de su mujer. Lo único que importaba ahora era remar, remar tanto como Isabel pudiera. Ella era la última esperanza que le quedaba a su madre.

—Llévatela..., llévate a Isabel contigo —oyó que decía su madre entre pujos, pero Isabel no estaba preocupada.

Sabía que su padre no le haría caso, sabía que no se marcharía nunca. Ninguno de ellos lo haría. Eran una familia. Estarían juntos. Para siempre.

Pero, de repente, unos brazos levantaban a Isabel, ¡la jalaban por la borda!

—Despídete de Fidel —dijo el señor Castillo.

Era con él con quien hablaba Mami. ¡El señor Castillo había vuelto, y era él quien estaba levantando a Isabel por encima de la borda y la estaba metiendo en el agua!

—No… ¡No! —gritó Isabel.

—¡Tú me salvaste a mí la vida una vez, déjame ahora que yo salve la tuya! —le dijo el señor Castillo.

Isabel no le escuchaba. Estaba gritando y pataleando, tratando de liberarse. No quería ir a Estados Unidos si eso significaba dejar allí a sus padres, a su familia. Pero el señor Castillo era demasiado fuerte. La metió en el agua, e Isabel se hundió bajo las olas en una maraña de burbujas, de brazos y piernas antes de tocar enseguida el fondo.

Isabel hizo pie y se empujó para volver a salir del agua. Le llegaba por el pecho, y las olas que se deslizaban a su alrededor hacia la costa la levantaban y la volvían a bajar hasta hacer pie en la arena. Con el chapuzón, se le había caído la gorra de Iván, así que la recuperó antes de que desapareciera entre el oleaje.

Entonces se agarró al costado de la barca para volver a subir a bordo.

El brazo del señor Castillo la rodeó por la cintura y la apartó.

—¡No! —gritó Isabel—. ¡No voy a dejarlos!

—¡Calla! No nos vamos a ir a ninguna parte —dijo el señor Castillo—. ¡Ayúdanos a tirar de la barca hacia la costa!

Isabel miró a su alrededor, y por primera vez vio que la señora Castillo seguía allí, y que también estaban Amara y Luis. Todos estaban alrededor de la barca con el agua por la cintura. ¡Habían vuelto!

Todos encontraron un lugar donde agarrarse a la balsa y tirar, y al hacerlo removían la arena del fondo. Isabel sollozó de alivio y se agarró. A ella le costaba más tirar cuando las olas la levantaban, pero la imagen del guardacostas que no dejaba de acercarse ayudó a motivarla.

Igual que los gritos de ánimo.

Los demás refugiados que iban en el guardacostas daban saltos, aplaudían y gritaban expresiones de aliento, igual que hizo el gentío de la playa cuando se marcharon de La Habana. Isabel vio a su abuelo, que corría por el barco arriba y abajo, haciendo gestos con los brazos para empujarlos hacia la costa como un jugador de beisbol que quisiera empujar una pelota para que saliera de los límites del campo y lograra un *home run*. Se rio en contra de su voluntad. El agua le llegaba a Isabel justo por debajo de la cintura. ¡Ya casi habían llegado!

El guardacostas paró los motores para aproximarse a ellos, y entonces fue cuando Isabel oyó a su hermano pequeño llorar por primera vez.

Aquel sonido sorprendió a Isabel y a los demás, que se quedaron paralizados. A su padre sólo le llevó un momento sacar su navaja y cortar el cordón umbilical. Luego se puso de pie en la barca con algo pequeño y moreno en los brazos, mirándolo como si sostuviera en sus manos el tesoro más increíble del mundo. Isabel se quedó boquiabierta. Durante todo aquel tiempo, ella ya sabía que su madre iba a tener un bebé, e Isabel ya había visto muchos: eran lindos, pero no tenían nada de especial. Éste, sin embargo..., éste no sólo era un bebé. Éste era su hermano. No lo había visto hasta aquel instante, pero ya sentía por él un amor más profundo de lo que había sentido nunca, ni siquiera hacia Iván. Éste era Mariano, su hermano pequeño, y de repente, Isabel quiso hacer todo, lo que fuera, con tal de protegerlo.

Papi levantó por fin la mirada de su hijo recién nacido.

—Ayúdenme a sacar a Tere de la barca —le dijo a los demás.

El guardacostas ya casi estaba a la altura de la barca, y los adultos se apresuraron a colocarse al otro lado.

Papi se inclinó sobre la proa de la barca y le ofreció a Isabel que tomara a su hermano, que seguía llorando. Como en un sueño, Isabel levantó los brazos y lo tomó. Estaba cubierto de algo pegajoso y repugnante, y berreaba como si alguien lo hubiera golpeado, pero era lo más asombroso que Isabel había visto nunca.

El pequeño Mariano.

Isabel lo abrazó para protegerlo del vaivén de las olas. ¡Era tan pequeñito! ¡Qué poco pesaba! ¿Y si ella se tropezaba? ¿Y si se le caía? ¿Cómo podía su padre haberle puesto en los brazos algo tan nuevo y tan valioso? Pero entonces lo comprendió: Isabel tenía que llevar al pequeño Mariano a la costa para que su padre y los demás pudieran llevar a Mami detrás.

—Vete, Isabel —le dijo su padre, y ella se fue.

Abrazó al bebé bien alto para mantenerlo lejos de las olas que los empujaban a los dos hacia la costa, trastabillándose cuando el agua le golpeaba en las piernas, por detrás, pero, paso a paso, entre tambaleos, consiguió llegar a la playa.

A suelo estadounidense.

Isabel se dio la vuelta en la playa, empapada y exhausta, para mirar a su espalda.

Papi, Amara y los Castillo venían caminando y trayendo a Mami por las aguas poco profundas, donde el guardacostas no podía llegar. El barco había apagado las luces y regresaba a mar abierto. En la popa del barco, entre los refugiados que los saludaban y les aplaudían, estaba el abuelo de Isabel.

Su nieta sostuvo en alto al bebé llorando para que él lo viera, y Lito cayó de rodillas con las manos juntas en el pecho. Entonces rugieron los motores, se revolvió el agua, y el guardacostas desapareció al volver al mar.

Las familias Castillo y Fernández se ayudaron la una a la otra a subir por la playa de arena, y sus pies mojados se convirtieron en pies secos. El señor Castillo se arrodilló y besó el suelo.

Habían llegado a Estados Unidos. A la libertad.

Todavía en un sueño, Isabel subió dando tumbos por la arena hacia las luces de discoteca, el sonido de la música a todo volumen y la gente que bailaba. Se adentró en la luz, la música se detuvo, y todos se volvieron a mirar. Entonces, de pronto, la gente vino corriendo a ayudarla a ella y a su familia.

Una joven de piel morena en bikini se dejó caer en la arena junto a Isabel.

—Dios mío, chiquita —le dijo en español—. ¿Acabas de salir de una balsa? ¿Son cubanos?

—Sí —le dijo Isabel. Estaba temblando, pero se aferraba a Mariano como si jamás lo fuera a soltar—. Yo soy cubana —le dijo Isabel—, pero mi hermano pequeño ha nacido aquí. Es estadounidense. Y yo también lo seré pronto.

MAHMOUD

DE HUNGRÍA A ALEMANIA

2015

17 días lejos de casa

LOS HÚNGAROS SE DETENÍAN A AMBOS lados del camino y se quedaban mirando cómo Mahmoud y el resto de los refugiados marchaban en plena autopista. Hombres, mujeres, niños, todos habían salido en tromba del centro de estancia temporal detrás de Mahmoud, se les habían unido los observadores de Naciones Unidas, y la policía no había hecho nada para impedírselos.

Los refugiados se extendían desde un lado al otro de la vía que discurría en sentido norte e impedían que los rebasaran los coches. Grupos de jóvenes sirios caminaban y se reían juntos. Una mujer palestina empujaba un cochecito con una niña dormida en él. Una familia afgana cantaba una canción. Los refugiados vestían pantalones de mezclilla, tenis y sudaderas con capucha atadas a la cintura, y cargaban con lo poco que aún tenían en mochilas y bolsas de basura.

Los padres de Mahmoud y Waleed encontraron a sus hijos entre la multitud.

—¡Mahmoud! ¿Qué están haciendo? —exclamó su padre.

—¡Estamos caminando hacia Austria! —respondió Waleed.

Papá les mostró el mapa en su teléfono.

—Pero si es una caminata de doce horas —dijo.

—Podemos hacerlo —dijo Mahmoud—. Ya hemos llegado hasta aquí. Podemos ir un poquito más lejos.

La madre de Mahmoud le dio un abrazo a su hijo, y después a Waleed, y su padre no tardó en unirse a ellos. A su alrededor pasó una marea de refugiados, y cuando la madre de Mahmoud dejó de abrazarlos, estaba sonriendo y llorando al mismo tiempo.

Los coches tocaban el claxon detrás de la marcha e intentaban que los dejaran pasar. Más coches se detuvieron en el otro lado de la autopista para tocar también el claxon y para animarlos o abuchearlos. Una furgoneta de la policía se detuvo en el otro carril de la autopista, y un policía les dijo a todos en árabe por un altavoz:

—¡Deténganse o serán arrestados!

Pero nadie se detuvo, y no arrestaron a nadie.

Mahmoud y su familia caminaron con el gentío durante horas. Visibles. Al descubierto. Daba miedo, pero también era revitalizante. Marchaban en silencio, con tranquilidad, haciendo el gesto de la paz a las personas que los animaban a continuar desde las banquetas. Coches de policía con las luces rojas encendidas les marcaban el ritmo desde el otro lado de la autopista y de tanto en tanto hacían sonar las sirenas un par de veces para apartar a algún coche. Los helicópteros de los noticiarios los sobrevolaban, y una mujer de *The New York Times* se abrió paso entre la gente, hizo unas preguntas a Mahmoud y entrevistó a los refugiados.

"Mírennos", pensó Mahmoud. "Escúchennos. Ayúdennos".

Doce horas no le parecieron nada a Mahmoud cuando se puso a sumar todo el tiempo que habían pasado caminando desde que salieron de Alepo, pero aquella caminata no tardó en hacerse interminable. No tenían comida ni agua, y a Mahmoud le rugía el estómago y se le secaban los labios. Se sentía como uno de los zombis de su videojuego preferido. Sólo tenía ganas de acostarse y dormir, pero Mahmoud sabía que no se podían parar. Si lo hacían, los húngaros los arrestarían. Tenían que seguir avanzando. Siempre hacia delante. Aunque aquello acabara por matarlos.

Más tarde, aquella noche, Mahmoud y su familia por fin llegaron a la frontera de Austria. No había ninguna valla, ni muro, ni puesto fronterizo, tan sólo una señal de tráfico de color azul a un lado de la carretera con las palabras REPUBLIK ÖSTERREICH escritas dentro del círculo de estrellas doradas de la UE y, sobre ellas, una señal con la bandera rojiblanca de Austria.

Los coches de la policía húngara dejaron de seguirlos en cuanto cruzaron la frontera, y los refugiados se detuvieron a abrazarse los unos a los otros y celebrar que habían escapado. Mahmoud cayó de rodillas luchando por contener las lágrimas de agotamiento y de alegría. Lo habían conseguido. No estaban en Alemania, todavía no, pero sólo les quedaba un país por cruzar para llegar hasta allá. Los refugiados aún estaban riendo y felicitándose los unos a los otros cuando sonó la alarma del celular que llevaba el padre de Mahmoud. Y también sonó la de otro celular, y otro, hasta que todo el gentío se convirtió en un coro de alarmas.

Era la hora de la oración del *isha*, la última del día.

El padre de Mahmoud utilizó una aplicación llamada iSalam para encontrar la dirección exacta en la que debían orientarse para mirar a La Meca. La familia de Mahmoud localizó una zona de hierba para ellos solos, y el resto de los cientos de refugiados hicieron lo mismo; poco después, todos se inclinaban y oraban juntos. No era lo ideal —se suponía que debían lavarse y rezar en un lugar limpio—, pero era más importante rezar a la hora apropiada que en el lugar apropiado.

Al recitar el primer capítulo del Corán, Mahmoud pensó en aquellas palabras. *Sólo a ti te adoramos y sólo a ti te imploramos ayuda. Guíanos por el camino recto.* Su camino había sido de todo menos recto, pero Alá los había llevado hasta aquel lugar. Con su bendición, quizá sí pudieran llegar hasta Alemania.

Cuando Mahmoud terminó sus oraciones y abrió los ojos, vio un pequeño grupo de austriacos que se había congregado alrededor de los refugiados que rezaban. También había agentes de policía, y más coches con sirenas. Mahmoud se desanimó. "Sólo nos ven cuando hacemos algo que no les gusta", pensó de nuevo. Los refugiados se habían detenido a arrodillarse y rezar, y aquella gente que los miraba no estaba haciendo eso. No lo entendían. Ahora, los refugiados volvían a parecer unos extraños, unos forasteros. Como si aquél no fuera su sitio.

A Mahmoud le preocupó lo que podría hacer la muchedumbre cuando los austriacos les dijeran que no los querían allí. Su marcha por Hungría había sido pacífica, hasta ahora. ¿Se convertiría aquello en otra pelea en la que los gasearían, los esposarían y los meterían otra vez en la cárcel?

—¡Bienvenidos a Austria! —dijo uno de los austriacos en un árabe con un fuerte acento, y los demás gritaron *Willkommen!* y aplaudieron.

Sí, se pusieron a aplaudirles. Mahmoud se dio la vuelta para mirar a Waleed, que estaba tan atónito como él. ¿Se trataba de algún error? ¿Pensaría aquella gente que eran otra cosa y no unos refugiados sirios?

De pronto, se vieron rodeados por hombres, mujeres y niños austriacos que sonreían e intentaban estrecharles la mano y darles cosas. Una mujer le dio a la madre de

Mahmoud un hatillo de ropa limpia, y un hombre mostró preocupación por los cortes y las magulladuras del padre. Un niño, que tenía más o menos la edad de Mahmoud y lucía una camiseta de los Yankees de Nueva York, le entregó una bolsa de plástico con pan, queso, fruta y una botella de agua. Mahmoud se sentía tan agradecido que estuvo a punto de echarse a llorar.

—Gracias —dijo Mahmoud en árabe.

—*Bitte* —dijo el niño, y Mahmoud supuso que era la forma de decir "de nada" en alemán.

Se enteraron de que los austriacos habían visto su marcha en la televisión y habían salido a ayudarlos. Y fue así durante todo el camino hacia el norte, hasta Nickelsdorf, el pueblo austriaco más cercano con una estación de ferrocarril. Los pasos elevados estaban llenos de austriacos de nacimiento, de raza blanca, y de austriacos de adopción, árabes de piel morena que habían emigrado allí recientemente, que les lanzaban botellas de agua y comida: pan, fruta fresca, bolsas de papas fritas. Un hombre que iba al lado de Mahmoud atrapó un pollo asado entero envuelto en papel de aluminio.

—¡Estamos con ustedes! ¡Que Alá los acompañe! —les gritó en árabe desde arriba una mujer.

Mahmoud sintió que se le subían los ánimos. Habían dejado de ser invisibles, ya no estaban escondidos en el centro de estancia temporal. La gente por fin los veía, y la buena gente los ayudaba.

Mahmoud y su familia llegaron finalmente a la estación de tren de Nickelsdorf, donde compraron boletos hacia Viena, la capital de Austria. Viajaron en tren durante la noche, y, cuando llegaron a Viena a la mañana siguiente, compraron boletos hacia Múnich, una gran ciudad alemana. En Múnich, la respuesta fue la misma que en Austria, pero mayor aún. Había miles de refugiados en la estación de tren, y entre ellos se desplazaban cientos de alemanes que les ofrecían botellas de agua y tazas de té y de café. Una pareja había traído una cesta llena de caramelos, y los estaban repartiendo entre los niños. Mahmoud y Waleed se unieron a la feliz turba de chicos que se arremolinó a su alrededor y recibieron un par de caramelos cada uno, que devoraron de inmediato. De manera más organizada, estaban descargando un camión lleno de fruta, y otro grupo estaba repartiendo pañales a cualquiera que tuviera un bebé.

Mahmoud se acordó de Hana al ver aquellos pañales, y miró a su madre. Se daba cuenta de que ella también estaba pensando en la hermana pequeña de Mahmoud. La mujer se llevó una mano a la boca, y no tardó en abrirse paso entre la multitud, de nuevo, preguntando a todas y cada una de las personas si habían visto a su hija. Pero nadie había visto ni oído hablar de un bebé rescatado del agua. No obstante, si la gente que la había recogido consiguió llegar a ponerse a salvo, era probable que estuvieran en algún lugar de Alemania. Mahmoud y su familia sólo tenían que seguir buscando.

Un alemán de origen turco con aspecto de funcionario y una carpeta con documentos detuvo al padre de Mahmoud.

—¿Está buscando asilo aquí, en Alemania, para usted y su familia? —le preguntó en un perfecto árabe.

Mahmoud contuvo la respiración. ¿Qué era aquello? ¿Se acercaba el final de su larga y horrible pesadilla? ¿Podrían dejar de viajar por fin, dejar de dormir y rezar en portales y estaciones de autobús? En Alemania, Mahmoud y su familia podrían labrarse una vida nueva. Mahmoud podría hallar por fin una manera de volver a conectar con Waleed. Podrían encontrar a Hana. Lograr que su padre volviera a reír y a contar chistes. Encontrar la paz para su madre. Después de haber llegado tan lejos, después de haber perdido tantas cosas, era como si Mahmoud y su familia estuvieran prácticamente en la Tierra Prometida.

Todo lo que tenían que lograr era hacerle un hueco a Alemania en sus corazones tal y como Alemania les había hecho un hueco a ellos, y aceptar como su hogar aquel lugar nuevo y desconocido.

—Sí —dijo el padre de Mahmoud con una sonrisa que se asomaba lentamente a su rostro—. Una y mil veces sí.

ISABEL

MIAMI, FLORIDA

1994

En casa

ÉSTA ERA LA CODA DE LA CANCIÓN DE
Isabel.

Se levantó con una trompeta en la mano, un regalo del
tío Guillermo, el hermano de Lito. No estaba en una acera de La Habana, sino en un salón de una escuela en
Miami. Era su segunda semana de clases, y el primer día
en el salón de música, el día en que hacían las audiciones
para entrar en la orquesta.

Isabel jugueteaba con los dedos en los pulsadores de la
trompeta. No podía creer que estuviera allí de pie, en
aquella clase, menos de dos meses después de haber llegado dando tumbos a la playa de Miami Beach con su hermano recién nacido en brazos.

Muchas cosas habían cambiado, y muy rápido. Después de que llevaran a su madre y a su hermano al hospital y les dieran un certificado médico que atestiguaba que
no tenían ninguna enfermedad, los acogió el hermano de
Lito, Guillermo, hasta que encontraron un pequeño de-

partamento para ellos solos. Era de un tamaño más reducido que su casa de Cuba, y no estaba cerca de la playa, pero en lo que a Isabel se refería, si no volvía a ver el mar en su vida, tampoco pasaba nada.

El pequeño Mariano estaba en casa engordando feliz con los demás bebés por cuyo cuidado pagaban a Mami en la pequeña guardería diurna que dirigía. Papi había conseguido un empleo al volante de un taxi, y estaba ahorrando para comprarse un coche propio. La señora Castillo planeaba de regresar a la escuela para estudiar y convertirse en una abogada estadounidense, y el señor Castillo ya estaba hablando con alguien para conseguir un préstamo para abrir un restaurante. Luis consiguió trabajo en una pequeña bodega, y Amara en una tienda de ropa; y cuando obtuviera la nacionalidad estadounidense, Amara pensaba convertirse en agente de policía de Miami. Planeaban casarse en invierno.

E Isabel, ella había empezado la escuela en sexto grado. Era difícil, porque no hablaba inglés todavía, pero había otros niños cubanos allí, muchos, y algunos de ellos habían llegado a Estados Unidos en balsas como ella, pero eran más los que habían nacido allí, "cubanoamericanos" que aún hablaban español en casa. Isabel hizo amigos enseguida, chicas y chicos simpáticos que la recibieron con los brazos abiertos, y supo que no tardaría en aprender a hablar inglés igual que sus profesores. Practicaba viendo montones y montones de programas de televisión (al menos, eso era lo que le decía ella a sus padres). Aprendería, y, mientras tanto, seguía entendiendo las clases de Matemáticas, de Español y de Dibujo.

Igual que la música.

El señor Villanueva y los demás alumnos esperaban a que Isabel empezara a tocar. Se había pasado semanas practicando para aquel momento. Al principio no era capaz de decidir qué canción iba a tocar, pero entonces se le ocurrió, mientras veía un partido de beisbol con su padre.

Isabel se ajustó en la cabeza la gorra de Iván de los Industriales, respiró hondo y empezó a tocar *The Star Spangled Banner*, *La bandera adornada de estrellas*, el himno nacional de Estados Unidos. Pero no lo tocó igual que ella lo había oído en los partidos de beisbol en la televisión. Lo tocó como un son cubano, con el tiempo débil de la melodía de un guajeo.

Isabel lo tocó como una salsa por Iván, al que perdió en el mar, y por Lito, allá en Cuba. Lo tocó como una salsa por su madre y por su padre, que habían dejado su patria, y por su hermano pequeño Mariano, que jamás conocería las calles de La Habana tal y como ella las había conocido. E Isabel lo tocó como una salsa por ella misma, para que jamás se le olvidara de dónde venía. Quién era ella.

Poco después, Isabel tenía a todo el mundo en el aula aplaudiendo al ritmo que ella tocaba, pero, mientras tocaba, ella oía otro ritmo diferente, un ritmo que discurría por debajo de aquel al que todo el mundo daba palmas. Daba golpecitos con el pie en el suelo al ritmo de esa cadencia oculta, y con un escalofrío se percató de que por fin la estaba oyendo.

Por fin estaba marcando la *clave*.

Lito se equivocaba. No tenía que estar en La Habana para oírla, para sentirla. Isabel se había llevado Cuba consigo hasta Miami.

Terminó con una floritura, y el señor Villanueva y los demás alumnos la ovacionaron. Isabel creía que se iba a echar a llorar de alegría, pero contuvo las lágrimas. Ya había llorado lo suficiente por Iván y por su Lito.

La canción de su partida de Cuba en busca de un nuevo hogar había terminado.

Hoy era el momento de empezar una nueva canción.

MAHMOUD

En casa

UNA CANCIÓN ALEMANA QUE MAHMOUD no había oído nunca sonaba en la radio de la furgoneta que los trasladaba a él y a su familia por las calles de Berlín. La capital alemana era la ciudad más grande que él había visto jamás, mucho más grande que Alepo. Estaba llena de clubes nocturnos, bares, cafeterías, tiendas, monumentos, estatuas, edificios de departamentos y de oficinas. Casi todos los carteles estaban en alemán, pero veía aquí y allá algún letrero en árabe que anunciaba una tienda de ropa, un restaurante o un mercado. Los edificios flanqueaban las banquetas como si fueran unas murallas de ladrillo y de cristal de diez pisos de altura, y los coches, las bicicletas, los autobuses y los tranvías se escuchaban por las calles, traqueteando o haciendo sonar su claxon.

Aquel lugar tan extraño e intimidatorio iba a ser su nuevo hogar.

El Gobierno alemán había acogido a Mahmoud y a su familia. Durante las últimas cuatro semanas, los cuatro habían estado viviendo en una escuela de Múnich que habían transformado para convertirla en un alojamiento para los refugiados, sencillo aunque limpio. Allí se quedaron —con libertad para ir y venir a placer— hasta que una familia accedió a compartir con ellos su propia casa mientras los padres de Mahmoud volvían a estabilizarse.

Una familia de acogida, en aquella misma calle, en la capital del país.

La furgoneta se detuvo junto a la acera frente a una casita verde con contraventanas blancas y un tejado con forma de A mayúscula. Los maceteros estaban llenos de flores, igual que Mahmoud había visto en Austria, y había dos coches alemanes estacionados en la parte de enfrente. Al otro lado de la calle, en un parque, los chicos jóvenes hacían trucos con patinetas.

El padre de Mahmoud deslizó la puerta para abrirla y que todos se bajaran, y Mahmoud, su madre y su hermano agarraron las mochilas llenas de ropa, de productos de higiene y los sacos de dormir que los trabajadores sociales alemanes les habían dado. El trabajador social que los había llevado allí subió las escaleras de la puerta principal de la casita con los padres y el hermano de Mahmoud, pero él se quedó en la acera unos instantes, echando un vistazo al vecindario. Gracias a sus clases de Historia allá en Siria, Mahmoud sabía que Berlín había quedado prácticamente destruida al final de la Segunda Guerra Mundial, reducida a montones de escombros igual que ahora lo estaba Alepo. ¿Necesitaría Siria otros setenta años para resurgir de las cenizas igual que lo había hecho Alemania? ¿Volvería él a ver Alepo?

Unas voces de alegría y de bienvenida surgieron del recibidor, y Mahmoud siguió a su familia escaleras arriba. Su madre estaba recibiendo un abrazo de una señora mayor alemana, y un señor mayor alemán le estrechaba la mano a su padre. El trabajador social alemán tenía que traducir todo lo que se decían los unos a los otros: Mahmoud y su familia no hablaban alemán aún, y, al parecer, aquella familia tampoco hablaba nada de árabe. Al menos, la familia alemana se las había arreglado para escribir un letrero en árabe que decía: "BIENVENIDOS A CASA", aunque la expresión que habían utilizado era un tanto formal. Aun así, Mahmoud agradeció el esfuerzo: aquello era más de lo que él era capaz de decir en alemán.

El hombre que le daba la mano a su padre se volteó hacia él y hacia Waleed, y lo que Mahmoud vio lo dejó sorprendido. ¡Era un hombre verdaderamente mayor! Tenía la piel blanca, arrugada, y poco pelo, blanco, que sobresalía un poco a ambos lados de la cabeza, como si hubiera intentado peinárselo, pero no se le hubiera quedado en su sitio. Cuando el asistente social alemán les dijo que se iban a quedar con una familia alemana, Mahmoud se había imaginado una familia como la suya, no como sus abuelos.

—Se llama Saul Rosenberg —tradujo el trabajador social— y les da la bienvenida a su nuevo hogar.

Cuando Mahmoud le estrechó la mano a aquel señor mayor, vio una pequeña caja de madera fina y ornamentada que estaba adherida al marco exterior de la puerta principal. Mahmoud reconoció el símbolo que había en la caja: ¡era la estrella de David! Era el mismo símbolo que tenía la bandera de Israel. Mahmoud intentó no mostrar su sorpresa. Aquella pareja no sólo era muy mayor, ¡sino que también eran judíos! Allí de donde venía Mahmoud, los judíos y los musulmanes no se recibían con los brazos abiertos los unos a los otros precisamente; más bien lo contrario. Qué extraño era este mundo nuevo.

La esposa de *Herr* Rosenberg se separó de la madre de Mahmoud y se agachó para saludarlos. Era una mujer corpulenta, con el pelo blanco como su marido, unos grandes lentes redondos y una afectuosa sonrisa con los dientes de enfrente separados. De los bolsillos de su enorme vestido sacó un conejo de peluche blanco y se lo ofreció a Waleed. A su hermano se le iluminaron los ojos al recibirlo de manos de la mujer.

—Frau Rosenberg lo hizo con sus propias manos. Diseña juguetes —les explicó el intérprete.

La señora mayor volvió a hablar directamente a Mahmoud.

—Dice que también te habría hecho uno a ti —dijo el asistente social—, pero pensó que quizá eras demasiado mayor para los peluches.

Mahmoud asintió.

—Pero sí puede hacer uno para mi hermana pequeña, cuando la encontremos —le dijo Mahmoud al trabajador social—. Tuvimos que entregársela a los de otra balsa para salvarla cuando nos estábamos ahogando en el Mediterráneo. Fue culpa mía. Fui yo quien le dijo a mi madre que lo hiciera, y ahora tengo que encontrarla y traerla de vuelta.

Frau Rosenberg miraba al asistente social con cara de interés mientras él se lo traducía, y entonces se desvaneció su resplandeciente sonrisa. Waleed salió corriendo a enseñarle a su madre su juguete nuevo, y la señora mayor acompañó a Mahmoud al pasillo, cerca de la puerta, de cuyas paredes colgaban las fotos familiares.

—Una vez, yo también fui una refugiada, igual que tú —dijo la mujer a través del intérprete—, y perdí a mi hermano. —Señaló una vieja fotografía de color sepia enmarcada, la imagen de un padre, una madre y dos niños: un niño con lentes que tendría la edad de Mahmoud y una niña pequeña. El padre y el hijo vestían traje y corbata, y la madre lucía un bonito vestido con grandes botones. La niña iba vestida como un marinerito—. Ésa de ahí soy yo, la niña. Ésa es mi familia. Nos fuimos de Alemania en un barco en 1939, tratando de llegar a Cuba, para escapar de los nazis. Por entonces, yo era muy pequeña, y ahora ya soy muy vieja, y no recuerdo demasiado sobre aquella época, pero sí recuerdo que mi padre estaba muy enfermo. Y unos dibujos animados de un gato. De eso sí me acuerdo. Y de un policía muy amable que me dejó ponerme su boina.

"Mi padre fue el único que llegó a Cuba —prosiguió la señora—. Vivió allí durante muchos años, mucho después de terminar la guerra, pero no volví a verlo nunca. Murió antes de que nos pudiéramos encontrar el uno al otro. Los demás miembros de la familia no pudimos salir del barco con él, y ningún otro país quería recibirnos, así que nos trajeron de regreso a Europa, justo cuando comenzaba la guerra. Justo a tiempo para empezar a huir otra vez.

"Los nazis nos capturaron e hicieron escoger a mi madre: salvarme a mí o salvar a mi hermano. Bueno, ella no pudo escoger. ¿Cómo iba a poder hacerlo? Así que mi hermano escogió por ella. Se llamaba Josef. —Mahmoud vio que la mujer extendía la mano y tocaba con suavidad al niño de la foto y dejaba una mancha en el cristal—. Él tenía tu edad, diría yo. No recuerdo mucho sobre él, pero sí me acuerdo de que siempre quería ser un adulto. 'No tengo tiempo para juegos', me decía. 'Ya soy un hombre'. Y, cuando aquellos soldados dijeron que uno de nosotros quedaría libre y al otro se lo llevarían a un campo de concentración, Josef dijo: 'Llévenme a mí'.

"Mi hermano, apenas un niño, se convertía por fin en un hombre."

Hizo una pausa por un instante; acto seguido, descolgó con ambas manos la foto de la pared con un profundo respeto.

—Aquel día se llevaron de mi lado a mi madre y a mi hermano, y me dejaron allí sola en el bosque. Sobreviví sólo gracias a una amable anciana francesa que me adoptó. A los siguientes nazis que llegaron y llamaron a su puerta, les dijo que yo era de su familia. Cuando acabó la guerra y fui lo bastante mayor, volví aquí, a Alemania, a buscar a mi madre y a mi hermano. Los estuve buscando durante mucho tiempo, pero habían muerto en campos de concentración. Los dos. —La mujer respiró hondo—. Sólo tengo esta foto de ellos gracias a que un primo la guardó, un primo al que escondió una familia cristiana durante la guerra. Aquí, en Alemania, conocí a mi marido, Saul, que también había sobrevivido al Holocausto. Nos quedamos porque teníamos familia aquí, y formamos nuestra propia familia —dijo Frau Rosenberg, que abrió los brazos de par en par y se dio la vuelta en el pequeño pasillo para mostrar a Mahmoud las docenas de fotos de sus hijos, sus nietos y sus bisnietos.

Volvió a posar la mano sobre la vieja foto amarillenta de su familia.

—Ellos murieron para que yo pudiera vivir. ¿Lo comprendes? Murieron para que todas estas personas pudieran vivir. Todos los nietos, los sobrinos a los que nunca llegaron a conocer. Pero tú sí los conocerás —le dijo a Mahmoud—. Tú sigues vivo, y tu hermana también, en algún lugar. Lo sé. Tú la salvaste. Y juntos la encontraremos, ¿verdad que sí? Te lo prometo. La encontraremos y la traeremos a casa.

Mahmoud empezó a llorar de nuevo, se dio la vuelta e intentó pestañear para quitarse las lágrimas. La señora judía lo rodeó con los brazos y lo estrechó con fuerza.

—Ahora todo irá bien —le susurró—. Nosotros los ayudaremos.

—Ruthie, *komm hier* —la llamó su marido, y Mahmoud no necesitó que el cooperante se lo tradujera para saber que Herr Rosenberg quería que se reunieran con él en la sala.

Mahmoud se restregó los ojos húmedos con la manga, y *Frau* Rosenberg intentó colgar de nuevo la fotografía en la pared. Sin embargo, sus ancianas manos temblaban demasiado, y Mahmoud tomó el marco y lo volvió a colgar de su clavo por ella. Su mirada se detuvo en la imagen. Se sentía lleno de tristeza por aquel chico de su misma edad. El muchacho que había muerto para que Ruthie pudiera vivir. Pero Mahmoud también se sintió lleno de gratitud. Josef había muerto para que Ruthie pudiera seguir viviendo y, algún día, les abriera las puertas de su casa a Mahmoud y a su familia.

La señora mayor apretó el brazo a Mahmoud y lo llevó hacia la sala. Allí estaban papá y mamá, y Waleed y *Herr* Rosenberg, en una habitación luminosa, llena de vida, de libros, de fotos familiares y del aroma de la buena comida.

Y le pareció que aquello era un hogar.

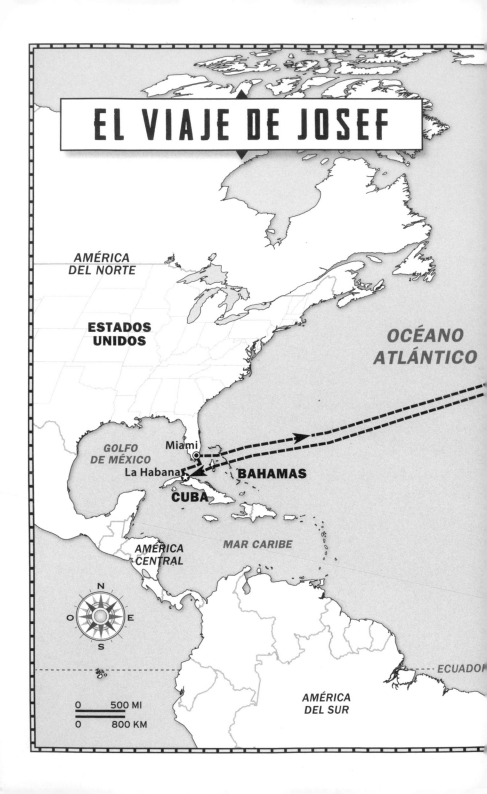

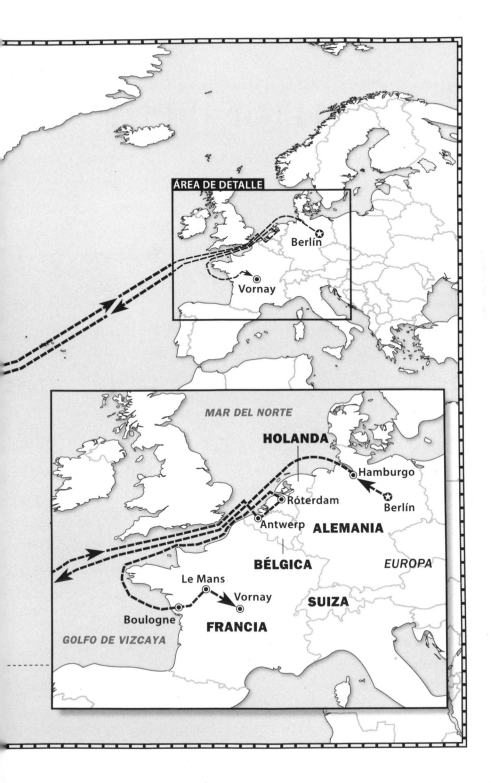

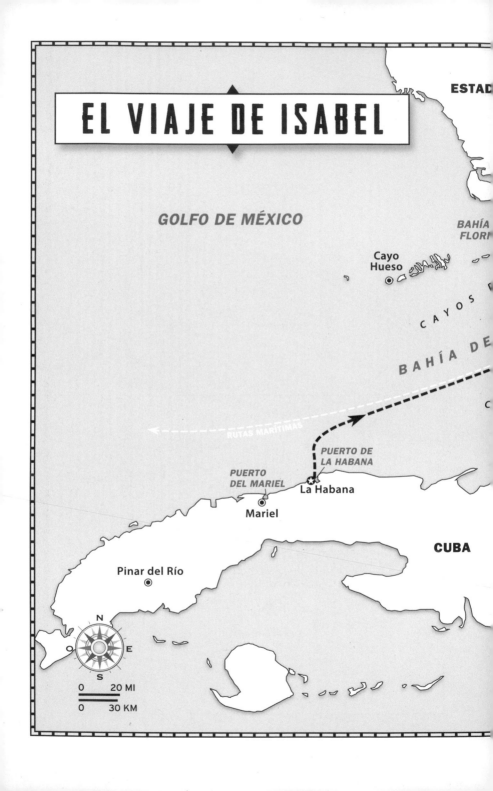

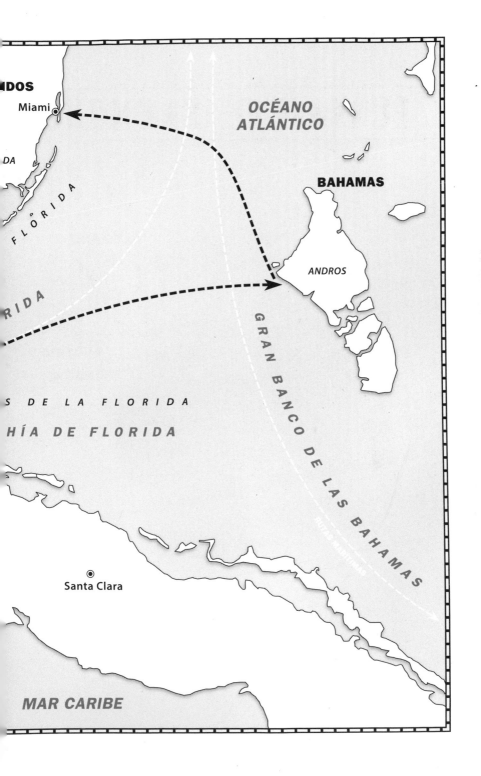

NOTA DEL AUTOR

Josef, Isabel y Mahmoud son personajes ficticios, los tres, pero sus historias están basadas en hechos reales.

JOSEF

El MS St. Louis fue un barco que existió en la vida real y zarpó de la Alemania nazi en 1939 con 937 pasajeros, la mayoría de ellos judíos que intentaban escapar de los nazis. Todos ellos esperaban ser admitidos en Cuba, algunos para vivir allí de manera permanente, y otros para quedarse sólo por un tiempo hasta que los admitieran en Estados Unidos o en Canadá. Sin embargo, cuando los judíos llegaron a Cuba, les dijeron que no les daban permiso para desembarcar. La razón era de carácter político: el funcionario cubano que había tramitado los visados de entrada para los refugiados había caído en desgracia ante el presidente cubano de la época, Federico Brú. Para avergonzar a este funcionario, Brú canceló con efecto retroactivo los visados de los judíos. Los agentes nazis en La Habana también ayudaron a impedirles la entrada al hacer una propaganda que volvió al pueblo cubano en contra de los refugiados. Los alemanes no querían a los judíos en su país, pero también deseaban ver cómo los rechazaban otros países. Para los nazis, aquello era prueba de que el resto del mundo compartía en secreto la manera de actuar de los alemanes con los judíos.

El capitán Gustav Schroeder fue un personaje real, y se le recuerda hoy en día por su amabilidad con sus pasajeros judíos y sus esfuerzos por hallar un refugio para ellos. Otto Schiendick también fue un personaje real, y no sólo era el representante del Partido Nazi en el barco, sino también una especie de espía que traía y llevaba mensajes secretos entre Alemania y los agentes nazis que trabajaban en La Habana. Evelyne y Renata son los nombres reales de dos hermanas cuya madre prefirió quedarse en la Alemania nazi. Su padre, el doctor Max Aber, pudo sacarlas del St. Louis en La Habana gracias a haber viajado antes que su familia y haber llegado antes a Cuba, de manera que ya había establecido unos buenos contactos con las autoridades locales. Ninguno de los demás pasajeros fue tan afortunado.

El padre de Josef, Aaron Landau, está inspirado en dos hombres distintos que de verdad viajaron en el St. Louis: Aaron Pozner y Max Loewe. A Pozner, profesor de hebreo, lo sacaron de su casa en Alemania durante la Kristallnacht, la Noche de los Cristales Rotos, y lo enviaron a Dachau, donde le pegaron y lo humillaron, y donde presenció unas increíbles atrocidades. Fue a Aaron Pozner a quien liberaron de Dachau después de seis meses y le dieron un plazo de catorce días para marcharse del país, y además fue la víctima de Otto Schiendick y sus bomberos cuando estaban a bordo. Pozner fue también uno de los amotinados que trataron de hacerse con el control del barco cuando el St. Louis fue rechazado por Estados Unidos y Canadá.

Max Loewe fue un abogado judío al que los nazis prohibieron ejercer su profesión, igual que a mi personaje ficticio Aaron Landau. Loewe siguió ofreciendo consejo legal a diversos abogados alemanes que eran compasivos y le pagaban "por debajo de la mesa", pero la Gestapo acabó enterándose, y eso obligó a Loewe a esconderse. Se unió después a su mujer y a sus hijos —un niño y una niña— justo a tiempo para embarcar todos en el St. Louis y escapar. Sin embargo, igual que Aaron Landau, Max Loewe ya estaba destrozado cuando se reunió con su familia. Fue él quien intentó suicidarse tirándose desde el St. Louis cuando el barco estaba fondeado en las aguas frente al puerto de La Habana.

En un principio, el navío inglés Orduña y el barco francés Flandre, ambos con refugiados judíos que iban rumbo a Cuba, fueron retenidos frente al puerto de La Habana, igual que el St. Louis, pero, para frustración de los pasajeros del St. Louis, a ambos barcos les permitieron atracar para que desembarcaran sus refugiados. Lo que los judíos del St. Louis no sabían era que los únicos pasajeros que pudieron bajar del Orduña y del Flandre fueron los que ya tenían pasaporte cubano. El resto, en su mayoría judíos con visados de entrada que ya no eran válidos como los de los pasajeros del St. Louis, fueron rechazados y enviados a buscarse otro país que les diera asilo.

Los pasajeros del St. Louis a los que permitieron desembarcar en Inglaterra fueron los más afortunados: se escaparon del Holocausto. De los 620 refugiados judíos que regresaron a la Europa continental, según los cálculos del Holocaust Memorial Museum de Estados Unidos, 254 murieron en el Holocausto. "La mayoría de esas personas fueron asesinadas en los centros de exterminio de Auschwitz y Sobibor —dice el museo—. El resto murió en campos de concentración, escondidos o intentando escapar de los nazis". Ruthie, que sobrevivió al Holocausto, estaría entre los cerca de cien mil judíos que viven en Alemania hoy en día, muy por debajo de los cerca de quinientos mil ciudadanos judíos que vivían en Alemania antes de la Segunda Guerra Mundial. Muchos otros judíos que sobrevivieron al Holocausto decidieron no volver a sus hogares europeos y se asentaron principalmente en Estados Unidos y en la recién formada nación de Israel.

La tragedia del MS St. Louis ya es famosa y ha sido el tema central de muchos libros, obras de teatro, películas e incluso una ópera.

ISABEL

En 1994, a causa en gran medida del reciente hundimiento de la Unión Soviética y del embargo estadounidense sobre el comercio con Cuba, los hambrientos ciudadanos de La Habana causaron disturbios por el Malecón. En respuesta, el presidente cubano Fidel Castro anunció que cualquiera que quisiera abandonar la isla podía hacerlo sin que lo metieran en la cárcel, que era el castigo habitual por tratar de escapar. Era una estrategia que Castro ya había empleado antes: cuando las protestas amenazaban con superar a sus cuerpos de seguridad y con derrocar su gobierno, Castro permitía que la gente se fuera como pudiera, normalmente en barcas y balsas caseras. Cuando ya habían huido hacia Estados Unidos todos los que estaban lo bastante enojados como para enfrentarse a él, las protestas amainaban y la situación se volvía a calmar. En las cinco semanas de 1994 en que Castro permitió que los ciudadanos descontentos abandonaran Cuba, se calcula que huyeron hacia Estados Unidos cerca de treinta y cinco mil personas, casi diez veces más que la cantidad de gente que había tratado de marcharse en todo el año 1993.

Muchos norteamericanos se opusieron a la repentina entrada de refugiados cubanos, en particular porque en ese momento éstos disfrutaban de una vía singular para convertirse en ciudadanos estadounidenses de la que no disfrutan los inmigrantes procedentes de otros países.

Otros reconocieron la verdadera naturaleza de la treta de Castro y argumentaron que los disidentes deberían permanecer en Cuba con la esperanza de que sus disturbios acabaran por derrocar al régimen cubano. El presidente norteamericano Bill Clinton debía tomar una gran decisión: ¿permitir la entrada de los refugiados cubanos o enviar los barcos de la Marina a detenerlos por el camino? En un cambio radical de una política que llevaba implantada desde 1962, Clinton anunció que los refugiados cubanos que fueran capturados en el mar serían enviados a un campo de refugiados en la base militar estadounidense de Guantánamo, en Cuba. Desde ahí, los refugiados cubanos podían elegir si regresaban a Cuba o se quedaban a esperar si Estados Unidos o algún otro país les daba asilo. Unos meses después, en 1995, Clinton anunció que los refugiados cubanos en Guantánamo serían recibidos en Estados Unidos, pero que a partir de ese momento, cualquier cubano que buscara refugio y fuera atrapado en el mar, sería enviado directamente a Cuba, no a Florida ni a Guantánamo. Los que consiguieran llegar a Estados Unidos podrían quedarse. Isabel y su familia se refieren a esta medida sobre los refugiados cubanos como la política de "pies mojados, pies secos", aunque ese nombre no se utilizaría de forma común para describir la situación hasta que la medida se convirtió en ley de manera oficial en 1995. También me he tomado la licencia literaria para combinar los disturbios en Cuba que provocan la decisión de la familia de Isabel para abandonar la isla con la decisión de Estados Unidos de detener a los cubanos refugiados atrapados en el mar. Esos eventos ocurrieron en realidad con un mes de diferencia, pero los incluí en la historia juntos para hacerla más contundente y dramática.

A pesar de la amenaza de encarcelamiento en Cuba y de los peligros del oleaje del mar, las tormentas, el ahogamiento, los tiburones, la deshidratación y el hambre, cada vez son más los cubanos que intentan cruzar todos los años las noventa millas de mar que separan La Habana de Florida. Según el Pew Research Center, 43 635 refugiados cubanos entraron en Estados Unidos en 2015, y esa cantidad anual se vio superada en octubre de 2016. En los últimos años, muchos refugiados cubanos renunciaron por completo a la política norteamericana de "pies mojados, pies secos" y prefirieron volar o navegar de Cuba a México, o a Ecuador, para después caminar hacia el norte y entrar en Estados Unidos, una ruta alternativa que los observadores denominaron "pies polvorientos". Sin embargo, conforme van cerrando sus fronteras más y más países al sur de Estados Unidos, son más los cubanos que vuelven a recurrir al estrecho de Florida con sus barcas y sus balsas caseras. De nuevo, según el Pew Research Center, 9999 refugiados cubanos entraron en Estados Unidos por la zona de Miami en 2015. Ese mismo año, la Guardia Costera estadounidense capturó a 3505 cubanos en el mar, y no hay manera de saber cuántos murieron en el intento cada año. En 1994, el año en que transcurre la historia de Isabel, se calcula que murieron en el mar tres de cada cinco refugiados cubanos que intentaron hacer el viaje.

En 2014, el presidente norteamericano Barack Obama y el presidente cubano Raúl Castro, hermano de Fidel, anunciaron que Cuba y Estados Unidos iban a restablecer sus relaciones, y, en 2015, el presidente Obama anunció que se retomarían las relaciones diplomáticas formales entre los dos países, incluida la reapertura de sus respectivas embajadas en La Habana y en Washington. Como parte de la normalización entre ambos países, el Gobierno estadounidense relajó las restricciones que habían impedido que los norteamericanos viajaran de visita a Cuba, y en agosto de 2016 aterrizó en La Habana el primer vuelo comercial de Estados Unidos a Cuba desde 1962. El 12 de enero de 2017, en uno de sus últimos actos oficiales, el presidente Obama anunció el final definitivo de la política "pies mojados, pies secos". Aún está por verse la manera en la que cambiará el futuro de Cuba y de su pueblo después de los cambios de las relaciones diplomáticas entre Estados Unidos y Cuba, y de la muerte de Fidel Castro el 25 de noviembre de 2016.

MAHMOUD

Mientras escribo estas líneas, Siria se encuentra en el sexto año de una de las guerras civiles más brutales y sanguinarias de la historia. La ciudad de Alepo, el hogar de Mahmoud, está hoy en ruinas por ser el reducto de un gran grupo de rebeldes que se oponen a la guerra de Bashar al-Asad contra su propio pueblo. La ciudad se encuentra sitiada, golpeada a diario por los ataques aéreos rusos y la artillería del ejército sirio. Los habitantes de Alepo que no se hubieran marchado en 2015 —cuando huyeron Mahmoud y su familia— estarían ahora atrapados en una zona de guerra. Según Naciones Unidas, han muerto más de 470 000 personas desde que se inició el conflicto en 2011. Esto equivale aproximadamente a la población de la ciudad estadounidense de Atlanta. Y más gente muere cada día. En sólo una semana de combates en septiembre de 2016, Naciones Unidas informó de la muerte de noventa y seis niños. Eso es como si todas las semanas muriera un grupo entero de una escuela. En una gran ofensiva en diciembre de 2016, el ejército sirio conquistó cerca de 95 por ciento de los territorios en Alepo controlados por los rebeldes, esto provocó una crisis humanitaria y cientos de miles de civiles quedaron atrapados en el fuego cruzado. La guerra en Siria continúa hasta el día de hoy.

Y los que sobreviven no tienen adónde ir. El periódico *The Guardian* calcula que cuarenta por ciento de las infraestructuras de la ciudad han quedado dañadas o destruidas. Barrios enteros están en ruinas. Mercados, restaurantes, tiendas, edificios de departamentos... No se ha librado nada. Prácticamente nadie acude ya a trabajar, ni a la escuela. Talaron todos los árboles de la ciudad para hacer leña, y cuando se quedaron sin árboles, los sirios tuvieron que quemar los pupitres y las sillas de los colegios para calentar sus casas. Los hospitales, si es que aún están en pie, carecen de medicinas y equipamiento para tratar a sus pacientes.

No es de extrañar que más de diez millones de sirios se hayan visto desplazados de sus hogares, lo equivalente a casi la mitad de personas que viven en la Ciudad de México. De esos diez millones, Naciones Unidas calcula que 4.8 millones de sirios se han marchado de su país como refugiados. Eso es más gente de la que vive en el estado norteamericano de Connecticut, el de Kentucky o el de Oregón. Y son más los que huyen todos los días y dejan atrás todo cuanto tienen y todo cuanto conocen con tal de escapar de la guerra y del derramamiento de sangre. Con tal de sobrevivir.

Pero ¿adónde van? Naciones Unidas informa que en Turquía ya viven más de 2.7 millones de refugiados sirios registrados, muchos de ellos en campos de refugiados como el de Kilis, por el que pasaron Mahmoud y su familia. Otros países de la región como el Líbano, Jordania e Irak han recibido grandes cantidades de refugiados sirios, pero esto lleva sus recursos al límite, y el sentimiento general de la población de muchos países se ha vuelto en contra de la llegada de inmigrantes. Más millones de refugiados tratan de llegar a Europa, donde países como Alemania, Suecia y Hungría han acogido a cientos de miles de ellos, pero llegar hasta allí resulta difícil, y muchas veces mortal. Según la Organización Internacional para las Migraciones, más de 3770 refugiados murieron en 2015 tratando de cruzar el Mediterráneo en balsa. Y, cuando consiguen llegar a la Unión Europea, los refugiados aún tienen que enfrentarse a persecuciones y encarcelamientos por parte de los países que no quieren saber nada de ellos o no tienen los recursos para gestionar la ingente llegada de personas. Hungría fue el primer país que construyó una valla para impedir el paso de los refugiados de Oriente Medio que se dirigían a pie al norte, y, mientras escribo estas líneas, son cada vez más los países que están levantando esas vallas. Incluso Austria, que ha sido increíblemente acogedora con los refugiados, comenzó a construir una en 2016.

De acuerdo con el Instituto de Políticas Migratorias, entre el 1 de octubre de 2011 y el 31 de diciembre de 2016, Estados Unidos admitió solamente 18 007 refugiados sirios, menos de la mitad del uno por ciento de todos los refugiados sirios que se han asilado en otros países. El 27 de enero de 2017, el presidente Donald Trump firmó la orden ejecutiva 13 769 en la que suspendía por tiempo indefinido la entrada de todos los refugiados sirios a Estados Unidos. La orden ejecutiva se tituló "Protegiendo a la nación de la entrada de terroristas extranjeros a Estados

Unidos", a pesar de un informe del Instituto Cato el cual dice que ninguna persona aceptada como refugiada en los Estados Unidos, sirios o de otras nacionalidades, ha estado implicado en ningún ataque terrorista, desde la Ley de Refugiados en 1980, que establecía el sistema actual de aceptación de refugiados. Los estados de Washington y Minnesota han apelado la orden ejecutiva en tribunales, pero mientras escribo esto, el futuro de los refugiados sirios en Estados Unidos sigue sin estar claro.

Todo lo que le sucede a Mahmoud y a su familia está basado en cosas que les sucedieron realmente a diversos refugiados sirios. En 2015, un grupo de unos trescientos refugiados sirios retenidos en un campo-colegio danés se hartó por fin de estar detenido sin motivo. Todos juntos marcharon por la autopista hacia Suecia y formaron una cadena humana que cortó el tráfico. Y la gente se situó de verdad en los puentes para apoyarlos y les lanzó comida y agua. En Hungría se produjo una protesta similar una semana antes, cuando miles de refugiados marcharon desde Budapest hasta la frontera con Austria. Yo he combinado estos dos sucesos en el libro.

Mahmoud y sus padres son una amalgama de diferentes refugiados sobre los que he leído, pero Waleed está basado de manera específica en una fotografía ya famosa de un niño de cinco años de Alepo llamado Omran Daqneesh. En esa fotografía, Omran está sentado solo en la parte de atrás de una ambulancia después de sobrevivir a un ataque aéreo, descalzo, con la cara ensangrentada y el cuerpo cubierto de polvo y cenizas de color gris. No está llorando. No está enfadado. Ya se ha acostumbrado a esto. Es la única vida que él conoce, porque su país está en guerra desde que él nació. Es uno de los miembros de lo que Naciones Unidas advierte que se convertirá en una "generación perdida" de niños sirios si no se hace nada para ayudarlos ahora.

¿QUÉ PUEDES HACER TÚ?

Beverly Crawford, profesora emérita de la Universidad de California, ha escrito que los refugiados viven tres vidas. La primera transcurre escapando de los horrores de aquello que los ha expulsado de sus hogares, fuera lo que fuese, como la persecución y asesinato de los judíos en la Alemania nazi de Josef, el hambre y la violación de los derechos humanos en la Cuba de Isabel o la devastadora guerra civil en la Siria de Mahmoud. Los que tienen la fortuna de escapar de sus casas comienzan una segunda vida igualmente peligrosa en su búsqueda de refugio, intentando sobrevivir a travesías oceánicas, a puestos fronterizos y a delincuentes que tratan de aprovecharse de ellos. La mayoría de los inmigrantes no acaba en un campo de refugiados, sino que pasa los días buscando un techo, comida, agua y calor. Pero, incluso en los campos, los refugiados se ven expuestos a dolencias y enfermedades, y con frecuencia tienen que sobrevivir con menos de cincuenta céntimos al día.

Si los refugiados logran escapar de su hogar y después consiguen sobrevivir al viaje hacia la libertad, entonces inician una tercera vida, la de empezar de cero en otro país, un lugar donde lo normal es que no hablen el idioma ni profesen la misma religión que sus anfitriones. Es habitual que un país no reconozca los títulos profesionales concedidos en otro país, de manera que los refugiados que eran médicos, abogados o maestros en su país de origen se convierten en dependientes de comercios, en taxistas o en conserjes. Las familias que antes disponían de una buena casa, de un coche y dinero ahorrado para la universidad y la jubilación ahora tienen que empezar de cero, vivir con otros refugiados en alojamientos estatales o con familias adoptivas en ciudades extranjeras mientras reconstruyen sus vidas.

Puedes ayudar a las familias refugiadas donando dinero a alguno de los numerosos grupos que ayudan a los refugiados en todas y cada una de las fases de sus tres vidas. Algunas organizaciones sin ánimo de lucro tienen tareas muy específicas, como rescatar a la gente que huye de Oriente Medio en balsa, o luchar contra las enfermedades en los campos de refugiados. Dos de mis organizaciones preferidas trabajan de forma específica con niños refugiados por todo el mundo. La primera es Unicef, el Fondo de las Naciones Unidas para la Infancia, que está trabajando para impedir que los niños sirios se conviertan en una "generación perdida" proporcionando servicios médicos, educativos y de higiene, comida y agua que salvan vidas dentro de Siria y allá donde hayan huido los refugiados sirios. La segunda es Save the Children, que trabaja con una serie de socios corporativos y donantes individuales en México y en otros países para ofrecer ayuda de emergencia donde y cuando sea necesaria por todo el mundo, con una campaña especial para los niños sirios.

Tanto Unicef como Save the Children utilizan noventa por ciento del dinero que recaudan para emplearlo en servicios y recursos que ayudan directamente a los niños. Si haces una donación a cualquiera de estas dos organizaciones tan impresionantes, puedes pedir que vaya dirigida a regiones y conflictos específicos, o utilizarla para ayudar a los niños refugiados por todo el mundo. Para saber más, visita www.unicef.org.mx y www.savethechildren.mx.

Yo voy a donar a Unicef una parte de lo recaudado con las ventas de este libro, para apoyar sus esfuerzos de ayuda humanitaria con los niños refugiados de todo el mundo.

Alan Gratz
Carolina del Norte, Estados Unidos de América
2017

AGRADECIMIENTOS

Muchas gracias a mi gran editora, Aimee Friedman, por su arduo trabajo y su devoción por este libro, y al director editorial David Levithan por su fe y apoyo. También estoy en deuda con los expertos que leyeron los borradores de *Refugiado* y me ayudaron a comprender mejor a las personas, los lugares y las culturas acerca de las que estaba escribiendo, incluidos Sarabrynn Hudgins, José Moya, Hossein Kamaly, Christina Diaz Gonzalez y Gabriel Rumbaut. Cualquier error que quede en el libro es mío.

Gracias a la editora y correctora Bonnie Cutler, y a la correctora de pruebas Erica Ferguson por hacerme quedar bien. Agradezco a la diseñadora Nina Goffi por la impresionante portada y por el diseño de los interiores, y al artista Jim McMahon por los mapas. Y una vez más, les debo un enorme agradecimiento a todos los que trabajan "tras bambalinas" en Scholastic, para ayudar a que mis libros sean un éxito: la presidenta Ellie Berger; Jennifer Abbots y Tracy van Straaten en publicidad; Lori Benton, Michelle Campbell, Hillary Doyle, Rachel Feld, Paul Gagne, Leslie Garych, Antonio Gonzalez, Jana Haussmann, Emily Heddleson, Jazan Higgins, Robin Hoffman,

Meghann Lucy, Joanne Mojica, Kerianne Okie, Stephanie Peitz, John Pels, Christine Reedy, Lizette Serrano, Mindy Stockfield, Michael Strouse, Olivia Valcarce, Ann Marie Wong y muchos otros. Y a Alan Smagler y a todo el equipo de ventas, y a todos los representantes de ventas y ferias y clubes de todo el país que trabajan tan duro para contarle al mundo mis libros.

Un agradecimiento especial a mis amigos y compañeros escritores en Bat Cave por sus críticas, y a mi gran amigo Bob, que siempre es muy alentador y comprensivo. Gracias a Holly Root, mi agente literaria en Waxman Leavell, y a mis publicistas y mano derecha, Lauren Harr y Caroline Christopoulos en Gold Leaf Literary. No podría haberlo hecho sin ustedes. En serio.

Gracias de nuevo a todos los maestros, bibliotecarios y libreros que continúan compartiendo mis libros con los jóvenes lectores: ¡son estrellas de rock! Y por último, pero no por eso menos importante, muchas gracias y mucho amor a mi esposa, Wendi, y a mi hija, Jo. Ustedes son mi refugio en la tormenta.

Aquí acaba este libro
escrito, ilustrado, diseñado, editado, impreso
por personas que aman los libros.
Aquí acaba este libro que tú has leído,
el libro que ya eres.